Olu...

Olivier Norek est capitaine à la police judiciaire du 93 depuis dix-sept ans. *Code 93*, son premier roman, a été salué par la critique. *Territoires* et *Surtensions* sont aussi consacrés aux (més)aventures du capitaine Victor Coste et de son équipe. *Surtensions* a reçu le Prix du polar européen décerné par le magazine *Le Point* et le Grand Prix des Lectrices du magazine *ELLE*, dans la catégorie policier. *Entre deux mondes*, paru en 2017 chez Michel Lafon a été couronné par de nombreux prix (prix du polar les Petits Mots des Libraires, prix de La ligue de l'Imaginaire et le prix polar du Parisien). Son nouveau titre, *Surface*, a paru en mars 2019 chez le même éditeur. Ses ouvrages sont publiés chez Michel Lafon et repris chez Pocket. Olivier Norek a également participé à créer l'histoire de la sixième saison de la série *Engrenages* sur Canal +, et est le scénariste du téléfilm *Flic tout simplement* diffusé sur France 2 en 2015.

CODE
93

OLIVIER NOREK

CODE 93

MICHEL LAFON

© Éditions Michel Lafon, 2013
© Pocket, un département d'Univers Poche, 2014,
pour la présente édition
ISBN : 978-2-266-24915-7

À ma famille, ceux qui me font tenir droit.
Martine, Claude, Victor, Corinne et Bruno.

PROLOGUE

Mars 2011

La taille pouvait correspondre. L'âge certainement. Quant au physique, il était difficile d'être affirmatif. Le vieux Simon décrocha son téléphone et, avec toutes les précautions nécessaires pour ne pas faire naître trop d'espoir, annonça :

— J'ai peut-être une piste.

À l'autre bout du fil, la voix de la vieille dame ne se fit pas plus forte qu'un souffle.

— Camille ?

— Sans certitude, madame.

Avant de raccrocher, Simon indiqua à son interlocutrice l'heure et l'adresse du rendez-vous, à la morgue de l'Institut médico-légal de Paris.

Découverte à moitié nue, sans vie et sans identité dans un squat de la commune des Lilas, en Seine-Saint-Denis, elle devait avoir vingt ans. Au maximum. À l'autopsie, le docteur Léa Marquant l'avait entaillée de la base du cou au pubis, d'un trait de scalpel, sans forcer plus qu'une caresse. Dans son corps ouvert se lisaient les effets d'une consommation abusive de drogues et d'alcool ainsi que le résultat de relations sexuelles si violentes qu'on ne pouvait les imaginer consenties. Jamais auparavant dans sa carrière de médecin légiste elle n'avait utilisé l'expression de « délabrement périnéal massif ». Comment en était-on arrivé là ? Quelles barbaries avait-elle dû subir pour qu'il n'y ait littéralement plus de paroi entre le vagin et l'anus ?

Dans les siennes elle avait pris ses mains salies, frôlé ses cheveux puis passé le bout des doigts sur les blessures de son visage. Elle avait regardé alentour, car ces choses-là ne se font pas. Elle avait ôté ses gants en latex et recommencé les mêmes gestes. Elle s'était laissée aller au pire des maux de son métier, l'empathie.

Alors quand, au hasard de sa lecture, elle avait vu quelques jours plus tard sur l'agenda de l'IML[1] qu'une reconnaissance par un membre de la famille était prévue, Léa Marquant avait voulu en assurer le déroulement. Rien n'obligeait la légiste mais elle y tenait. Pour elle. Et pour *Elle* aussi.

À la levée du drap, les réactions sont diverses et imprévisibles. De la souffrance aphone qui pénètre et enlève toute force à ne pouvoir que se laisser choir, à moins que ce ne soit juste le sol qui s'ouvre sous les pieds. De la rage vengeresse qui ne sait que refuser et cherche une cible pour tirer à boulets rouges. De la peine larmoyante et bruyante jusqu'à l'agacement. Du calme impassible qui augure des plus gros orages.

La légiste vit arriver les trois visiteurs. Elle ne reconnut aucun d'entre eux et déduisit que celui qui

1. Institut médico-légal.

dépassait les autres d'une tête et demie, avec ses allures de catcheur à la retraite, devait être le flic du SDPJ[1]. Il économisa ses mots.

— Lieutenant Mathias Aubin.

— Bonjour, lieutenant. Docteur Marquant. Le capitaine Coste n'aime plus notre service, ou vous êtes puni ?

— Juste une affaire que je voudrais terminer. Le capitaine m'a chargé de vous saluer.

Elle ferait avec. Dommage, elle préférait Coste, plus discret avec son regard bleu un peu triste.

Elle se présenta à la famille. Tout d'abord à la vieille dame en fauteuil roulant puis au jeune homme qui le poussait, les invitant à la suivre jusqu'à la morgue. Le flic leur emboîtait le pas, silencieux comme une ombre.

Ils s'enfoncèrent dans les sous-sols de l'IML et elle ouvrit les portes d'une grande pièce, froide et silencieuse, comparable à une salle des coffres, faite de rangées de portes carrées d'environ soixante-dix centimètres de largeur. Chacune donnant sur une vie, une histoire et une fin. En quelques cliquetis de verre les néons éclairèrent la morgue. Elle vérifia dans son dossier le numéro d'enregistrement et, parmi les quatre cent cinquante cases de froid présentes, ouvrit la porte contenant le corps 11-1237. Elle tira la table roulante, révélant une forme humaine sous un drap blanc.

Du regard elle interrogea la famille et crut déceler de l'appréhension dans leurs yeux. Elle retint son

1. Service départemental de police judiciaire.

11

mouvement un instant, la main posée sur le tissu, puis elle baissa doucement le linceul de manière à ne montrer que le visage abîmé.

Le flic imposant qui les accompagnait avait tenté de les prévenir quelques minutes plus tôt. Le corps qu'ils allaient voir était celui d'une toxicomane qui avait peut-être été leur fille et leur sœur mais qui avait certainement changé, vieilli et s'était usé dans un mode de vie marginal. Il avait volontairement choisi de passer outre aux sévices sexuels, ces précisions ne s'imposaient pas tant qu'ils ne l'avaient pas formellement reconnue. Cependant, aucun avertissement ni aucune préparation n'aurait pu leur éviter le haut-le-cœur qui les saisit lorsque le visage fut découvert.

Prisonnière de son fauteuil roulant, la mère poussa de ses bras sur les accoudoirs et comme elle put sur ses jambes fragiles afin de se donner un peu de hauteur. Sa voix, autoritaire et malgré tout perceptiblement blanche assura qu'il ne s'agissait pas de sa fille. Le fils n'émit pas un son. La figure était si tuméfiée qu'une possibilité d'erreur restait envisageable. La légiste abaissa alors totalement le drap sur un cadavre tacheté d'hématomes, de griffures, de plaies mal cicatrisées en croûtes brunes et de traces du passage d'un millier de seringues dans des cratères noircis et infectés. La vieille dame enserra dans sa main celle de son fils et, d'une voix plus assurée, comme résignée, affirma de nouveau que la personne allongée devant eux n'était pas leur Camille. Toujours à son côté, le fils avait entrouvert les lèvres sans poursuivre la phrase qu'il s'apprêtait à formuler et seul un soupir s'en échappa.

Le docteur Léa Marquant savait que l'éventail connu des réactions possibles devant un cadavre était infini. Toutefois elle ne put s'empêcher de recouvrir prestement le corps nu que ce jeune homme fixait avec un grain de quelque chose de malsain. D'autant plus qu'il assurait ne pas le reconnaître.

En retrait, le flic sortit de sa mallette un procès-verbal, cocha la mention « reconnaissance négative » puis le fit signer aux deux visiteurs. Il avait pourtant espéré pouvoir donner une famille à cette anonyme. Il se proposa ensuite de les raccompagner, ce qu'ils refusèrent poliment.

Une fois dans le taxi qui les conduisaient à leur domicile, dans les hauteurs de Saint-Cloud, ils n'échangèrent aucun mot. La mère se refusait à toute culpabilité. Elle avait agi pour le bien de la famille, quitte à devoir le payer de son âme si un dieu, un jour, venait à le lui reprocher.

Recroquevillé, le fils s'était concentré sur sa respiration. Il redoutait de se vider entièrement sur les sièges en cuir à chaque virage du taxi. Le cœur posé sur les lèvres, il sentait son énergie le quitter, les extrémités de son corps envahies par un fourmillement, de ceux qui précèdent les malaises. Il partit une seconde ailleurs et mit un moment à se souvenir où il était et ce qu'il y faisait.

Camille. Il l'avait reconnue lui aussi. Sa Camille. Sa presque sœur. Il l'avait reconnue et s'était tu.

Première partie

« C'est pas Hollywood, ici, c'est la Seine-Saint-Denis. »

Commandant M.C. Damiani

1

Mercredi 11 janvier 2012

Coste ouvrit un œil. Son portable continuait à vibrer, posé sur l'oreiller qu'il n'utilisait pas. Il plissa les yeux pour lire l'heure. 4 h 30 du matin. Avant même de décrocher, il savait déjà que quelqu'un, quelque part, s'était fait buter. Il n'existait dans la vie de Coste aucune autre raison de se faire réveiller au milieu de la nuit.

Il but un café amer en grimaçant, adossé à son frigo sur lequel un Post-it « acheter du sucre » menaçait de se décoller. Dans le silence de sa cuisine, il scruta par la fenêtre les immeubles endormis. Seule lumière de son quartier, il se dit qu'il lui revenait ce matin d'allumer la ville. Il vérifia son arme à sa ceinture, enfila un pull et un manteau noir difforme puis empocha ses clefs. La 306 de service craignait le froid et refusa de démarrer. Ce matin, Victor Coste et elle en étaient au même point. Il patienta un peu, alluma une cigarette, toussa, essaya de nouveau. Après quelques à-coups, le moteur se réchauffa et les rues vides lui offrirent une allée de feux rouges qu'il grilla doucement jusqu'à s'insérer sur la route nationale 3.

Quatre voies grises et sans fin s'enfonçant comme une lance dans le cœur de la banlieue. Au fur et à mesure, voir les maisons devenir immeubles et les immeubles devenir tours. Détourner les yeux devant les camps de Roms. Caravanes à perte de vue, collées les unes aux autres à proximité des lignes du RER. Linge mis à sécher sur les grillages qui contiennent cette partie de la population qu'on ne sait aimer ni détester. Fermer sa vitre en passant devant la déchetterie intermunicipale et ses effluves, à seulement quelques encablures des premières habitations. C'est de cette manière que l'on respecte le 93 et ses citoyens : au point de leur foutre sous le nez des montagnes de poubelles. Une idée que l'on devrait proposer à la capitale, en intra muros. Juste pour voir la réaction des Parisiens. À moins que les pauvres et les immigrés n'aient un sens de l'odorat moins développé… Passer les parkings sans fin des entreprises de BTP et saluer les toujours mêmes travailleurs au black qui attendent, en groupe, la camionnette de ramassage. Tenter d'arriver sans déprimer dans cette nouvelle journée qui commence.

2

Pantin. 5 h 15

Entrepôts désaffectés du canal de l'Ourcq. S'étalant sur des milliers de mètres carrés comme un village abandonné, ils recevaient tous les ans la promesse d'être détruits. Une série de hangars vides, qui accueillaient dans les années 1930 le chargement des péniches de commerce empruntant le canal. De cette période ne subsistait qu'un monstre de fer rouillé, avec ses portes condamnées et ses fenêtres brisées.

Une fine pluie achevait de rendre l'endroit inhospitalier.

Coste souleva le ruban jaune « Police » du périmètre de sécurité destiné à écarter, à cette heure, d'improbables badauds. Il sortit sa carte qu'il présenta aux policiers en tenue. Ronan, le motard de son équipe, écrasa sa cigarette et le salua en lui tendant une Maglite. Il maugréa un « salut » en réponse, puis dirigea le faisceau de lumière sur la porte en fer rouillé qui le séparait de la scène de crime.

Ils la poussèrent à plusieurs reprises, jusqu'à ce qu'elle cède dans un long grincement. Coste s'avança, suivi par son équipier. Il emprunta un escalier, assez raide pour lui rappeler qu'il avait bientôt quarante ans, et se retrouva dans une pièce que l'obscurité rendait infinie. Il braqua sa torche qui ne révéla que les poussières en suspens. Un policier sortit de nulle part.

— Vous êtes de la PJ ?

— Capitaine Coste. Vous me racontez ?

Tout en lui indiquant le chemin, le flic commença :

— C'est le vigile, enfin, le chien du vigile qui s'est mis à gueuler. Alors il a levé son cul et il est allé voir.

Il fit un écart.

— Attention ! Là, y a un trou. Bon, donc il est allé voir et il l'a trouvé lui, là, mort…

Ronan reconnut à voix basse qu'il s'agissait là d'un très bon résumé, très instructif. Le flic le prit mal et quitta les lieux. Coste et son équipier se retrouvèrent seuls, face à un géant noir. Assis à même le sol, comme affalé sur lui-même, les bras le long d'un corps qui devait approcher les deux mètres, tête baissée. Sur son pull au blanc éclatant, centrés au milieu de la poitrine, trois trous béants, largement tachés de sang noirci.

Les deux policiers restèrent un instant silencieux devant le cadavre avec cet étrange sentiment d'être plus vivants que d'habitude.

— Ronan, tu récupères le flic que tu m'as énervé, tu te débrouilles pour qu'il nous fasse un P-V un peu plus détaillé et tu passes sur les ondes qu'on a besoin de l'Identité judiciaire et d'un médecin. Tu leur demandes aussi des lampes sur pieds. Puissantes.

3

Une interminable rallonge serpentait le long de l'entrepôt pour alimenter les deux halogènes braqués vers le corps inerte. Sam, la dernière recrue de Coste, trafiquait les spots pour ajuster leur hauteur. Un peu trop maigre et fragile d'apparence, il donnait l'impression d'être entré dans la police par erreur. Ou par hasard. Juché sur deux grandes jambes inutiles, il regardait partout. Partout sauf vers le cadavre aux proportions démesurées, éclairé comme une rock star, et criblé de balles.

— T'as une petite mine, Sam. T'as pas l'air dans ton assiette.

— Je t'emmerde, Ronan, je t'emmerde et j'ai la gerbe. Sérieux, Coste, tu sais que j'aime pas ça. Je peux pas aller voir si y a de la vidéosurveillance quelque part ou bien me faire l'enquête de voisinage, chercher des cafés ? Je m'en fous, n'importe quoi…

— Vidéosurveillance, ça me paraît bien. Fais jusqu'aux rues voisines. Ronan, tu prends ta moto et tu l'accompagnes. On va partir du principe habituel que le ou les auteurs ont essayé d'être futés et qu'ils n'ont pas buté leur type à côté de chez eux. Trouvez tous

21

les accès possibles. On cherche une bagnole. Un Black de cette taille ça se porte pas sur le dos, on cherche une bagnole, une camionnette, un véhicule quoi.

Coste attrapa sa radio.

— Aubin, t'en es où ?

L'immense bâtiment en fer rendait la réception désastreuse et une voix grésillante dégueula une réponse inaudible. Coste regarda sa radio et tenta de se rappeler un jour où elle avait fonctionné correctement. Il prit son portable.

— Aubin, t'en es où ?

— Sur la route avec le doc' de garde, on est à trois minutes, il termine sa nuit à côté de moi.

L'équipe de l'Identité judiciaire avait réquisitionné les lieux. Les flashs crépitaient autour du cadavre, révélant par éclairs la scène en couleurs vives. Prélèvements biologiques, placement sous scellés de tous les mégots de cigarettes, bouteilles et détritus divers que le sol d'un hangar désaffecté peut accueillir. La routine. Les effectifs de la Scientifique, en combinaison stérile blanche, bouche et cheveux soigneusement masqués pour éviter toute contamination des échantillons par leur propre ADN, assuraient un ballet organisé, ignorant le géant au centre de leurs opérations et les raisons pour lesquelles il s'était fait buter un matin de janvier.

L'un d'eux éteignit les deux halogènes et contrôla les contours de la scène au Crimescope. Il rechercha des traces de sang ou de tout autre fluide biologique, projetant sur chaque centimètre carré la lumière bleutée. Il passa ensuite au révélateur Blue Star en brumisant le produit sur un étroit périmètre autour du cadavre ; sans succès, la pièce resta plongée dans le noir. Le responsable de la Scientifique, un type à grosse barbe affichant l'air d'un prof à l'ancienne et que ses propres collègues surnommaient « Don't touch », s'adressa à Coste.

— Pas de réaction luminescente, pas de sang. Ton gars est pas mort ici, on l'a juste déposé. Maintenant c'est bon pour nous, vous pouvez mettre vos pattes partout, on a terminé.

Alors que les techniciens refermaient leurs mallettes, Aubin gara sa voiture à côté de l'entrepôt et réveilla le médecin qui ronflait la bouche ouverte.

— On est arrivé, Doc'.

Sans même ouvrir les yeux, celui-ci commença à râler.

— Tout ça pour me taper un cadavre, vous faites vraiment chier.

— Tu parles aussi mal qu'un flic, Doc'.

Quand Coste aperçut Mathias Aubin, il pensa d'abord qu'il avait perdu le médecin en route, avant de le découvrir caché derrière lui. Aubin ferait de l'ombre à n'importe qui. Une armoire normande, haute et droite comme un immeuble, surmontée d'une gueule cassée et fatiguée, avec un air de Lino Ventura dès qu'il s'énerve. À leur première rencontre, il n'aurait jamais parié que cet homme deviendrait l'un des seuls à avoir sa confiance. Dix ans de 93, avec toutes les merdes que ça implique. Aubin salua Coste de sa voix éraillée :

— Salut Victor.

23

— Bonjour, Mathias. Bonjour, Doc'.

— Alors il est où, votre bonhomme ?

— C'est le seul type mort de la pièce, on vous a mis des halogènes tout autour pour pas que vous le ratiez.

Le médecin s'accroupit devant le cadavre avant de réaliser que même assis, le géant le dépassait.

— Il est grand, dites…

— On s'en fout, c'est savoir s'il est mort qu'on veut.

Le toubib reprit un ton professionnel.

— Eh bien, il l'est. Mort réelle et constante, plusieurs traces d'impact de balles sur son pull, les causes de la mort ne semblent donc pas naturelles. J'émets un obstacle médico-légal[1] pour que vous puissiez aller le charcuter à l'autopsie. Pas question de mettre les doigts dessus, il est trop tôt pour ça, je retourne me coucher. Vous enverrez la réquisition judiciaire à mon service.

Le médecin fit demi-tour mais trouva Aubin en travers de sa route.

— Tu vas quand même lui regarder le pouls, histoire d'être sûr, non ?

— Putain, y a trois gros trous sur un pull imbibé de sang et ça fait plusieurs heures qu'il est immobile, ça vous suffit pas ?

Aubin ne bougea pas, convaincant. Le médecin enfila une paire de gants latex et posa deux doigts au niveau de l'aorte.

---

1. L'obstacle médico-légal est émis en cas de mort violente, inconnue ou suspecte. Il entraîne généralement une autopsie, tout du moins un examen externe du corps par un médecin légiste, dans le but de découvrir l'origine du décès.

— Rien, aucun battement. C'est bon ? Je peux y aller ou vous voulez aussi que je vérifie s'il a tous ses vaccins ?

Aubin le raccompagna à l'extérieur alors que Coste composait le numéro de la permanence du tribunal pour briefer le magistrat d'astreinte.

— Aucun document sur lui, découvert ce matin à 3 heures par le vigile, abattu à l'arme de poing probablement. Le médecin nous a accordé un obstacle médico-légal, vous n'avez plus qu'à prescrire une autopsie... merci... on vous tient au courant dès qu'il y a du neuf.

Coste raccrocha en observant les pompes funèbres qui zippaient avec difficulté le corps immense dans un sac noir un peu trop court. Des macchabées, Coste en avait tellement vu qu'il aurait pu se taper une crème glacée pendant n'importe quelle autopsie, c'est donc sans grande émotion qu'il regarda s'éloigner sa nouvelle enquête, emballée pour la morgue.

4

Le docteur Léa Marquant, médecin légiste de l'Institut médico-légal de Paris, restait une énigme pour Coste. Fille du directeur d'une clinique privée parisienne, elle préférait vivre avec les morts plutôt que de subir les jérémiades des vivants. Coste ne la connaissait qu'en blouse blanche, les cheveux auburn tirés en arrière, les yeux vert pâle derrière une paire de lunettes fines et rectangulaires, le visage innocent et souriant, en totale contradiction avec sa capacité à scier un crâne en moins d'une minute et à prendre des intestins à pleines mains. Il se demandait donc souvent à quoi elle pouvait ressembler avec les cheveux détachés et un peu moins de sang sur ses fringues.

La particularité de leur relation voulait qu'ils ne se croisent qu'à la suite d'une mort suspecte et, à cette occasion, Coste en profitait pour vérifier discrètement l'absence d'une bague qui aurait pu apparaître à son doigt.

Ce matin, ils marchaient côte à côte dans l'un des longs couloirs de l'IML.

— Il a une histoire, votre client ?

— Ouais, l'histoire d'un type retrouvé mort ce matin dans un entrepôt avec trois balles au niveau de la poitrine.

— Un règlement de comptes ?

— Pourquoi pas ? Le reste, c'est à vous de me le raconter.

La légiste glissa son badge de sécurité sur le verrou magnétique de la salle d'autopsie.

Le corps du géant avait viré au gris sous la lumière froide des néons. Ses pieds dépassaient de la table d'opération. Léa Marquant remonta son masque chirurgical, puis après quelques secondes de silence, prit une série de clichés.

— Bien, commençons par découper ses vêtements et voyons les dégâts des coups de feu.

Elle souleva une partie du pull gorgé de sang et le découpa du bas jusqu'au col. Sans la quitter des yeux, Coste sortit son baume du tigre qu'il s'appliqua sur la lèvre supérieure. Dans dix minutes, l'atmosphère serait irrespirable.

Elle décolla sans effort le vêtement de la peau. Plusieurs fois, elle passa la main sur la poitrine intacte du mort, incrédule. Aucun impact de balle. Pas la moindre plaie.

— Il guérit vite, votre type.

Coste s'approcha. Constata. Soupira longuement. Regarda la légiste. Il était emmerdé. Alors il fit comme d'habitude. Au plus simple.

— Trois trous sur le pull, pas de plaies correspondantes, on lui aurait mis un pull…

Puis il poursuivit pour lui-même son raisonnement en silence.

— Je déteste ça, ronchonna Léa Marquant.

— Vous dites ?

— Vous commencez à vous lancer dans une hypo-thèse et vous la terminez dans votre tête.

— Pardon. Je me disais que si notre inconnu n'était pas mort par balle, vous alliez devoir trouver une autre cause de décès… et moi, j'allais devoir enquêter sur un pull.

Elle acheva d'ôter le reste des vêtements et prit une nouvelle série de photos.

Paisible. C'est la sensation qu'il donnait, les yeux fermés, entièrement dévêtu.

Pourtant, la nuit n'avait pas dû l'être tant que ça, paisible. Entouré près de cent fois avec de la ficelle, juste à sa base, son pénis donnait l'aspect d'un légume noir et flétri. La légiste s'y arrêta, se rapprocha et réajusta ses lunettes protectrices.

— Victor, je crois qu'il lui manque les couilles.

Elle se reprit, dans un registre plus approprié.

— Incision chirurgicale, ablation des testicules après ligature. Il n'a pas dû aimer, les blessures sont visiblement ante mortem. C'est confirmé par l'utilisa-tion de ce qui m'apparaît comme de la ficelle à rôti, à la base du pénis, à la manière d'un garrot.

— Ça ne confirme rien, ça précise.

— C'est-à-dire, Sherlock ?

— Que non seulement on voulait qu'il soit vivant pendant qu'on les lui coupe, mais aussi qu'il reste en vie après. Ça précise.

Un coin de sa lèvre remonta dans un sourire discret, elle aimait l'esprit vif du flic. Elle continua à inspecter chaque centimètre carré, puis le retourna avec l'aide de Coste.

— La rigidité cadavérique est installée sur la totalité du corps, bien que encore légèrement souple ; la mort ne remonte pas à plus de 6 heures. Décroissance mortelle cadavérique, le corps est un peu froid. Je ne vois pas de plaies, ni autre altération visible. Je vais chercher d'éventuelles ecchymoses sous-cutanées.

Elle fit rouler près d'elle la table des instruments et choisit un scalpel. Elle appuya sa main sur le mollet gauche et entailla profondément la peau et la chair sur toute leur longueur. Le muscle s'ouvrit largement, comme une fleur rouge.

Dans l'indifférence générale, le géant, le visage écrasé contre la table, ouvrit grand un œil.

— Je ne vois rien de particulier, pas de traces de coups.

La légiste se pencha et attrapa fermement l'autre mollet pour l'inciser d'un même geste, rapide et précis.

Dans une plainte aiguë et assourdissante, le mort se redressa sur ses coudes. Coste et la jeune femme se figèrent. Il tordit son cou vers l'arrière et regarda ses deux mollets ouverts, avant de tourner la tête vers l'homme et la femme, qui restaient sidérés devant lui. Il tenta de se lever et ne réussit qu'à s'effondrer en renversant les tables chargées d'instruments et de bocaux dans un fracas de métal et de verre brisé. Tombé lourdement au sol, il s'empara du premier scalpel à portée de main et le brandit devant lui. Coste sortit son arme, se plaça devant la légiste et le pointa, juste au niveau de l'épaule.

Incapable de se mettre debout, l'homme recula sur le carrelage blanc et sang en poussant péniblement sur ses mains, jusqu'à s'encastrer dans un coin de la pièce, le scalpel toujours dressé. Il tremblait, le regard vide se posant au hasard. Coste se sentit ridicule de braquer un homme en état de choc et rengaina son arme.

— Putain, il guérit vraiment vite, votre type, Coste.

5

*Station Quai de la Rapée, sur les rives de
la Seine, à quelques mètres de l'Institut
médico-légal*

Le métro charrie son flot d'usagers bien vivants qui
passent devant ce bâtiment de briques rouges, ignorant
les cadavres qui attendent à la morgue le moment de
se confier une dernière fois. Parfois, à cette station
uniquement, un relent particulier flotte dans l'air.
Seuls les flics et les médecins sont capables de l'identifier. L'odeur de la mort. Incrustée dans la mémoire
comme un warning. La thanatomorphose dans sa ronde
immuable. Mort, refroidissement, rigidité, déshydrata-
tion, lividité, décomposition.

Certains animaux, dès leur naissance, se plaquent au
sol pour se cacher dans les herbes et se soustraire à
d'éventuels prédateurs. C'est inné : l'instinct de survie.

En respirant l'odeur de la viande avariée, mêlée de
sang et d'excréments, notre inconscient identifie
immédiatement une puanteur inévitable, inoubliable.
C'est inné : l'instinct de mort.

Accoudé à la balustrade en pierre du pont Morland qui jouxte l'entrée de l'IML, Coste se perdait dans le vert sale de la Seine. Des mouettes au plumage crasseux se disputaient quelques détritus ballottés par le fleuve. Il repensa à la mise en scène des usines de Pantin et au mal que s'était donné un esprit malade, assez retors pour émasculer sa victime avant de lui enfiler un pull criblé de balles et de l'envoyer se faire charcuter à l'autopsie.

Un meurtre, c'est un coup de couteau, un coup de feu ou un bon swing de barre de fer. Du spontané, fait à la hâte, avec un minimum de préméditation. Un meurtre, c'est souvent bâclé. Surtout pas théâtralisé.

Derrière tout ça, Coste sentait venir les ennuis.

Une ambulance tenta un créneau pour se garer à cul devant les portes de l'IML. Pour la seconde fois, le corps du géant passa devant lui, un peu moins mort, un peu plus perfusé, en direction de l'unité médico-judiciaire de l'hôpital Jean-Verdier à Bondy. Coste jeta sa cigarette qui tournoya au ralenti avant de s'éteindre en touchant l'eau. Il sortit son portable et résuma à Aubin le tour particulier que venait de prendre l'enquête.

— Tu me mets un planton devant sa chambre jusqu'à son réveil. Je prends ses fringues, et ses prélèvements, et j'envoie le tout pour une comparaison ADN. J'ai peu d'espoir mais je doute que le sang sur le pull soit le sien.

— Une deuxième victime ?

— Un bon début d'année.

Coste remonta dans sa voiture. À travers les portes vitrées de l'IML il aperçut la légiste, un café à la main. Dans l'autre, quelques pièces qu'elle enfournait nerveusement dans le distributeur de confiseries. Elle venait d'ouvrir un type vivant, ça vous bouscule un quotidien. Elle allait certainement avoir du mal à s'expliquer.

Il aurait dû aller la voir. Lui parler. S'excuser.

Mais de quoi ?

Il soupira et démarra.

6

Bobigny. Hôtel de police

Un labyrinthe rectangulaire de verre et de métal sur deux étages, abritant en son centre un long jardin clos. Au rez-de-chaussée, le commissariat et la délinquance quotidienne, presque habituelle. Au premier étage, la Sûreté départementale en charge de la moyenne délinquance. Plus on s'élève et plus la criminalité s'accentue pour enfin arriver au dernier niveau du bâtiment.

Service départemental de police judiciaire de Seine-Saint-Denis. SDPJ 93.

Aile nord, les bureaux des groupes stups avec cette constante odeur de cannabis émanant des dernières saisies. Horaires décalés, gueules fatiguées, look à la limite du SDF, à ne plus reconnaître le flic de son indic. Plus loin, la Financière, un peu plus feutrée, un peu plus classe, les seuls chez qui on peut trouver du thé, avec leurs dossiers d'infractions économiques de plusieurs tomes de milliers de pages comme seule déco. Au fond, la Section enquêtes et recherches, toujours en effervescence. Spécialisée dans les viols et les enlèvements, à finir un dossier quand deux autres s'ouvrent.

Aile sud, le Groupe de répression du banditisme et leur drapeau à tête de mort. Ici, les braquages se font au fusil d'assaut comme au lance-roquettes. Il faut avoir un grain pour en faire son quotidien. Alors la tête de mort comme mascotte, ça se justifie presque. Enfin, les deux groupes Crime où tous les homicides du 93 atterrissent. Six bureaux séparés par un vestiaire privé, où les vêtements ensanglantés des dernières victimes attendent de sécher pour être placés sous scellés. Le vestiaire étant généralement plein, il n'est pas rare que les flics étendent à leur fenêtre les pulls lacérés ou les jupes déchirées.

Longer les couloirs d'une PJ, c'est faire face à ce que l'homme recèle de pire en lui.

Juste en face de l'hôtel de police, à une dizaine de mètres, sur cinq étages et trois sous-sols, le tribunal de grande instance de Bobigny, dans une architecture contrariée de type accumulation de Lego.

D'un côté la Police, de l'autre la Justice. Côte à côte, en plein milieu du 93, faisant face à des vagues de cités à perte de vue, comme deux navires de guerre.

Derrière la porte du bureau « Groupe crime 1 », Coste alluma son ordinateur. L'icône de sa boîte mail faisait des bonds. Les empreintes avaient trouvé leur propriétaire. Il se connecta sur le serveur commun, entra dans la base de l'Identité judiciaire et lut à voix haute le rapport d'identification à l'intention d'Aubin.

— Je sais pas si tu vas être sensible à l'ironie, mais notre géant s'appelle Bébé. Bébé Coulibaly, né en

1985… Ça lui fait vingt-sept ans. Il a un « dom' »
dans la cité Paul-Vaillant-Couturier à Bobigny.

Assis derrière un bureau perpendiculaire au sien,
Aubin maltraitait son clavier, en réponse aux informations reçues, pour fouiller les fichiers police.

— Je l'ai. Bébé Coulibaly. Pas de fiche de recherche, pas de voiture, pas de permis. Par contre, il a un
beau palmarès au STIC[1]. Je te passe les écarts de
jeunesse, on est sur du vol à main armée les premières
années de sa majorité et il se spécialise dans les stups
à partir de 2005. Il fait deux ans à Fleury pour trafic,
il sort en 2008 et disparaît des radars jusqu'en 2010,
date à laquelle il s'offre un come-back remarqué…
Une accusation de viol qui s'est terminée par un retrait
de plainte. Du classique.

— Beau client. Reste à savoir ce qu'il va bien vouloir nous dire quand il se réveillera. En attendant, tu
commences un SALVAC[2].

Aubin se renfrogna. De façon assez arbitraire, il
avait été nommé référent du programme SALVAC par
leur chef de section, elle-même en ayant reçu l'ordre
du commissaire divisionnaire Stévenin, qui avait certainement dû obéir à un type d'en haut, avec costard
sur mesure.

Le SALVAC est une des plus puissantes bases de
données sur le crime. Il compile, analyse et recherche
des liens pour identifier des similitudes entre les

1. Système de traitement des infractions constatées. Base de
données qui enregistre, entre autres, toutes les infractions sur le
territoire national, l'identité des auteurs et celles des victimes.
2. Système d'analyse des liens de la violence associée aux
crimes.

enquêtes. Modes opératoires, lieux, dates, infractions, descriptions et profils psychologiques d'auteurs connus. Si les faits semblent venir du même auteur ou de la même organisation criminelle, les enquêtes en cours sont réunies et le magistrat autorise leur transmission au service de police le plus compétent. Inventé et utilisé par les Canadiens depuis plus de vingt ans, le SALVAC a finalement débarqué en France en 2005 et pour le 93 c'est Mathias Aubin qui s'y colle, en essayant d'assurer comme il peut.

Il alluma le logiciel. SALVAC lui souhaita la bienvenue. Il entra son matricule et son code d'accès. L'écran tressauta, puis l'interface l'identifia. AUBIN Mathias – MLE 46556X – SDPJ 93.

— OK ! J'ai entré le mode opératoire et les premières descriptions… Si ça matche avec une autre affaire, les analystes nous le diront demain.

Sam et Ronan entrèrent dans le bureau en poursuivant une conversation animée, de laquelle ressortait l'idée que rouler à moto à plus de 140 km/heure sur le périph' était une vraie connerie, et qu'à cette vitesse il était vraisemblable que même un droïde aurait du mal à éviter l'embardée d'une voiture. Ils s'affalèrent tous les deux dans le vieux canapé rouge, face aux bureaux d'Aubin et du capitaine Coste.

— On n'a rien. Pas de vidéosurveillance et pas de témoin.

Sam poursuivit :

— D'un autre côté… dans des usines désaffectées et en pleine nuit, ça aurait été surprenant. J'ajoute aussi que Ronan conduit comme un connard et que je ne monte plus avec lui à moto. À cette vitesse, même un droïde…

— Mais putain, c'est quoi ton truc avec les droïdes, depuis ce matin ? Au lieu de faire le malin, parle-leur plutôt de tes petites recherches de geek.

Un peu gêné, Sam commença :

— Bon, vous allez me prendre pour un ado en manque de sensations mais j'ai cherché sur le Net. Vous savez ce qu'est un zombie ?

Coste s'emporta.

— Tu te fous de moi, là ?

— Attends avant de gueuler.

Il sortit de son sac à dos une tablette tactile puis fit défiler le texte qu'elle affichait jusqu'à trouver le paragraphe souhaité.

— Dans la mythologie vaudoue haïtienne, ils sont nommés morts vivants. C'est une croyance qui s'étend de l'Afrique à l'Amérique du Sud. J'ai trouvé ça sur un site qui s'appelle « Dark Refuge ». Le zombie est un pauvre type, victime d'un prêtre vaudou qu'on appelle le Houngan, qui lui refile de la tétrodotoxine. C'est une drogue que l'on trouve dans le poisson-globe ou dans le crapaud des cannes et qui suspend les sensations et les mouvements volontaires, mais le zombie reste conscient et continue d'entendre ce qui se passe autour de lui. Il est enterré, puis exhumé et grâce à un antidote il sort de sa léthargie pour être réduit en esclavage. L'auteur du site continue en disant qu'au XXIe siècle existent encore des témoignages relatant des exploitations agricoles qui utilisent ces esclaves zombies.

Peu convaincu, Coste tempéra :

— Si ça te dérange pas, je vais d'abord voir les résultats des prises de sang. Et si on sèche, je te paie moi-même un billet pour Haïti.

Ronan conclut :

— Je participe aux frais.

Coste s'adressa à Aubin qui se marrait comme à contrecœur :

— Ils ne vont pas te manquer, quand tu seras muté à Annecy ?

— Tu sais très bien pourquoi je me barre.

— Je sais, la famille. C'est important, ça.

Aubin le rabroua gentiment :

— Qu'est-ce que t'en sais, toi ?

7

Coste se réservait le droit d'aller seul aux autopsies. Ronan, élément surdoué dans les relations hommes-femmes, avait vite constaté la présence d'une certaine électricité entre son capitaine et la légiste. Affichant un sourire narquois, une main posée sur le combiné qu'il tendait à Coste, il suggéra avec force clins d'œil que le docteur Léa Marquant était à l'autre bout du fil.

— Victor ?

Sans le regarder, Coste montra la direction de la porte et Ronan s'éloigna en traînant des pieds, comme un gamin qu'on envoie au lit avant la fin du film.

— Oui, je vous écoute.

— Deux choses. D'abord, le standard de l'IML est saturé d'appels de journalistes qui veulent en savoir plus sur les revenants. Vous imaginez les emmerdes que je vais avoir avec tout ça ?

— J'en suis désolé, mais je vous assure que la fuite ne vient pas de mon équipe. Je n'aurais jamais permis que ça vous rattrape.

— Je vous crois, en fait je ne suis pas certaine de la discrétion de mes collègues. Mais par-dessus tout...

40

ce sont les journaux de demain qui m'inquiètent. Une publicité calamiteuse pour notre service.

— Et la deuxième chose ?

— Oui, pardon. Il était bourré de barbituriques, votre type. Dans certains cas, ça peut conduire à un coma profond qui se caractérise par la disparition complète de tout signe neurologique ou même par l'absence d'activité cérébrale. Le pouls est plus faible et on peut passer à côté, ce qui pourrait expliquer l'erreur du premier médecin sur place, avec le froid en plus et le probable manque d'attention, vu l'heure et les circonstances. La dose massive de barbituriques retrouvée dans son sang peut provoquer un coma hypertonique, c'est ce que j'ai confondu avec la rigidité cadavérique. Ma première erreur. Ces mêmes médocs induisent aussi une hypothermie, ce que j'ai pris pour la froideur cadavérique. La seconde. Coste, votre cadavre, c'était juste un putain de piège et je suis tombée dedans comme une gosse.

— Si ça peut vous rassurer, vous n'allez pas être la seule à devoir vous expliquer. Arrêtez de culpabiliser, on vous a apporté un type mort et vous avez agi comme d'habitude.

— On ne doit jamais faire une autopsie comme d'habitude. Vous me raconterez la suite, je voudrais quand même comprendre, merde !

Il se demanda si elle jurait autant pendant les repas de famille.

Il répéta dans sa tête la proposition d'un café au calme, puis, incapable de formuler sa phrase, se cacha derrière un « je vous appellerai ».

Comme il s'y attendait, il se fit convoquer par sa chef de section. Pendue au téléphone, le commandant de police M.C. Damiani égrenait les « oui, monsieur » en faisant signe à Coste de s'asseoir. « M.C. » Damiani… Elle signait toujours ses courriers de cette manière. Sans doute pensait-elle que Marie-Charlotte n'était pas un prénom qui convenait au commandement des deux groupes Crime du SDPJ 93. Elle s'arrêta au milieu d'un « bien mons… » puis raccrocha comme on venait de le faire à l'autre bout du fil, sans lui laisser le temps de terminer sa phrase.

Elle se redressa, un peu gênée.

— Vous êtes au courant, pour la presse ?

— Oui.

— Vous savez que ce cas est pour le moins… inhabituel… Le taulier veut des infos au plus vite pour assurer sa com' auprès du préfet. C'est une très, très mauvaise histoire.

Si ça n'avait tenu qu'à lui, Coste aurait rajouté un « très » supplémentaire. Elle poursuivit :

— Ça fait tache sur le département d'avoir un taré qui s'amuse à torturer sa victime et accessoirement à se foutre de notre gueule. C'est pas Hollywood, ici, c'est la Seine-Saint-Denis.

— Je sais. Vous me dites ça comme si j'y étais pour quelque chose.

— Je vous dis ça pour que vous régliez cette merde au plus vite et qu'on retourne à nos affaires courantes. Je veux du calme dans cette section, pas du cinéma.

Les cheveux blancs coupés court et le visage avouant une cinquantaine bien tassée, Damiani n'aspirait plus qu'à décrocher son grade de commandant à l'échelon fonctionnel pour faire gonfler sa retraite et partir dans la maison qu'elle avait fait construire pour sa famille, quand ce mot avait encore un sens. Elle voulait juste poser son flingue, sa carte de police et ses congés, pour profiter de ce qui lui restait de projets.

L'histoire du Black qui avait décidé de ne pas mourir l'amusait donc modérément.

— Et le sang sur le pull, c'est le sien ou une tuile supplémentaire ?

— On est en attente du labo pour les résultats ADN.

— OK, je vais le booster moi-même, vous aurez une réponse demain. Avant ça, vous vous débrouillez avec ce type dès qu'il se réveille ! J'attends une histoire qui tienne debout et avec un mis en cause s'il vous plaît.

— Comme nous tous, madame.

— Non, Coste, je vous assure, moi plus que vous.

Coste considéra qu'il s'agissait d'une conclusion à leur entretien. Il était à peine levé que Damiani répondait déjà à un autre appel. Elle le retint un instant.

— Vous perdez Aubin et vous gagnez un nouveau lieutenant. Une femme. Je vous ai sorti son CV. Elle est encore trop jeune pour reprendre le poste de référent au programme SALVAC mais le patron se charge d'y coller quelqu'un.

Comme pour parer à toute éventuelle complication à venir, elle crut bon de préciser :

— Victor, vous n'avez pas choisi cette recrue mais c'est pas une raison. Vous êtes gentil, vous évitez de me la déglinguer en trois mois, elle sort à peine de l'École de Police. Disons que je vous la colle à l'essai. Et vous tenez Ronan éloigné, pas d'histoire de cul dans le service, merci.

8

Dernier étage du paquebot de verre. Dans son bureau, le commissaire divisionnaire Stévenin, chef du SDPJ 93, tentait de se sortir sans trop de dégâts d'une conversation similaire.

— Un certain Bébé Coulibaly, monsieur. Il est sous bonne garde à l'hôpital Jean-Verdier, mes hommes attendent son réveil pour le cuisiner.

— Le cuisiner ? Dites-moi, Stévenin, ce n'est pas déjà fait ?

Le divisionnaire soupira discrètement. Quand le directeur de la Police judiciaire est de mauvaise humeur, la meilleure option est de fermer sa gueule. Il écouta la suite.

— Aucun moyen d'agir discrètement, la presse est dessus, évidemment. La situation est bien trop romanesque pour ne pas inspirer leur plume. Remarquez, je les comprends, ça se passerait ailleurs, cette histoire m'intriguerait presque. Mais là, elle m'ennuie. Vous comprenez ?

— Je comprends, monsieur le directeur.

— Qui est dessus ?

— Coste et son équipe. Avec le lieutenant Aubin qui part demain.

— Je sais. Deux ans qu'on lui tend la même carotte, au bout d'un moment, il faut savoir lâcher.

— Et vous avez déjà pensé à un remplaçant pour le programme SALVAC, monsieur ?

— Évidemment. Si l'on ne devait compter que sur vous… J'ai quelqu'un qui fera l'affaire. Il attend juste qu'on le réactive.

Stévenin mendia presque le reste des informations.

— Je peux me permettre de vous demander qui… que l'idée semble au moins venir de moi.

Le directeur de la Police judiciaire avait la réputation d'être un homme cassant, manipulant l'humiliation, publique parfois, avec une intelligente perversité.

— Malbert. Je vous envoie Lucien Malbert. Mon adjoint lui a déjà expliqué les grandes lignes, je vous laisse l'installer dans votre service, vous aurez l'impression de participer.

9

La fin du mercredi s'était déroulée sans que l'état de Bébé Coulibaly permette d'audition. Le lendemain, arrivé le premier, Coste attaquait déjà son deuxième café, profitant d'un instant de calme pour lui tout seul. Il détaillait machinalement l'affiche de l'APEV scotchée sur le distributeur. L'Aide aux parents des enfants victimes. Une dizaine de visages d'enfants disparus ou enlevés lui souriaient, l'air parfaitement heureux. L'affiche est obligatoire. Elle doit être installée dans chaque commissariat de France, sur un mur bien visible, pour que chacun, policiers comme visiteurs, puisse s'en imprégner. Il imaginait les parents anéantis, dans le silence d'une chambre vide, fouillant les albums de famille à la recherche du cliché le plus ressemblant sans pouvoir s'empêcher de prendre le plus joli. Résultat, une mosaïque improbable de portraits de gamins qui se marrent comme des baleines sous le mot « Disparus » en lettres capitales rouges. Ça foutrait un coup au moral de n'importe qui. Certains sont partis depuis si longtemps qu'à côté de leur photo a été ajouté un portrait vieilli, établi par des spécialistes de l'évolution du visage. Vieillissement virtuel qui, d'après eux, devrait correspondre à l'aspect qu'ils auraient s'ils étaient retrouvés aujourd'hui. Coste savait d'expérience que si l'on commence à imaginer la transformation du visage d'un enfant disparu, c'est qu'il ne reste pas beaucoup d'espoir.

Il quitta la salle de repos, trois chaises dépareillées autour d'une machine à café, et regagna son bureau. Il fit de la place pour sa tasse en poussant quelques dossiers vers celui d'Aubin, déjà vide à quelques heures du départ.

Il composa la ligne directe du labo. La responsable de l'Institut national de la police scientifique décrocha et le salua d'un accent qu'il localisa vers Perpignan.

— Les prélèvements sanguins correspondent à un homme qui se nomme Bébé Coulibaly mais j'imagine que vous le saviez déjà. Par contre, le sang sur le pull n'est pas le même. Désolé, vous avez un deuxième type.

Coste ferma les yeux. Évidemment, ça aurait été trop simple.

— Déjà enregistré dans les fichiers ?

— Oui. Franck Samoy, né le 15 mars 1982. Je vous envoie mon rapport par courriel.

Franck Samoy. Coste fouilla les fichiers police. Rien de bien méchant. Un tox à la petite semaine, connu pour des histoires de stups sans envergure. Par rapport aux clients habituels, on aurait presque pu dire que c'était un bon garçon. Pas de fiche de recherche, jamais de prison, heureux propriétaire d'une BMW rouge modèle 633 année 1982, celle de sa naissance.

L'éventualité d'un autre mort planait donc comme un fantôme au-dessus des divines statistiques. Le commandant Damiani le prit assez mal et Coste fut invité très clairement à se bouger au plus vite. Il envoya Sam et Ronan vérifier l'adresse du propriétaire du pull maculé de sang et demanda à Aubin de contacter l'hôpital Jean-Verdier pour savoir où en était la Belle au bois dormant.

Un peu stressé, l'interne de garde les supplia de se dépêcher : le géant s'était réveillé et commençait à faire du bruit.

Sur le trajet, les « choufs », les guetteurs de halls des cités, sifflèrent au passage de la voiture, pourtant banalisée, avertissant les dealers de la présence des flics. Des gamins pas plus hauts qu'une boîte aux lettres se mirent à crier :

— Artena ! Artena[1] !

Il faut être bon physio pour décrocher le job de guetteur, mais pour le coup, deux types à l'air pas commode à l'avant d'une 306 grise, c'était facile. Passage par le pont de Bondy et sa horde de mendiants éclopés à tous les feux rouges. Pont de Bondy, cour des Miracles.

Ils se garèrent au bas des unités médico-judiciaires et entrèrent dans un bâtiment aux peintures défraîchies et au lino déchiré. Coste s'arrêta devant le kiosque à journaux perdu dans un coin du hall.

---

1. Signifie « laisse tomber » ou « laisse-nous » en arabe. Cri d'alerte des guetteurs pour les dealers au passage d'une patrouille de police.

— Tu veux lui prendre de la lecture ? plaisanta Aubin.

Coste ne réagit pas. Le titre « Les morts ressuscitent à la morgue de Paris » l'avait freiné net. Illustré d'une photo de l'Institut médico-légal, éclairé par un ciel menaçant comme une maison hantée. Il pensa à Léa Marquant. Il l'appellerait dans la journée.

Bien sûr.

Il parcourut les grandes lignes pendant qu'Aubin présentait sa carte au secrétariat médical. Une infirmière les dirigea d'un pas traînant vers la chambre 21 puis fit demi-tour sans leur adresser la parole.

Allongé sur le ventre, Bébé Coulibaly accueillit leur arrivée par un grognement où Coste décela le mot « flic », avec une ou deux insultes en guise de ponctuation.

Il s'assit à côté du lit qui contenait à peine son patient.

— Bien, tu t'appelles Bébé Coulibaly, t'as vingt-sept ans, ton terrain de jeu, c'est la cité Paul-Vaillant-Couturier à Bobigny et hier soir…

Il chercha les mots les plus justes.

— … On t'a pour le moins sauvagement agressé et mutilé. Ça fait beaucoup. Tu réalises ? Tu vois une raison à tout ça ?

— Rien du tout.

— Rien du tout c'est pas vraiment une réponse. Tu vois pas qui aurait pu faire ça ?

— Si je savais, je te promets que je réglerais ça moi-même.

— Ouais je vois, t'es un justicier. Tu connais un Franck Samoy ?

— Je connais personne.

50

— Pourtant tu portais son pull.

Deux grosses rides se formèrent sur le front du géant, laissant supposer une tentative de réflexion. Ça pouvait prendre du temps. Coste enleva son manteau et l'installa sur le dossier du fauteuil avant de poursuivre :

— Écoute, je comprends que tu ne nous aimes pas trop, je te rassure c'est pareil pour nous, mais on est face à une situation où toi et moi, on va devoir faire des efforts. Toi pour me parler et moi pour trouver la motivation d'enquêter quand la victime c'est toi, un braqueur reconverti dans le deal. Et puis sérieusement, tu mesures combien ? Environ deux mètres ? Comment t'as pu te laisser kidnapper ?

Bébé se tourna d'un quart vers les deux policiers, résigné.

— Écoute, poulet, je me souviens de trois choses. La première, c'est moi en train de réparer l'électricité de ma cave. Là, j'ai eu comme un coup de gel au niveau de la nuque. Plus de son, plus d'image. La deuxième, c'est moi qui me réveille. Je suis sur le ventre, je peux pas bouger, j'ai une méchante de gueule de bois. Au début j'ai cru que j'étais dans le noir. J'ai entendu des bruits de pas. J'ai regardé à gauche et à droite et j'ai senti du tissu sur ma peau. J'avais une putain de cagoule. J'ai senti qu'on m'enroulait un truc autour de la...

Malgré sa taille et une gueule à lui demander pardon même si on n'a pas tort, il ne semblait pas prêt à revivre cette histoire tout de suite.

— ... après j'suis tombé dans les vapes.

— Et la troisième chose ?

— C'est toi en train de me braquer ton flingue à la morgue, gros malin.

— Ouais, tu m'as un peu surpris, j'avoue. T'avais un portable, sur toi ?

— Avant que j'te lâche mon portable y fera chaud. Tu me traites de dealer, t'as déjà vu un dealer donner son portable ?

— Je m'en fous, de ton commerce, je suis pas des Stups, mais si t'avais un portable on pourrait essayer de voir le trajet que tu as fait et si on te l'a volé, on pourrait savoir exactement où il se trouve maintenant, tu comprends ?

— Mon portable il a pas bougé de chez moi, je suis pas descendu à la cave avec.

Coste se retourna vers Aubin.

— Tu commences l'audition, tu fais précis. Je veux aussi le numéro de sa cave. En attendant, j'appelle les autres.

Aubin déplia la mallette PC-imprimante portable et commença.

— Bien. On reprend depuis le début. Nom ? Prénom ? Date de naissance ?

Dans le hall de l'hôpital, Coste prenait des notes, le téléphone bloqué entre l'oreille et l'épaule. Ronan et Sam s'étaient rendus chez Franck Samoy.

— Il fait la tristesse de sa pauvre mère chez qui il habite à Romainville, cité Gagarine. Une chambre attitrée, quelques fringues, deux-trois boulettes de shit. Sa vieille nous a offert un café et le numéro de portable de son rejeton qui lui fait tant de peine.

Le niveau d'empathie de Ronan n'avait jamais dépassé le zéro.

Sam, dans son élément, avait immédiatement lancé les premières recherches de géolocalisation afin de savoir dans quel coin le téléphone pouvait se trouver. Facture détaillée des derniers appels et trajet précis sur les deux derniers jours. Ils avaient le sang, ne leur manquait que le donneur.

Coste faisait les cent pas quand Aubin le rejoignit à l'entrée de l'hôpital.

— Ça te dit, d'aller visiter la cave de Bébé ?

10

Cité Paul-Vaillant-Couturier, bâtiment F

Pour avoir accès à la plupart des immeubles des cités du 93, il suffit de pousser la porte. Celui de Bébé ne faisait pas exception. Un Digicode arraché du mur, pendu à un fil électrique. Vitres du hall brisées, serrure défoncée, boîtes aux lettres vandalisées pour les chanceux, brûlées pour les autres. Bienvenue.

Au deuxième sous-sol, dans un couloir aux aspects de tunnel, éclairé çà et là par des ampoules à nu alimentées par des fils parcourant le plafond, ils s'arrêtèrent devant la cave numéro 38. Coste introduisit le passe qu'il avait emprunté à la gardienne et ouvrit la porte. Ouverture à gauche donc lumière à droite. Il passa la main sur le mur pour trouver l'interrupteur. Une lumière vive révéla un amas de cartons débordant de vêtements et deux vélos écrasés par une carcasse de scooter.

— Soit il a eu le temps de réparer avant de se faire soulever, soit y a jamais eu besoin d'une quelconque réparation électrique ici.

Coste acquiesça et sortit de la cave pour inspecter les suivantes. Au fond du couloir, l'une d'elles, la 55, portait un cadenas en renfort de la serrure.

Quelques minutes plus tard, Aubin réapparut avec une pince-monseigneur. Le cadenas résista à peine et chuta au sol, puis le passe ouvrit la serrure. L'interrupteur ne répondit pas. Coste alluma sa Maglite et, au sol, se mit à compter une dizaine de préservatifs, quelques mégots de joints, l'équivalent de deux packs de bière en canettes éparses et un matelas, ocre de saleté, sans drap.

Aubin alluma sa lampe torche.

— Là oui, y a du boulot d'électricien.

Le faisceau lumineux se réfléchit sur un emballage argenté. Il s'accroupit et ramassa trois plaquettes vides de médicaments qu'il défroissa pour en lire le nom.

— Viagra et Cialis. Efficace. C'est vrai que ce serait la honte de pas bander devant les potes.

Coste voyait les choses différemment.

— Je me dis surtout qu'une petite qui tombe là-dedans n'a définitivement aucune chance de s'en sortir.

— On envoie toutes les capotes à l'ADN ?

— À quatre cents euros l'analyse, y a pas un magistrat qui va claquer dix mille sur le budget Justice pour une cave à tournantes. Et si on demande au labo police on aura les résultats dans six mois. De toute façon il n'existe aucune preuve du moindre rapport entre Bébé Coulibaly et la cave...

Coste se recula un peu.

— ... et la cave 55. Ça nous donne juste un autre éclairage sur l'affaire.

De retour à la lumière, Aubin eut tout le mal du monde à se dépêtrer de la gardienne d'immeuble et de sa liste de malheurs. Les gamins dans les halls, les courses de scooters sur les parkings, la musique trop forte, les squatters, la police qui casse les portes à 6 heures du matin et bien sûr, personne pour venir les remplacer. Il sortit de la loge alors qu'elle continuait en solo sur sa lancée. Il fit son rapport à Coste.

— Évidemment, la cave 55 n'est à personne, ou plutôt c'est la cave d'un appartement pas encore attribué par la mairie. Alors, comme dit la gardienne qui a l'air plutôt philosophe, « la nature déteste le vide »...

— Et l'appartement ?

— D'après la casse-couilles, il est clean, en attente d'être refilé à une famille.

— On devrait peut-être...

— J'ai les clefs.

Dix étages plus haut, gravis dans les odeurs d'urine et de brûlé, ils firent tourner la serrure d'un F5 meublé, type appartement témoin, qui se démarquait nettement de la crasse environnante. Nouvelle moquette, nouvelle tapisserie, odeur de propre.

Coste se posta devant la fenêtre du salon qui offrait une vue urbaine de zones industrielles et d'immeubles. Il s'alluma une cigarette.

— Tu vois quand même que se profile une des affaires les plus merdiques de ma carrière ?

— Pour être honnête, j'ai déjà la tête ailleurs et j'arrive même pas à avoir de la peine pour toi.

— Ta remplaçante, c'est une sortie d'école. Une nana. De Ritter, Johanna. Jamais mis les pieds sur le 93. Ça va m'aider.

11

Pendant ce temps, Sam et Ronan achevaient leur visite à Suzette Samoy, assis dans le salon de son appartement. Elle tentait difficilement de retirer d'un cadre en plastique une photo de son fils, en tenue du dimanche lors du mariage d'un cousin, tout en repoussant un vieux chat intrigué par la scène. Vexé, il bondit lourdement sous la table en se faufilant entre les jambes des deux policiers pour aller se poster sur un meuble télé sans télé. Inconvénients d'un fils toxicomane, tenté de revendre tout ce qu'il peut.

Dans le même temps, Sam reçut sur son mobile la photo de Franck Samoy extraite des fichiers police.

Placées côte à côte, la photo prise au cours du mariage et celle réalisée dans les locaux de garde à vue faisaient l'effet d'une pub avant/après. Avant la came, après la came. Il fallait enlever quinze kilos, cerner de gris le contour des yeux, jaunir les dents restantes, ajouter dix ans de fatigue et un regard de hérisson pris dans les phares d'un 4 × 4 pour reconnaître à peu près la même personne.

— Vous pouvez garder la photo mais si vous me le mettez en prison, vous voudrez bien passer par ici que je lui donne des affaires propres et que je l'embrasse ?

Ronan soupira. Sam promit. Le chat profita de l'ouverture de la porte pour filer et Suzette resta digne jusqu'à ce que personne ne la voie plus.

— T'étais obligé de soupirer ?

— On a les gosses qu'on mérite, répondit Ronan.

— C'est sûrement ce que se dit ta mère…

Munis des deux photos, ils se mirent à la recherche des potes de galère de Samoy ou de quelques informations. Sam pressa Ronan, il n'avait pas envie de passer l'après-midi à arpenter les abords de la cité Gagarine de Romainville.

— Sérieux, speede un peu, on va se taper des centaines de coups de sonnette si on veut le faire correctement. On commence par les tours nord et on fera retour par les sud.

— Tu te la joues pisteur indien ? C'est où, le nord ?

— Lève les yeux et cherche les paraboles sur les fenêtres, elles sont toutes dirigées vers le sud, c'est une constante. Maintenant que tu sais où est le sud, ça va aller pour trouver le nord ?

— À tes ordres, Pocahontas.

Dans ce binôme assez improbable, Ronan s'occupait d'interroger et Sam, avec ses airs d'ingénieur informaticien, de prendre les notes. Ils se heurtèrent aux portes closes, aux familles qui préfèrent le silence aux ennuis, aux vieux qui n'entendent jamais rien et aux jeunes qui les envoyèrent se faire foutre. Fin de l'opération. Une EVVR typique du 93. « Enquête de voisinage et vaines recherches ».

Sam avait apporté beaucoup de soin à se garer le plus loin possible des cités. Malgré tout, les pneus avant de la C3 de service avaient été crevés et, par une vitre brisée, le contenu d'un extincteur avait été déversé dans l'habitacle. L'intrusion de deux flics qui posent trop de questions n'était pas passée inaperçue. Quatre heures gâchées pour un retour en transports en commun.

Quand ils arrivèrent au service, Aubin avait déjà mis en place son pot de départ et les bouteilles de champagne avaient été installées comme un jeu de quilles sur la grande table de la salle de réunion. À l'écart, Ronan informa Coste.

— On a la C3 au tapis. La fourrière l'a déposée au garage police.

— Un accident ?

— Non, on s'est fait repérer cité Gagarine.

— Il nous reste encore la 306 mais elle est en train de crever. J'emprunterai une bagnole à un autre groupe pour demain. Toi t'appelles ton pote au garage et tu nous mets la C3 en première ligne, sinon tu vas marcher pendant des semaines.

Une coupe à la main, le commissaire divisionnaire Stévenin fit du lieutenant Mathias Aubin l'éloge d'un flic hors norme et d'un si bon camarade. À croire que quel que soit le flic, il a toujours été hors norme et le meilleur des camarades au moment de son départ.

Les hauts gradés s'évaporèrent en même temps que le champagne, laissant place aux alcools un peu plus rudes. La soirée s'éternisa et les consonnes disparurent au fur et à mesure des discussions. À 2 heures du matin, Sam chargea Ronan comme un sac de linge sale à l'arrière de sa voiture. Coste, de son côté, entreprit de déposer Mathias sur les marches de son pavillon familial de banlieue. Arrivé à destination, il se gara de travers et, avec la discrétion des poivrots, tituba tout le long d'un jardinet ridicule en faisant bien attention de n'écrabouiller aucune fleur tout en soutenant son ami, bras dessus bras dessous, comme un blessé de guerre. La lumière du perron s'alluma et Laure Aubin, un peu endormie, accueillit les deux hommes. Désolée, elle jeta un œil à son parterre de fleurs, partiellement anéanti. Elle en coucha un habillé comme il était et empêcha l'autre de partir avant un café bien noir.

Dans la maison vide, seule la cafetière et un radio-réveil restaient branchés parmi les cartons.

— T'aurais pas du sucre ?

— Déjà emballé, mais si tu veux perquisitionner…

— Je ferai sans. Tu es revenue pour le déménagement ?

— Vu le temps que tu laisses à Mathias, je me suis plutôt tout tapé toute seule.

Elle s'alluma une cigarette et lui en tendit une. Coste se dit qu'elle était belle, même en robe de chambre et cachée derrière ses cheveux. Il se dit que son ami avait raison de se barrer et il se dit aussi qu'il était sans doute un peu saoul.

— C'est courageux, finit-il par avancer.

— Peut-être. On rend enfin les clefs du pavillon demain matin, alors je vois ça comme un dernier effort. J'en ai marre de tout faire toute seule. Ça fait deux ans que Mathias déprime, deux ans qu'on se retrouve pas, même quand on est ensemble.

61

— T'inquiète, je te le rends.

— Victor on t'aime, je te jure qu'on t'aime mais éloigner Mathias de toi, du 93 et du boulot, c'est sûrement la meilleure chose qui pouvait lui arriver.

Coste se prit la réflexion en pleine gueule et avec cette idée rentra chez lui chercher le sommeil. Depuis quelque temps, il sentait Aubin de plus en plus distant. De lui, des autres, de son travail. Un père de famille privé des siens, dans une solitude imposée. Il n'aurait guère tenu plus longtemps.

Il se tourna et se retourna dans son lit, avant de prendre sa couette pour s'installer sur le canapé et se laisser hypnotiser par les rediffusions sur son écran géant, unique décor de son salon.

12

Coste reçut la première lettre anonyme le jour du départ d'Aubin. Parmi le courrier habituel récupéré au secrétariat du service, il trouva une enveloppe portant ses nom et prénom écrits à la main. Il la décacheta, en sortit une page pliée en deux qu'il ouvrit.

Code 93.
Overdose – 16 mars 2011.
Squat de l'ancienne mairie des Lilas.

D'entrée, il se dit que les ennuis semblaient l'avoir définitivement adopté. Alors il fit le point quelques secondes, rangea les informations dans son esprit et établit la liste de toutes les actions qui devaient en découler. Il prit l'enveloppe et le courrier par un coin pour laisser le moins d'empreintes possible, profita de ce que les couloirs n'étaient pas encore animés et fit une photocopie des deux. Il glissa ensuite les originaux dans une enveloppe kraft plus grande qu'il cacha dans le tiroir de son bureau. Le papier kraft préserve mieux l'ADN.

Le texte le dirigeait vers une affaire vieille d'un an. Et cette affaire devait comporter une erreur, une omission, un raté, un grain de sable qui faisait qu'aujourd'hui il avait eu droit à un supplément de courrier.

L'enveloppe ne comportait aucune mention de son grade, ni de son service. Il trouva cela très privé et décida que pour l'instant, ça le resterait.

7 h 30. Il avait encore quelques instants avant de croiser les flics les plus matinaux.

Copies en main, il se dirigea vers les archives du service. Il referma la porte derrière lui et enveloppa du regard la large salle parcourue d'interminables rangées de dossiers soigneusement classés. La mémoire de la PJ du 93 comme un journal de bord du crime.

Tout en marchant, son doigt glissa sur les procédures et les mois défilèrent à l'envers. Sous ses yeux, les noms des auteurs, des victimes et les infractions commises lui rappelèrent des scènes qui revinrent d'autorité à sa mémoire. Il s'arrêta au mois de mars 2011 comme le lui indiquait la lettre.

Il retrouva sans difficulté la procédure qu'il sortit de son carton, puis s'assit sur la fine moquette pour lire le dossier ouvert sur ses genoux.

Les premiers procès-verbaux de constatations décrivaient une jeune femme découverte morte dans le squat de l'ancienne mairie des Lilas. Son correspondant avait les bonnes informations. Peut-être un autre flic ?

La présence des forces de l'ordre ayant fait fuir les habitants habituels du squat, l'enquête de voisinage s'était révélée vaine. Aucun document d'identité n'avait été récupéré sur la victime et elle était devenue cadavre sous « x ». Il dégrafa la retranscription du rapport du médecin légiste. Ses yeux sautèrent de paragraphe en paragraphe, ne retenant que les mentions les plus importantes.

« *Corps sous "x" d'une femme, environ 20 ans, mesurant 160 cm et pesant 49 kilos, enregistré à l'IML sous le numéro 11-1237, reçu le seize mars deux mille onze à dix-sept heures trente. Autopsie effectuée par le docteur Léa Marquant.*

» *Déchirures vaginales multiples occasionnées par l'insertion d'un objet contondant. Lésions anales identiques – délabrement périnéal massif.*

» *Ecchymoses membres supérieurs gauche et droit aux zones de prises, évoquant un maintien – dermabrasions de ripage des genoux gauche et droit compatibles avec une traînée du corps sur le sol.*

» *Analyse de sang – présence importante d'héroïne-cocaïne-cannabis.*

» *Ulcération de la muqueuse nasale – bruxisme avec nécrose dentaire – compatible addiction héroïne-cocaïne.*

» *Nécrose infectieuse aux sites d'injection : intérieur des coudes, doigts, doigts de pieds et dos du pied – compatible addiction héroïne-cocaïne.*

» *Cause du décès – surdose par injection d'héroïne – œdème pulmonaire massif.* »

Annexée au rapport, la série des photos de la victime résumait son mode de vie. Mode de survie ? Les nuits à chercher de la came et les matins, déjà en manque. Identification par empreintes digitales, en cours. Identification sur base ADN, en cours. La procédure standard qui voulait que les photos d'un cadavre sous « x » fassent l'objet d'une diffusion nationale avait été respectée.

Coste n'avait pas oublié cette journée. Quelques matelas posés dans une mairie désaffectée, deux étages dont un entier réservé aux toilettes et les fenêtres recouvertes de papier journal. La première affaire de Sam, à peine arrivé au service. Odeur de merde ou de déchets en décomposition, il avait refusé de rédiger les constatations et de mettre un pied dans la vieille maison. Ronan avait fait son malin.

— Elle est sensible, la petite nouvelle ?

Il parcourut le reste de la procédure. Les derniers procès-verbaux mettaient fin rapidement à l'enquête. Aubin, en charge de l'affaire, avait effectué un rapprochement SALVAC. La petite droguée avait fait parler le logiciel qui avait trouvé des correspondances entre son cas et de nombreux autres décès suite à la consommation d'une héroïne aux produits de coupe létaux comme le plâtre ou la strychnine.

Un avis au magistrat du parquet dans lequel il proposait une transmission de l'affaire à un office central de lutte contre les stupéfiants et il avait reçu l'accord de se dessaisir de la procédure.

Cinquante-trois feuillets. Un peu court pour une enquête criminelle. Pourtant Aubin semblait avoir mené son boulot correctement. Peut-être pas assez, pour une personne qui avait fait l'effort d'une lettre anonyme. Coste avait dû passer à côté de quelque chose.

Ça énerve un flic.

8 h 10. Le service commençait à s'éveiller. Il quitta la salle des archives en regardant autour de lui comme s'il était en faute et se dirigea vers son bureau avec le sentiment d'être en infraction dans un bâtiment bourré de policiers.

13

Surplombant le jardin clos d'une dizaine de mètres, dans la passerelle entièrement vitrée qui reliait en leur centre les ailes nord et sud du SDPJ 93, près de quatre-vingts flics se tenaient droits, immobiles, certains les yeux fermés, les autres le regard dans le vide, respectant un silence absolu. La veille, un de leurs collègues s'était fait percuter à 130 km/h par une Porsche Cayenne conduite par des braqueurs en fuite. Il était mort sur le coup et, dans la même opération, avait gagné un grade à titre posthume et une minute de silence. Ce n'était que le début de l'année et déjà la deuxième fois que les flics se recueillaient ici. Vu les statistiques, dix mille policiers blessés par an, une dizaine de morts en moyenne plus les suicides, cette réunion ne serait certainement pas la dernière. Les soixante secondes passées, après avoir été violemment mis face à la réalité de son travail, chacun retourna à ses enquêtes.

L'opérateur téléphonique fit parvenir ses résultats sur la boîte mail de Sam. Le signal du portable de Franck Samoy avait été retrouvé et indiquait une activité particulière. Un appel de quelques secondes toutes les trois heures exactement. Le premier à 9 heures et le dernier à 21 heures, redirigés vers la messagerie sans pour autant laisser un quelconque message, et ce tous les jours depuis trois jours. Beaucoup trop régulier pour être fortuit. Il analysa les cellules techniques activées par les appels et géolocalisa le portable à quelques rues près. Il jeta une poignée de trombones sur Ronan assis en face de lui, absorbé par un magazine qu'il avait sûrement déjà lu.

— Je vais pas perdre mon temps à essayer une nouvelle fois de t'expliquer ce qu'est une cellule technique dans le monde de la téléphonie. La seule chose que t'as besoin de savoir c'est que le portable de Samoy borne au Pré-Saint-Gervais, zone pavillonnaire du quartier Belvédère, dans un périmètre de quatre rues.

— Qui ?

Sam posa sur lui le même regard qu'il aurait eu pour un débile profond.

— Franck Samoy ! Le type qu'on cherche. Le sang sur le pull du géant. Merde, on a vu sa mère hier ! T'es là pendant la journée ou c'est un hologramme ?

Ronan referma sa revue et fit tomber les trombones de son jean.

— J'aime bien le quartier Belvédère, c'est un des coins les plus bourgeois du neuf-trois. Enquête de voisinage ?

— Je préviens Coste.

14

La voyant pour la première fois, et de dos, Coste avait ravalé de justesse un « bonjour monsieur », évitant ainsi une situation gênante. Elle le dépassait facilement d'une tête, les cheveux très blonds coupés en brosse avec une carrure qui lui permettait de postuler à toutes les BAC ou compagnies d'intervention du 93. Un treillis camouflage vert et un sweat en polaire noire confirmaient l'ambiguïté du personnage.

Sans se lever de son bureau, le commandant Damiani fit les présentations :

— Lieutenant Johanna De Ritter, capitaine Coste, chef du Groupe crime 1.

Il pensa immédiatement à Ronan qui, lorsqu'on lui avait annoncé la venue d'une nouvelle recrue féminine dans le service, avait dû tout imaginer sauf ce genre de femme. Il n'allait pas être déçu.

— Bienvenue, lieutenant.

Elle se leva, rectifia sa position de manière militaire. Damiani ne lui laissa pas le temps de répondre.

— Voilà qui est fait, maintenant dégagez de mon bureau. Coste, vous assurez l'administratif pour De

Ritter et retour sur le terrain avec votre géant émasculé et celui qui a taché son pull.

Ils quittèrent tous les deux la pièce et s'engagèrent dans un des interminables couloirs du SDPJ.

— De Ritter, c'est bien ça ?

— Affirmatif, capitaine.

Malgré le mètre quatre-vingts de Coste, elle avait dû baisser les yeux pour lui répondre.

— OK, on va déjà régler quelques points. Moi c'est Victor ou Coste, je préfère Coste, c'est plutôt ma mère qui m'appelle Victor. Il y a deux groupes Crime sur le 93 et quasiment tous les homicides nous reviennent. Je suis à la tête du Groupe 1. Pendant ta période d'essai, tu vas prendre le bureau du lieutenant Aubin. J'ai bossé avec lui pendant dix ans, son départ est difficile pour tout le monde, donc ne t'attends pas tout de suite à faire l'unanimité.

— J'y suis habituée.

Coste apprécia son humour.

— Avec nous tu as Ronan. Après le départ de Mathias il devient automatiquement mon second. Ne fais pas trop attention à ce qu'il dit, retiens juste que si on doit partir au feu, c'est toujours bien d'avoir Ronan à tes côtés. À manier avec précaution, je le considère moi-même comme un explosif instable.

— Noté.

— Enfin tu as Sam. Si on doit partir au feu, Sam ne te sera d'aucune utilité, par contre c'est une tique. Il se met sur un type et ne le lâche jamais. Je lui réserve aussi toutes les investigations techniques sur lesquelles ni Ronan, ni moi ne sommes vraiment calés. Reste plus qu'à trouver ta place. Observe, apprends à la fermer, ne te mets pas en avant et tout ira bien. Tu te souviens de tes cours de management ?

— Pas ma matière favorite à l'École des officiers mais je me souviens du délai des trois mois.

— Exact, pendant quatre-vingt-dix jours, tu regardes. C'est le temps qu'il faut pour te faire respecter, ou au moins te faire accepter. On fera le point d'ici trois mois. Pour le soutien opérationnel on a le Groupe crime 2 avec à sa tête le capitaine Jevric. Tu apprendras à la connaître et quand ce sera fait tu la détesteras, comme tout le monde. Le respect s'acquiert avec la compétence, elle tente de l'obtenir en gueulant, résultat son équipe change régulièrement sans qu'elle réussisse à créer la moindre cohésion. C'est un petit tyran et j'évite au maximum de travailler avec, mais ses hommes, contrairement à elle, sont tous de bons flics.

— Noté.

Il s'arrêta devant la porte du secrétariat PJ.

— Voilà, ici tu vas te faire connaître, prendre tes tours de permanence, te faire attribuer tes codes et tes « login » pour les fichiers police, te faire ouvrir ta boîte mail et tu seras conduite à l'armurerie pour récupérer ton flingue, ton tonfa et ton brassard police. Le secrétariat, c'est comme les infirmières, t'as beau être le meilleur chirurgien du service, si tu les as à dos les choses peuvent se compliquer rapidement. Il faudra ensuite que tu fasses un essai au stand avec les moniteurs de tir avant de pouvoir porter ton arme. Le groupe t'accompagnera, ça nous permettra de nous décrasser un peu et de voir ce que tu vaux.

— Reçu.

72

— Tu fais des phrases plus longues, des fois ?

Elle se reprit, un peu déstabilisée.

— C'est juste que…

— Je te taquine, on a tous commencé comme ça, sans savoir quoi dire au début. Rassure-toi, sois intègre, ne commère pas trop et personne ne remarquera ta présence. Les premiers jours c'est ce que tu vises. L'invisibilité.

Dans le dos de Coste, Sam arriva et coupa la conversation sans chercher à savoir s'il dérangeait.

— Le numéro que nous a refilé la mère de Samoy borne au Pré-Saint-Gervais. Un appel toutes les trois heures, exactement.

— D'autres appels ?

— Aucun, juste celui-là, toutes les trois heures depuis trois jours, redirigé vers la messagerie et sans un seul message laissé. Le premier appel est à 9 heures, puis un à 12, à 15 et à 18 heures, le dernier arrivant à 21 heures.

— De 9 à 21 heures, ça ressemblerait presque à des journées de flic. C'est quoi, le but ? Une invitation pour qu'on le localise ?

Sam avait décroché de la conversation et regardait fixement De Ritter.

— Pardon. Sam, je te présente le lieutenant Johanna De Ritter. Johanna, Sam. Maintenant on te laisse entre les mains du secrétariat, on doit faire un tour au Pré-Saint-Gervais. Quelqu'un semble vouloir qu'on s'y rende.

Sur le chemin vers le bureau, Sam n'arrivait pas à virer son sourire.

— Sérieux, c'est elle De Ritter ? Ronan l'a vue ?

73

— Pas encore.

— Tu sais que ça fait bien deux jours qu'il fantasme rien qu'avec son prénom ?

— Ouais je sais, ça va être drôle.

15

— Toujours en flagrance, monsieur le procureur. On se dirige vers la commune de Pré-Saint-Gervais, quartier Belvédère. Le sang sur le pull de Bébé Coulibaly appartient à un dénommé Franck Samoy, un tox connu de nos services. On est allé voir sa mère qui n'a pas de nouvelles de lui depuis quelques semaines et qui nous a fourni son numéro de portable. C'est ce numéro qui borne au quartier Belvédère.

— Vous pensez l'y trouver ?

— Vous savez, c'est juste un bornage, ça nous donne une aire de recherche, pas une adresse précise, mais c'est une zone pavillonnaire, ce sera toujours plus facile qu'une cité de quinze immeubles de vingt étages. D'un autre côté, c'est son sang sur le pull, j'ai donc des doutes sur son état de santé. Je vous appelle si on trouve quelque chose.

Coste raccrocha et rangea son portable dans sa veste. Ronan était au volant et Sam à l'arrière lui faisait une description malhonnêtement avantageuse de Johanna De Ritter.

— C'est pas trop tôt ! Un petit cul dans le groupe ça manquait, j'en ai marre de mater tes fesses, Sam, je suis pas fan des ambiances carcérales et sur ce département y a rien à draguer.

— C'est que tu cherches mal.

— Tu parles, elles se planquent. Elles portent des joggings et elles crachent par terre pour faire le bonhomme. Quand elles rentrent de soirée elles sont obligées de se changer dans le métro avant d'arriver dans leur cité. Pour certains, ici, une fille qui porte une jupe c'est une pute.

— Tu noircis le tableau, Ronan.

— Et la petite qui s'est fait immoler en bas de chez elle ?

— C'était juste parce qu'elle sortait avec un type qui était pas du même quartier. Non, toi tu parles de celle qui s'est fait dessiner un damier au cutter sur le visage.

— Ah ouais, je les confonds à chaque fois.

Le véhicule se gara en haut de la colline du Pré-Saint-Gervais.

— Sam ? appela Coste.

Celui-ci déposa sa tablette tactile sur le capot de la voiture et, en quelques manipulations, présenta une carte des lieux.

— Bien. Le quartier fait un carré de quatre rues. À l'intérieur de ce carré on compte trois avenues qui portent toutes des noms d'arbres, perso je préfère quand c'est des poètes mais bon. Nous avons donc Acacias, Marronniers et Saules. J'ai visité un site immobilier, on va se gaufrer soixante-quatorze villas. Dans l'une d'elles se trouve le portable.

— Et avec un peu de chance, à côté du portable, on aura Franck Samoy.

— T'es optimiste, Ronan. Tu veux qu'on procède comment, Coste ?

Victor Coste réfléchit quelques secondes.

— Je connais bien l'endroit. Pas une villa à moins de quatre cent mille euros, notre gars peut pas se payer ça, même en location. Soit il est hébergé, soit il squatte une villa vide, je penche pour le squat. On peut faire villa après villa ou chercher directement la vieille qui connaît le quartier, celle qui épie ses voisins et qui sait les potins. On évite les jardins avec des jeux d'enfants, les pavillons avec une bagnole neuve devant et ceux qui ont une antenne parabolique et on devrait trouver notre vieille. Ronan tu prends Acacias, Sam Marronniers, je prends Saules et le premier qui a quelque chose téléphone aux autres.

Les trois policiers se séparèrent et quelque vingt minutes plus tard, c'est Ronan qui les contacta. Sam et Coste se rejoignirent au 15 de l'avenue des Acacias.

— Vous allez adorer. J'en ai trouvé une bonne. Vous savez ce que c'est, ça ?

Il montra un talkie-walkie d'enfant, rose et rond, accroché à la grille d'une villa faisant face à un jardin en friche. Une statuette commençait à perdre de son sens sous la poussée des mauvaises herbes et un panneau « attention chien méchant » ornait la boîte aux lettres.

— C'est un putain de baby-phone en position émetteur-récepteur. Elle en a accroché partout dans sa baraque.

Sam siffla son étonnement.

— Bravo, t'as mis la main sur la parano du quartier.

Le baby-phone cracha.

77

— Le grand avec sa drôle de tête il reste dehors, j'en veux pas chez moi ! Y va voir si j'suis parano !

Ils levèrent tous trois les yeux vers la maison pour se voir épiés par une silhouette que le reflet du soleil dans la vitre ne leur permit pas de distinguer réellement, puis qui disparut.

Ronan, aux anges, n'en demandait pas plus.

— Voilà, le grand avec sa drôle de tête tu nous attends bien sagement, nous on va faire les policiers. Tu peux remplacer le chien méchant si tu veux, il est mort depuis longtemps.

— Paix à son âme, conclut le baby-phone.

Un autre, de même marque et de même couleur, se trouvait accroché au-dessus de la sonnette d'entrée. La porte était entrouverte et une odeur persistante d'urine de chat imprégnait l'atmosphère. Ronan invita Coste à le suivre.

— Viens, elle est au fond, dans le salon.

Une dame sans âge était profondément enfoncée dans un fauteuil élimé. Une large tache de gras auréolait le repose-tête. Engoncée dans une blouse à fleurs, elle portait les cheveux courts et teintés de ce bleu improbable que seuls les coiffeurs d'octogénaires se permettent. Elle quitta à peine du regard l'écran de télé. Devant elle, sur la table du salon, étaient disposés huit baby-phones grésillant chacun avec sa sonorité propre et couvrant quasiment le bruit du présentateur du journal télévisé.

— Toujours à l'écoute, mes enfants. Sept fenêtres et une porte, huit takiouakis pour tout entendre. Comme ça je sais si qu'on rentre chez moi ou si qu'on rôde. Mieux qu'une alarme de magasin.

— Ouais mamie, sauf que les alarmes sont directement reliées au commissariat et que vous, si quelqu'un entre, vous serez la seule à le savoir. Probablement la dernière aussi.

La vieille tendit l'oreille.

— Comment ?

— Je disais…

Coste le coupa :

— Tu disais rien, Ronan, tu t'asseyais et tu me laissais parler avec madame, c'est ça que tu faisais.

— Ah, lui c'est le chef. Il veut du café et des petits gâteaux ?

Ajoutée aux odeurs peu engageantes, la fine pellicule de gras collant qui semblait recouvrir chaque surface de la maison influença la réponse.

— Sans façon, mais c'est bien aimable.

Coste s'assit à côté d'elle et parla un peu plus fort.

— Je suis sûr que vous êtes le genre de personne à connaître les gens d'ici. Nous cherchons une villa qui pourrait être squattée. Ça vous parle ?

— Soixante-dix-sept villas. Je connais tout le monde parce que mes chats se baladent un peu trop. Les gens y disent qu'y puent, mais un chat ça se peut pas que ça pue, un chat c'est tout le temps en train de se laver.

Elle se mit à tourner la tête alentour comme pour chercher l'un d'eux puis se souvint de la question.

— Deux villas à vendre, une propre et une que mes chats s'y sont coincés dedans une fois, mais celle-là elle va pas se vendre, elle est à l'abandon. 23, avenue des Saules, si y veulent la voir.

— Merci pour votre temps, madame.

Ronan se rapprocha des baby-phones pour que Sam n'en perde pas un mot.

— Oui, merci et excusez notre collègue, c'est l'éducation qui lui manque pour parler aux dames.

À l'extérieur, Sam leva le majeur à son intention.

Ils se rendirent devant le 23 de l'avenue des Saules et constatèrent que la description de leur nouvelle indic était juste. Maisonnette sur deux étages, volets fermés, peintures défraîchies, quelques tuiles manquantes, crépi se détachant des murs et chaque centimètre carré recouvert de vigne vierge. À l'abandon convenait assez bien.

— Sam tu regardes dans la boîte aux lettres, qu'on se fasse une idée de la dernière fois que le courrier a été relevé. Ronan, tu passes par-dessus la grille et tu m'enfonces la porte. On dira qu'elle était dans cet état à notre arrivée, on va pas poireauter deux heures à attendre un serrurier.

— La boîte aux lettres est fermée, je peux aussi la péter ?

Ronan, avec déjà une jambe de chaque côté de la grille et même dans cette position inconfortable, ne put s'empêcher de se payer la tête de son équipier.

— Régale-toi, Sam, avec tes petits bras, une boîte aux lettres c'est un peu comme une porte, mais te fais pas mal surtout.

Ronan sauta sans difficulté au bas de la grille et se dirigea vers le pavillon. Au même moment le loquet de la boîte aux lettres céda. Ronan envoya un premier coup d'épaule sans que rien ne se produise. Sam plongea la main dans la boîte aux lettres. Ronan se recula pour armer un second coup d'épaule. Sam sortit la seule chose qui se trouvait dans la boîte, une carte plastifiée qu'il tendit à Coste. Ronan inspira et se jeta une seconde fois sur la porte qui céda dans un craquement de bois. Coste hurla :

— N'entre pas !

Entre ses mains, une carte nationale d'identité fatiguée et cornée supportant la photo de Franck Samoy, les cheveux ébouriffés et les yeux souriants.

— On a du courrier.

Sam triompha :

— On a trouvé le bon endroit, non ?

— Son portable qui nous mène ici, maintenant sa CNI dans la boîte aux lettres. On n'a rien trouvé du tout, on s'y est fait conduire par la main. Et ça me déplaît.

16

Il avait pris l'habitude d'avancer la tête tournée vers la gauche. Seul l'œil droit fonctionnait, l'autre ayant été crevé dans une bagarre de rue. De cette manière, bon an mal an, il recentrait à peu près son champ de vision. Il monta sur ce qui restait des genoux d'un homme assis sur une chaise. L'odeur de chairs brûlées l'avait attiré ici. Il avait tenté de lécher les endroits les moins carbonisés, au niveau des chevilles, mais le goût lui avait déplu. Il évalua la force nécessaire qu'il devait imprégner et bondit gracieusement au sol. Il avait beau avoir une tête de pirate de contes pour enfants avec son orbite vide, il n'en restait pas moins un gros chat qui savait retomber sur ses pattes.

Il descendit les marches pour se retrouver au rez-de-chaussée. S'il poursuivait le couloir vers l'entrée et s'il bifurquait vers la pièce qui auparavant servait de cuisine, il rejoindrait le trou dans le mur qui lui permettait d'accéder à l'air libre. C'était d'ailleurs par là qu'il était entré. L'obscurité plongeait la maison dans une encre noire, pourtant, à la dernière marche, il perçut un danger, s'immobilisa et dressa ses oreilles. Il tourna un peu plus la tête vers la gauche pour inspecter les lieux. Il posa une patte sur le sol de l'entrée sans se décider à quitter vraiment l'escalier.

L'effet conjoint de la porte qui explose, frappant violemment contre le mur, et de la luminosité aveuglante qui envahit l'entrée de la maison, fit sursauter le chat à la limite de l'attaque cardiaque. Il entreprit un sprint sur place, ses pattes glissant sur le sol sans pour autant avancer, puis finit par se prendre le mur en pleine gueule avant de regrimper les escaliers en deux sauts successifs.

— Ne rentre pas !

En contre-jour, Ronan sortit son arme de service et la chaussa, vite rejoint par ses deux équipiers. Sans se parler, les trois hommes reconnurent immédiatement l'odeur. Passant de pièce en pièce ils sécurisèrent rapidement le rez-de-chaussée en s'annonçant.

— Cuisine, c'est clair !

— Salon, c'est clair !

— On monte !

La lumière du rez-de-chaussée ne dispersait qu'à peine l'obscurité du premier étage et Coste sortit sa Maglite. Il balaya la pièce unique au centre de laquelle trônait une chaise pliable en plastique. Un corps entièrement calciné, momifié par la chaleur, les attendait. Homme, femme, Franck Samoy ou un autre.

— OK, on sort de là, on va pas pourrir la scène. Ronan, appelle l'Identité judiciaire, il est bientôt 18 heures, le temps qu'ils se pointent le soleil sera au couchant, tu leur fais ressortir les projecteurs, un pour l'extérieur, deux pour la maison. Sam tu me trouves les proprios de ce taudis et tu les contactes. J'appelle le médecin de garde et le proc' pour l'accord d'autopsie. Sam, le dernier appel remonte à quelle heure ?

— Selon le listing des entrants, à 15 heures.

— Et un appel toutes les trois heures, donc normalement…

La sonnerie qui retentit à ce moment dans la pièce, à 18 heures précises, avait des accents de musique cubaine absolument déplacée pour la situation. Coincé entre deux côtes du cadavre, le portable s'illuminait par intermittence en annonçant un « correspondant inconnu ». Voilà près de deux jours que l'appareil vibrait à horaire régulier et ce dernier appel eut raison des os calcinés qui le retenaient. Les côtes se brisèrent pour partie en poussière, le portable chuta à l'intérieur de la cage thoracique et disparut en poursuivant sa rumba, un peu plus étouffée désormais. Ronan réussit tout de même à ironiser :

— Faudra prévenir ta légiste qu'il y a une surprise à l'intérieur, comme dans les Kinder.

— J'y penserai. Allez messieurs, on ne touche plus à rien, on décolle.

Néanmoins Sam ne parut pas réceptif.

— Sam, tu fais quoi ? T'approche pas.

Il ignora l'ordre reçu.

— La chaise… Elle est pas brûlée. Je veux dire, elle est en plastique et elle est pas brûlée. Le sol non plus, rien, putain, rien n'est brûlé, y a que lui.

17

De loin, avec les projecteurs éclairant violemment la façade du 23, avenue des Saules, les passants auraient pu imaginer qu'un film se tournait, quartier Belvédère. Les opérations de l'Identité judiciaire se terminèrent bien après 23 heures. Une fois les constatations effectuées, il s'agissait maintenant d'extraire le corps de la maison. Les employés des pompes funèbres restaient un peu hésitants. Le premier tenta de passer ses bras sous ceux de la victime alors que le second s'attacha à attraper délicatement ses chevilles. Au niveau de l'épaule gauche, les os se brisèrent et le bras tomba au sol. L'un d'eux manqua de renvoyer son dîner. Le bras fut reposé délicatement sur les genoux de son propriétaire et ils se résignèrent à sortir le cadavre en le laissant sur sa chaise pour pouvoir l'insérer plus facilement dans la housse mortuaire, une fois à l'extérieur.

Coste se rapprocha de l'équipe de l'Identité judiciaire et leur tendit la carte nationale d'identité de Franck Samoy.

— J'ai aussi besoin d'une recherche d'empreintes

sur ça. Vous direz à « Don't touch » qu'on est deux à l'avoir touché, le lieutenant Samuel Dorfrey et moi, capitaine Victor Coste, désolé.

— C'est rien, on prendra vos empreintes au service pour discrimination. Pour nous c'est bon, on a terminé.

Il regarda Coste, intrigué.

— C'est pas vous, y a trois jours, qui avez eu l'affaire du revenant ?

Coste hocha un oui de la tête, les yeux fermés.

— Et maintenant une combustion spontanée, vous faites dans le particulier, à la Crime, ces temps-ci !

— On est aussi sur un cas de morsure de loup garou. Si ça vous intéresse je vous garderai des poils.

— Sérieusement ?

Coste s'énerva, il savait qu'il avait un aperçu de ce que la presse allait afficher dans les jours suivants.

— Vous êtes con, ou quoi ? Vous me faites une recherche d'hydrocarbure, on a quand même plus de chances qu'il ait été brûlé ailleurs à coup d'essence et foutu là après, plutôt que votre histoire d'autocombustion. Pour les résultats, votre délai ?

— Demain matin si je m'y mets ce soir.

— Alors au boulot, « Fox Mulder ».

Coste s'éloigna, s'alluma une cigarette. Il s'adossa contre la grille de la villa voisine et se laissa glisser jusqu'à s'accroupir. Le visage entre les mains, il écouta la mise au point de ses adjoints. Sam prit la parole :

— Les proprios sont à Cannes, ils ont refilé la vente à une société immobilière qui a fait faillite. Ils n'ont pas eu le temps de s'en occuper par la suite, la baraque s'est dégradée et ils attendaient de se renflouer un peu pour la retaper avant de la remettre en vente. Ça fait six mois qu'ils n'y ont pas mis les pieds.

— Autre chose ?

— Rien de particulier dans la maison, j'ai inspecté les deux étages. Par contre il y a une porte à l'arrière avec des traces de pesées sur le chambranle. Sûrement ouverte au pied-de-biche. C'est probablement par là qu'ils sont passés, plus discret que par-devant.

Ronan poursuivit :

— J'ai contacté l'Institut médico-légal, ils ont un créneau demain à 13 heures.

— Pas avant ?

— Si, une heure avant, mais à 13 heures le docteur Léa Marquant prend son service, je me suis dit…

— 13 heures c'est bien. On quitte les lieux.

— Tu sais le flic mystérieux, belle gueule et regard bleu acier, ça va un instant, mais la miss il va falloir lui parler ailleurs qu'au-dessus d'un cadavre si t'as dans l'idée d'avancer un peu. Si tu veux je te coache, ça se fait de plus en plus, j'ai vu ça à la télé.

Sam renchérit :

— Surtout que t'as déjà dû l'impressionner avec ton zombie d'il y a trois jours, alors maintenant avec ton…

— Si tu prononces le mot autocombustion, je te vire. Non, je te fous de permanence à Noël et au nouvel an, et ensuite je te vire. Y a vraiment que toi pour être excité par ce genre de truc.

Les trois hommes remontèrent l'avenue des Saules. Un miaulement discret fit se retourner Ronan. Sam portait dans ses grands bras maigres le chat pirate.

— T'es sérieux ? Tu fais quoi avec ce truc tout pourri ?

— Ma BA de la journée.

Au passage devant le 15, avenue des Acacias, Sam jeta le chat par-dessus la grille et le baby-phone lui dit merci.

18

Stand de tir, sous-sol du SDPJ 93.
Samedi 14 janvier 2012, 8 h 30 du matin

Sam ne se décidait pas à lâcher son coéquipier.

— Donc, le fait que tu portes une nouvelle chemise, deux boutons ouverts et que tu sois à peu près rasé n'a aucun rapport ?

— Aucun, tu m'emmerdes.

— Excuse-moi, c'est juste que je trouve bizarre que tu te mettes tout beau pour le premier jour du lieutenant De Ritter. D'un autre côté je te comprends, je crois que c'est une catégorie dans laquelle t'as jamais tapé.

Coste entra sur le stand accompagné de la nouvelle recrue. Malgré un physique plutôt athlétique, il réussissait tout de même à avoir l'air inoffensif à côté d'elle. Il s'adressa à son équipe et au moniteur.

— Messieurs, pour la plupart vous connaissez le nouveau lieutenant. Johanna je te présente Benjamin, notre moniteur APP, et le lieutenant Ronan Scaglia, mon second de groupe, le seul de l'équipe que tu n'avais pas encore vu.

Les deux se saluèrent, hésitant entre la bise et la poignée de main pour finir par ne faire ni l'un ni l'autre. Plus à l'écart Ronan souffla :

— Je te garde une balle, Sam.

— Je t'avais dit que t'avais jamais tapé dans cette catégorie.

Le moniteur prit les commandes.

— Bien les filles, on se met sur le pas de tir. Arme en sécurité. Insérez les chargeurs à quinze. Mettez-vous à cinq mètres pour un tir de contact à cinq cartouches. Casque et lunettes. Tireurs êtes-vous prêts ?

Les trois répondirent d'une seule voix :

— Tireurs prêts.

— À mon signal.

Le coup de sifflet libéra une salve de quinze détonations rapprochées.

— Armes en sécurité. Tireurs, reculez à dix mètres pour un tir de cinq cartouches. Casque et lunettes. Tireurs êtes-vous prêts ?

— Tireurs prêts.

Les trois pistolets automatiques Sig Sauer SP 2022 crachèrent leurs gerbes de flammes.

— Armes en sécurité. Dernier tir. On va voir ce que vous valez. Placez-vous à vingt mètres pour vos cinq dernières cartouches. Casque et lunettes. Tireurs êtes-vous prêts ?

— Tireurs prêts.

Les quatre cibles furent secouées par la puissance du 9 millimètres Parabellum.

— Armes en sécurité. Armes à l'étui. Tireurs aux résultats.

Ronan, dont la cible était voisine de celle de De Ritter, subit sa deuxième vexation de la journée. Son tir était honnête, il avait toujours été doué, mais à côté de l'autre cible il était ridicule. Cinq impacts cœur, cinq impacts tête, cinq impacts abdomen. Il s'énerva.

— T'es qui, toi ? Calamity Johanna ?

Le moniteur s'approcha.

— Beau boulot, Jo.

Ronan parut surpris.

— Vous vous connaissez ?

— Un peu. À moi de faire les présentations. Johanna, championne de France de tir, je te présente ton équipe ; l'équipe, je vous présente Johanna De Ritter. J'y crois pas, vous savez même pas qui vous recrutez.

Reconnaissante, elle tapa dans le dos du moniteur.

— Jo, tu repasses quand tu veux, t'es ici chez toi.

Coste la prit à part alors que les deux autres tireurs rangeaient le matériel.

— Je t'avais pas dit de la jouer profil bas ? C'était pas un tir, c'était une démonstration. Tu sais c'est susceptible, les hommes.

— Ouais, quand y aura plus marqué grosse lesbienne dans les yeux du lieutenant Scaglia, je ferai un effort pour en tirer quelques-unes à côté si ça peut lui rajouter deux centimètres où je pense.

— Bien, bien, bien, ça promet de belles journées. On va régler tes problèmes d'ego tout de suite. Ronan, tu t'occupes de Calamity et tu lui fais un point sur le dossier Bébé Coulibaly et Franck Samoy, ensuite vous irez tous les deux à l'Identité judiciaire pour voir si des résultats sont dispos. Tu vas voir, championne, vous allez vous adorer.

19

Quai de la Rapée. Institut médico-légal. Paris.
13 h 15

Elle enfonça la touche « REC » de son Dictaphone et se pencha sur le corps noirci.

— Technique criminelle dite du barbecue. Le comportement des assassins se modifie en suivant l'évolution de la Police scientifique. J'ai un confrère à Marseille qui m'en a parlé récemment. Six cas sur les cinq premiers mois de l'année, essentiellement des règlements de comptes. Généralement utilisée pour retarder l'identification de la victime.

— Pas dans ce cas précis, on nous a carrément déposés devant.

Elle se pencha sur le corps.

— À l'examen du squelette, c'est un homme. Brûlure thermique du quatrième degré. Réduction du volume et du poids du corps, rétractation des tissus, déchirures et fractures spontanées dues à la chaleur. Abandonnez tout espoir sur les empreintes digitales, elles sont cramées. Par contre, on devrait pouvoir trouver de l'ADN. Il reste juste assez de chair autour des chevilles, sûrement protégées par des chaussures en cuir montantes. S'il est connu au fichier des empreintes génétiques, vous aurez votre homme.

— Et s'il avait brûlé entièrement ?

— Reste l'ADN mitochondrial dans la moelle osseuse, c'est plus compliqué.

— Et les empreintes dentaires ?

— Ça, Victor, c'est quand on est dans le grand flou. À la limite, l'odontologie médicale nous révèle une époque ou, en fonction des techniques de chirurgie dentaire, un lieu de production. Mais ici, cela ne vous aurait été d'aucune utilité, regardez.

Elle invita Coste à s'approcher et ouvrit la mâchoire dans un craquement feutré.

— Certaines dents sont cassées. Devant, une incisive et une canine de la mâchoire inférieure ; et plus au fond, deux molaires sont brisées, mais pas arrachées. Ça ressemble fort à de la torture. Vous me dites que rien n'a brûlé autour ?

— Vous allez pas vous y mettre, non ?

— J'ai un esprit rationnel, quand je vois un objet non identifié dans le ciel, je pense d'abord à un ballon-sonde plutôt qu'à une soucoupe volante. Je voulais juste souligner que si les deux affaires ont un rapport, y a un enfoiré qui se fout largement de votre gueule.

Enfin de la vulgarité, il commençait à s'inquiéter.

— Elles ont un rapport. La sculpture de squelette en charbon devant vous est probablement le propriétaire du sang sur le pull du revenant.

— Victor, on vous taquine. Il va falloir faire preuve de discrétion si vous ne voulez pas avoir la presse sur le dos une seconde fois.

93

Elle lui demanda un instant, quitta la pièce et revint avec le dossier de Bébé Coulibaly. Elle en sortit une photo, celle du pull gorgé de sang et s'approcha du corps.

— Effectivement, identique aux impacts sur le pull, je trouve deux correspondances au niveau des côtes et une troisième ici, une éraflure sur la colonne vertébrale. On a les trois tirs. Chacun d'eux pourrait être mortel vu l'emplacement. La mort par carbonisation pourrait être aussi la cause du décès mais je ne vois pas trop pourquoi on tirerait à trois reprises sur un type déjà calciné. Pour la datation de la mort, je vais devoir me rapprocher d'un confrère paléoanthropologue, vu l'état du corps, seuls ses os pourront nous être utiles.

Coste la regardait faire d'un air amusé.

— Tout cela a l'air de beaucoup vous plaire.

— Je vais être honnête avec vous, Victor, je n'ai jamais été aussi bien courtisée.

20

« Don't touch », le responsable de l'Identité judiciaire, blouse blanche immaculée, subissait calmement le capitaine Lara Jevric, chef du Groupe crime 2 du SDPJ 93.

— On fera au plus vite, capitaine.

— Et c'est encore trop lent, faites comme dans *Les Experts*, c'est pas compliqué. Je vous pose la réquisition judiciaire ici, OK ?

Elle se redressa à l'entrée de Coste.

— Salut Victor.

— Bonjour Lara.

— Tu t'en sors, avec tes affaires bizarres ?

Coste sentit le ton de moquerie mais ne prit pas la peine de relever.

— On tâtonne. Et toi t'es sur quoi ?

— Acte de barbarie et viol. Enfin, viol… le gars choure un kilo de shit à des lascars de Saint-Ouen, se barre le vendre sur un autre département et tente de se faire oublier en Thaïlande.

— Et ça a pas marché ?

— Non, pas vraiment, les vacances ont toujours une fin. On a reçu un appel ce matin de l'hôpital

Jean-Verdier. Ses copains l'ont retrouvé. Ils lui ont tranché l'index au coupe-boulon, ça c'est pour la vengeance. Ensuite, ils l'ont forcé à sucer leurs chiens, ça c'est pour le fun. On a découvert des fragments de poils dans sa bouche et je voudrais que les experts du 93 se bougent un peu pour me dire si c'est du clébard ou pas.

— Comme je vous dis, capitaine, on fera au plus vite, maugréa « Don't touch ».

Elle leva les yeux au ciel et quitta la pièce.

Le responsable de l'Identité judiciaire récupéra la réquisition sur son bureau et la glissa sous la pile de celles qu'il avait reçues plus tôt dans la journée.

— Tu fais quoi ? lui demanda Coste.

— Chaque fois qu'un connard me parle des « Experts », je traite sa réquisition en dernier. Sérieusement, je vous appelle Columbo, moi ? Non.

Coste se marra.

— T'as reçu les résultats de recherche d'hydrocarbure sur le corps de Pré-Saint-Gervais ?

— Oui, j'ai cru que j'allais devoir booster la section incendie du labo central, mais ils étaient déjà au taquet et bien au courant de l'affaire, comme tout le monde je pense. T'as intérêt à te dépêtrer de tout ça, t'es sous les projecteurs, Columbo.

— Tu vois que tu peux être désagréable, toi aussi.

Il posa la main sur l'épaule de l'homme en blouse blanche. Sa barbe épaisse de soixante-huitard collait plutôt bien avec ses fonctions de flic de la Scientifique. Sur son bureau, les photos sous cadre des gamins et de la famille étaient remplacées par les clichés des plus belles scènes de crimes sur lesquelles il avait été amené à enquêter. Coste en connaissait quelques-unes pour avoir travaillé dessus. Celle de la femme partiellement mangée par son ex-petit ami dérangé. Celle du jeu sexuel qui a mal tourné avec le type retrouvé mort accroché sur une croix de saint André, comme un Christ déluré. Rien de morbide, juste l'habitude et une carapace assez épaisse pour ne voir dans ces images que du professionnel. Un lien indéfectible existait entre les deux hommes. Un lien qui prenait sa source dans une histoire commune et personnelle qu'aucun d'eux n'avait oubliée et qui ne nécessitait plus d'en parler.

Il quitta le service de l'Identité judiciaire avec en main le rapport technique qu'il parcourut en marchant. Arrivé à son bureau il vit Sam, au centre de la pièce, faisant la lecture au reste de l'équipe, sa tablette tactile entre les mains.

— Le premier cas recensé remonte à 1731 à Vérone, Italie. La victime était la comtesse Cornelia Bandi âgée de soixante-deux ans. Le magistrat écrit lui-même dans son rapport : « Un feu mystérieux semble s'être allumé spontanément dans la poitrine de la comtesse. » 1782 à Caen, cas similaire, le chirurgien en charge des constatations sur le corps a déclaré : « Le corps s'était consumé en moins de sept heures, bien que rien d'autre que les vêtements n'ait été calciné. » En 1977, l'expert désigné par le parquet de Nancy admettait dans son rapport l'existence d'un cas de combustion spontanée. Une femme découverte carbonisée chez elle et dont les os réduits en cendres avaient dû subir une chaleur supérieure à deux mille degrés Celsius sans que rien d'autre n'ait brûlé dans l'appartement. S'ajoutent des événements qui se sont déroulés devant témoins. 1938, Chelmsford, Angleterre : une gamine prend feu dans une salle de bal, et une autre en 1980, dans une discothèque de Darlington. Pour chacun de ces cas, aucun accélérateur de combustion n'a été trouvé sur place. En 2010, la police irlandaise elle-même conclut encore que le décès d'un retraité à Galway relève de la combustion spontanée et…

Coste l'interrompit, balançant le rapport du labo central sur son bureau.

— Et en 2012, Franck Samoy est mort brûlé, aspergé d'essence et sans autre mystère. Précision, au sans-plomb 98.

Ronan fut délicat comme à son habitude.

— La plus chère, c'est un beau geste.

Sam était visiblement déçu. On lui avait déjà enlevé ses illusions sur le zombie, voilà que la combustion spontanée n'obtenait pas plus d'audience. Un peu plus séduit par la version mystérieuse que par l'explication scientifique, il se fit confirmer :

— On est sûrs du labo ?

— Utilisation d'un chromatographe en phase gazeuse avec détecteur à ionisation de flamme, ça te paraît correct ? En tout cas, moi, ça m'a l'air assez imbitable pour être sûr.

Coste s'assit à moitié sur son bureau.

— Je viens de me faire harponner par Damiani. Elle a reçu un appel de Marc Farel, un chroniqueur judiciaire qui n'a pas l'habitude de nous épargner.

— Un fouille-merde spécial police, ajouta Ronan. Farel doit tellement bander sur cette affaire qu'il pourrait même nous proposer de collaborer, au lieu de nous tirer dans le dos.

— En quelque sorte, et nous allons utiliser cet avantage. La presse est déjà au courant et n'a eu besoin d'aucune preuve pour lier les deux affaires. J'imagine les titres de demain mais je pense également qu'il ne va pas falloir en rajouter beaucoup pour que la rumeur enfle et que la trouille s'installe dans le département. Pour info, Damiani commence aussi à se faire draguer par la Crime du 36 Quai. L'affaire les intéresse.

De Ritter, qui savait qu'elle devait se faire discrète, osa :

— Justement, je croyais qu'ils prenaient les homicides quand l'auteur était inconnu, comment vous expliquez que ces deux affaires ne soient pas déjà shootées dans leur service ?

— La Crime Paris est une vieille dame qui fête ses cent ans alors que le SDPJ 93 est une jeune demoiselle qui n'en a que trente. On se tape une moyenne annuelle de quatre-vingt-dix procédures d'homicides et tentatives d'homicide pour vingt fonctionnaires. Chez la vieille Parisienne, ils reçoivent une moyenne de quarante-cinq dossiers, deux fois moins que nous, pour cinquante-cinq flics qui la composent, soit trois fois plus d'enquêteurs, tu vois le déséquilibre et tu comprends pourquoi ils se tapent un taux d'élucidation record. Pour l'instant, dans une affaire comme dans l'autre, nous n'avons aucune bille, donc ils patientent. Conclusion, on reste saisis de tout ce bordel : alors accélération et distribution des rôles.

Coste ouvrit les dossiers devant lui et laissa ses yeux parcourir les différents procès-verbaux.

— On avait découvert dans les fichiers que Franck Samoy était proprio d'une BMW rouge modèle 633. Sam, tu envoies à l'état-major PJ un télégramme de mise sous surveillance de véhicule, je veux cette bagnole et je veux que l'Identité judiciaire me la passe entièrement dans la cuve cyanoacrylate pour recherches d'empreintes. Je veux connaître le nom de tous ceux qui ont posé leur cul dedans.

Sam observa la nouvelle lieutenante et en déduisit la question qui lui brûlait les lèvres.

— Cyanoacrylate. Mieux que la poudre pour relever les empreintes, plus sûr. C'est une colle liquide qui est vaporisée ; après séchage t'as un modèle solidifié de l'empreinte digitale. Impossible de se manquer. Hésite pas à demander.

Coste poursuivit :

— Sam, quand tu auras terminé, tu contactes tous les journaux et tu me découvres de quelle manière ils en savent autant que nous et quasi aussi rapidement. Ils vont te parler de protection de leurs sources, sois convaincant. En dernier recours, contacte Farel.

— C'est parti.

— Ronan et Calamity, vous retournez au Pré-Saint-Gervais.

Ronan regarda Coste comme s'il venait de recevoir une punition. Certains duos ne fonctionnent pas tout de suite et il sentait qu'il allait avoir du mal avec celle qu'il s'amusait déjà à appeler « le Camion ». Il trouvait pourtant trop rares les recrutements de femmes flics au SDPJ 93, mais là… il avait fallu qu'il tombe sur ce qui était, à ses yeux, l'archétype de la lesbienne. Coste continua sans porter plus d'attention au caprice :

— On a trouvé le cadavre mais on n'a toujours pas commencé l'enquête de voisinage. Dégottez-moi un témoin et donnez le bonjour à la vieille au baby-phone de ma part. Ronan, dans l'après-midi tu actives ton contact à l'hôpital Jean-Verdier, ça fait deux jours que

100

Bébé Coulibaly est là-bas, ça devrait aller, tu crois pas ?

— Ouais, je crois qu'on a assez attendu, il a dû se faire livrer.

À nouveau, De Ritter eut l'air paumée, mais elle préféra laisser passer.

— Moi je vais aller voir Suzette Samoy, ajouta Coste. On lui a promis.

21

Cité Youri-Gagarine. Romainville

Suzette Samoy brisa le silence.

— C'est une nouvelle télévision.

— Je vois.

— Elle est plus grande, le type du magasin m'a dit que c'était du plasma mais je sais pas ce que ça veut dire.

— Elle est pas branchée ?

— Bé non, je la regarde pas, moi j'écoute la radio. Je la mets devant la fenêtre au cas où mon fils passe dans le quartier, qu'y voie la télé, ça lui donnera des idées de me visiter. Y a que le chat que ça dérange, le meuble télé c'est un peu son point de vue en altitude.

Le chat ronronnait paisiblement sur les genoux de Coste. Elle n'avait pas l'habitude de le voir si sociable.

— Vous aimez bien les chats ?

— J'en croise beaucoup ces temps-ci, mais pas dans les meilleures circonstances. Vous en avez acheté combien comme ça, des télés ?

— C'est la septième, mais des fois on m'en offre aussi.

Coste restait là, assis sans trop bouger, sans trop parler. Il devrait de toute façon se lancer. Il ouvrit la bouche, inspira comme pour un début de phrase puis se mordit la lèvre. Elle lui adressa un sourire résigné et, dans son regard, Coste crut déceler un fragment de calme retrouvé. Pour une mère, un inavouable sentiment de soulagement.

— C'est pas la peine que je l'attende, c'est ça ?

Il chuchota :

— C'est ça.

Il était assez proche pour la prendre dans ses bras. Il ne bougea pas. Elle posa sa main sur sa joue et tapota doucement à la manière des grands-mères sur leurs petits-enfants.

— T'aimes pas trop la mort, toi. Pour un flic…

— À vrai dire, je m'en fous, c'est les pauvres gens qui restent derrière qui m'inquiètent.

— Tu vas rester manger, j'ai fait un rôti avec des patates, y en a trop pour moi.

Il regarda sa montre. 16 h 20. Exactement l'heure de ne rien refuser à Suzette Samoy.

Elle partit dans la cuisine sans attendre sa réponse. Elle ne pleurerait pas tant qu'il serait là. La tristesse c'est personnel, ça ne se partage pas.

22

Unité médico-judiciaire de l'hôpital
Jean-Verdier

Le froid avait décidé de tomber sur cette fin d'après-midi. Février pointait son nez. La 306 banalisée embuée se gara sur les places réservées police. Ronan s'adressa à De Ritter :

— D'ici cinq minutes une infirmière va descendre. C'est une amie qui nous rend des services de temps à autre. Ça te dérange pas de m'attendre dans la voiture ? Je t'ouvre une fenêtre et je te mets la radio, si y a un problème tu aboies, OK ?

— Si ça peut m'éviter de te voir faire le joli cœur…

Il claqua la porte et fit les quelques mètres qui le séparaient du hall d'entrée qui accueillait à la fois les urgences et les gardés à vue. Il s'adossa au mur extérieur et sortit son portable pour envoyer un message. Un équipage de policiers en tenue se dirigea vers lui, assurant l'escorte d'un type menotté. Les deux hommes se reconnurent, Ronan l'avait arrêté au cours de l'année dernière pour une histoire de viol. Il n'était même pas étonné de le voir déjà dehors. Il se surprit à souhaiter que l'un de ces salauds se tape un jour la fille du procureur de la République ou d'un juge, s'ils en avaient une, juste pour voir si là aussi le type se prendrait une peine de moins d'un an.

— Salut poulet.

Il ne leva même pas les yeux de son portable.

— Salut connard.

Une voix féminine lui répondit :

— Toujours classe, à ce que j'entends.

— Latifa, désolé je t'avais pas vue. C'est juste que… laisse tomber. Alors, t'as quelque chose pour moi ?

— Oui, tu avais raison, il s'est fait livrer un portable le deuxième jour. On lui refait ses bandages en salle de soins, je dois le remettre dans sa chambre dans moins de dix minutes.

— Vas-y, appelle-moi.

Elle regarda autour d'elle avant de sortir l'appareil. Sur le portable de Ronan, le numéro de Bébé s'afficha.

— C'est bon, je l'ai. Va dans le journal d'appel et efface le dernier.

— C'est fait, James Bond, il te faut autre chose ou c'était juste professionnel ?

— Il pourrait y avoir autre chose que du professionnel ? Entre nous, c'est toi qui m'as dégagé.

— Non, j'ai fait un choix. Tu m'as fait vivre un enfer pendant six mois. Toi je veux bien, mais ton boulot et tes conquêtes non merci.

— J'ai pourtant effacé tous les numéros de mon répertoire quand tu me l'as demandé.

— Oui, mais restait Coste, ta maîtresse la plus collante.

— Très drôle. Je peux t'appeler plus tard ?

— Ne prends pas cette peine, play-boy, va briser d'autres cœurs.

Quand Latifa tourna les talons, il afficha un large sourire pour ne pas perdre la face : tout au long de leur conversation, Ronan avait remarqué que De Ritter ne les quittait pas des yeux. Il se rassit derrière le volant. Elle se moqua :

— Je vois que tu donnes de toi pour cette affaire.

— C'est mon lot quotidien, j'ai une belle gueule, j'en profite. Pourquoi, elle te plaît ? Tu veux que je te la présente ?

— Merci, j'ai ce qu'il faut à la maison.

Ronan démarra en jetant un œil vers Latifa dans son rétroviseur. Il n'avouerait jamais qu'elle l'avait salement accroché. Il tendit son portable à sa passagère.

— Le dernier numéro est celui de Bébé Coulibaly, appelle Sam et transmets-le-lui, qu'il demande au proc' une autorisation de mise sur écoute. Avec un peu de chance il aura quelque chose d'intéressant à nous dire.

De notoriété publique, ne semble briller au 36 du quai des Orfèvres qu'une seule étoile, celle de la Crime. Pourtant c'est dans les mêmes locaux que se situent toutes les grandes brigades centrales, depuis l'Antigang de la BRI avec son camion d'intervention éternellement garé dans la cour jusqu'à la Brigade des stups.

Au deuxième étage, une fois qu'on a gravi l'escalier de bois verni, montré patte blanche devant le sas de sécurité aux vitres pare-balles et traversé le grand hall de la salle d'attente, on trouve les bureaux du directeur de la Police judiciaire. De ce poste, celui-ci contrôle son armée de commissaires sur chaque département de la petite couronne, Hauts-de-Seine, Val-de-Marne et Seine-Saint-Denis, comme sur tous les arrondissements de Paris.

Ayant adopté un mode de commandement autoritaire à la limite de l'acceptable, appliqué sans distinction à tous ses hommes, il avait choisi comme adjoint un gratte-papier qui se serait contenté de n'être que son ombre et dont on disait qu'il remuait la queue et rapportait la balle à la demande. Cette rumeur désobligeante, le directeur adjoint Jacques Galienne l'assumait tant qu'il était certain que le directeur continue d'assurer sa carrière. Rien de plus glissant qu'une carrière. Il avait déjà vu lors d'une valse ministérielle un directeur général de la Police nationale devenir délégué à la Sécurité routière. Aussi humiliant que de mettre un commissaire à un carrefour pour faire traverser les enfants à la sortie de l'école.

Dans la salle d'attente de son bureau patientait un petit cinquantenaire replet au costume serré qui derrière ses lunettes rondes cerclées épiait chaque personne passant devant lui. Une femme en tailleur se présenta et il la rangea immédiatement dans une case. Secrétaire, aucune utilité, pas besoin de sourire ni d'être aimable.

— Commandant Malbert, monsieur le directeur adjoint va vous recevoir.

Il se leva sans répondre et la suivit. Au fond d'un couloir à moquette épaisse, elle ouvrit une double porte garnie de cuir marron rembourré. Il savait dans quelle case ranger l'homme qui se trouvait derrière et prit son air le plus affable.

— Monsieur le directeur adjoint.

Derrière un immense bureau laqué, un homme à la calvitie naissante reboucha son stylo à encre et referma le dossier devant lui.

— Commandant, je vous en prie, asseyez-vous. Un café ?

Sans attendre oui, sans attendre non, il envoya moudre sa secrétaire hors du bureau.

— Vous aurez l'amabilité d'excuser monsieur le directeur qui ne pourra se joindre à nous. Je parle en son nom et c'est en son nom que je vous souhaite un bon retour parmi les forces de l'ordre.

Vu la manière dont il avait quitté le métier dix ans plus tôt, Malbert appréciait d'autant plus le ton courtois qui lui était réservé. Il savait que les motifs invoqués afin de justifier son départ anticipé étaient les raisons mêmes pour lesquelles il était aujourd'hui recruté en tant que réserviste. Le directeur adjoint Galienne ironisa :

— Réserviste, quel beau concept, commandant ! Reprendre nos effectifs retraités les plus spécialisés pour qu'ils fassent bénéficier de leurs connaissances les plus jeunes. Comme dans tous les métiers, la transmission du savoir-faire, j'imagine…

Le commandant Lucien Malbert reconnaissait facilement quand quelqu'un se foutait de lui et préféra couper court aux politesses.

— C'est ce qui est écrit sur le papier, mais vous et moi savons très bien que mon « savoir-faire » est d'une autre époque et je doute que quiconque veuille que je l'enseigne.

Son interlocuteur tempéra :

— Ce sont de vieilles affaires parisiennes, parties aux oubliettes… Aujourd'hui vous intégrez le SDPJ 93. Vous serez le lien entre les effectifs de la Police judiciaire et les analystes criminels du SALVAC. Vous vous présenterez au commandant Damiani, chef de la Crime. Votre prédécesseur, le lieutenant Aubin, s'est parfaitement acquitté de sa mission et jouit maintenant d'une confortable mutation à Annecy, proche de sa famille.

— Vous connaissez mes conditions, elles ne sont que financières. Je me fous du lac d'Annecy. Je vous mets quelques affaires de côté et vous remplissez mes poches, ça s'arrête là, pas la peine d'embellir les choses.

— Il n'est pas non plus nécessaire de devenir vulgaire, commandant.

Habitué à nager dans les eaux troubles des sous-entendus et des demi-vérités, Malbert savait quand une partie était gagnée. Il avait en main la balle de match et voulut vérifier qu'il était en position de force.

— Ce que vous me demandez et ce que j'accepte nous met tous les deux dans une position d'interdépendance. C'est à peu près comme ça que je tenais mes indics à l'époque. La seule chose qui nous différencie, c'est ce que l'on a à y perdre. Personnellement, je garderai toujours mes casseroles au cul alors que vous, c'est toute une carrière que vous avez à terminer. Je pourrais tout aussi bien pisser sur votre moquette que ni vous, ni moi, ne pourrions faire marche arrière, alors pour la vulgarité, vous repasserez. Vous direz au directeur que notre entretien s'est déroulé à merveille et que je prendrai contact avec Damiani dès demain 9 heures. Sur ce…

Il se leva et quitta le bureau. Le directeur adjoint Galienne eut la certitude d'avoir recruté une ordure. Ils n'auraient pas pu mieux choisir, Lucien Malbert serait parfait.

24

Coste avait reçu l'information dans la journée. Malbert prendrait la place laissée vacante par le lieutenant Aubin aux commandes du programme SALVAC. Le commandant Damiani lui avait demandé de tenir prêtes les procédures des deux derniers meurtres afin que Malbert puisse chercher dans le logiciel si quelque part en France quelqu'un d'autre s'était amusé à émasculer ou brûler ses victimes. Dans sa mémoire, le nom de Lucien Malbert retentissait quelque part sans qu'il arrive précisément à l'aimanter à une époque ou à un service. Dans ce type de situation, il avait pour habitude de passer un appel à Noviello, son encyclopédie.

À soixante-dix ans révolus, Noviello avait vécu sa carrière entière à la Brigade de protection des mineurs du quai de Gesvres à Paris et, outre une belle collection de pédophiles sous les verrous à son actif, elle avait une autre passion, l'histoire de la Police judiciaire. Elle naviguait avec autant de facilité dans chacune de ses périodes. Les brigades du Tigre de Clemenceau et la bande à Bonnot au début des années 1900. Le commissaire Massu que les romans nomment Maigret. Pierrot le Fou, son gang des Tractions Avant et son arrestation ratée par les commissaires Truchi et Mattéi. L'histoire indissociable du commissaire Broussard et de Jacques Mesrine. La foirade du chef de la Brigade de répression du banditisme lors de la tentative d'interpellation du gang des Postiches. La mésaventure du commissaire Neyret dont les méthodes de travail, tolérées pendant vingt ans à la PJ lyonnaise, sont devenues subitement inacceptables, malgré une Légion d'honneur accrochée à son costume.

Quand Coste lança le hameçon Malbert, immédiatement le bouchon de liège plongea sous l'eau. Noviello connaissait le personnage.

— Lucien Malbert ? Dites, vous touchez le fond, à la PJ...

— Précise.

— C'est un ancien des Mœurs qui n'a jamais eu le temps de terminer sa carrière malgré un bon début dans les années 1980. Il tournait dans les cercles de jeux et les boîtes à cul du XVIIIe arrondissement de Paris. Il a commencé à se faire un carnet d'adresses où se côtoyaient des gens influents comme des filles plus légères. De là à organiser quelques soirées privées il n'y avait qu'un pas qu'il a franchi avec d'autant plus de facilité qu'il y trouvait son compte. Pendant quelques années, le nom de Malbert a ouvert toutes les portes du Paris coquin et il est devenu de moins en moins vigilant. Dans ces commerces-là, tu le sais, le plus dur à tenir, ce sont les filles. L'une d'elles a voulu faire chanter un ministre, la fille est morte, l'Inspection générale des services est tombée sur Malbert et ne l'a pas lâché. La première enquête du jeune Abassian.

— Dariush Abassian ? Le divisionnaire à la tête de l'IGS ?

— Oui, mais à l'époque, ce n'était qu'un gamin, les cheveux noir nuit et une tête d'immigré iranien. Il n'a jamais réussi à impliquer entièrement Malbert, ou alors il n'en a jamais eu l'autorisation, le type étant sûrement protégé par les politiciens à qui il permettait de baiser à l'œil. Toujours est-il qu'il lui a été conseillé de prendre sa retraite, pour le bien de la Police nationale si je peux me permettre. Et aujourd'hui vous avez la bonne idée de le remettre en service. Intéressant. Si tu veux mon avis, Victor, on ne réactive pas un Malbert pour rien. Garde tes distances, c'est le genre de type qui éclabousse de merde tout son entourage.

— Je ferai attention à pas me tacher. Je te remercie.

Elle n'avait pourtant aucune intention de laisser filer Coste.

— Victor, ne sois pas impoli. Tu ne vas pas abandonner une vieille dame de cette manière. Parle-moi un peu de toi. Si je ne me trompe pas, deux corps équivalent à deux passages à l'IML. Raconte-moi, cette légiste, Léa Marquant, c'est bien ça ? Sait-elle au moins que tu existes ?

— Maintenant, je crois. Mais entre le boulot…

Elle connaissait Coste depuis trop longtemps pour ne pas voir qu'il allait éluder, elle termina la phrase à sa place :

— Et surtout la trouille de te laisser approcher de nouveau.

Le silence au téléphone se fit gênant.

— Je connais toutes tes raisons, Coste, ce sont les mêmes depuis des années. Sauf qu'à un moment, il faut s'autoriser à tourner la page. Tu n'y es pour rien. Elle est partie et tu n'y es pour rien.

— J'aurais pu être là une heure avant… murmura-t-il avant de raccrocher.

Pourtant, une heure avant n'aurait servi à rien. Coste savait qu'elle s'y serait prise différemment, dans un autre lieu, à un autre moment.

Mais même s'il l'avait accepté depuis, ce jour-là lui collait encore comme du goudron à la peau.

*
* *

Ce jour-là, Coste était rentré à la nuit tombée. Malgré le silence, la vue du manteau blanc posé sur le dos du fauteuil du salon lui confirma qu'il n'était pas seul. Il jeta un coup d'œil à sa montre, soupira et prépara une phrase d'excuse. Parce qu'il était tard. Parce qu'il n'avait pas appelé. Parce qu'elle n'allait jamais très bien sans lui et qu'elle avait besoin de sa présence.

Longtemps, il avait réussi à passer entre les gouttes, à rester un célibataire endurci, quitte à inquiéter son entourage. L'amour, il s'en méfiait : ceux qui se tiennent par la main, ceux qui se regardent dans les yeux et qui terminent les phrases de l'autre. L'amour ça déborde comme un coloriage d'enfant. Puis elle avait croisé sa route. Si fragile. Coste avait foutu en prison le type qui l'avait détruite, mais ça n'avait pas été suffisant. Elle gardait une marque, une blessure, un vide. Et puisque flic c'est fait pour protéger, il en était tombé amoureux. Amoureux de cette fille qui avait trouvé refuge dans son appartement depuis maintenant près de deux ans et qui de la vie n'aimait plus que lui.

114

Sur la table du salon, il remarqua une cigarette éteinte dans le cendrier, et la tasse bleue. Elle la lui avait offerte en lui demandant de prendre le temps de boire un café le matin. Juste un. Avec elle. Il avait essayé, de bonne volonté, puis ses vieilles habitudes étaient remontées à la surface. Ensuite, elle lui avait emprunté la tasse de temps en temps avant de se l'approprier. Définitivement.

Après l'avoir appelée, de plus en plus fort, puis s'être rendu dans chaque pièce, il s'était arrêté devant la porte fermée de la salle de bains et avait posé la main dessus, sans oser la pousser. Refusant d'admettre ce qu'il savait déjà, il avait chuchoté son prénom à plusieurs reprises, avant de se décider.

De l'autre côté, dans cette eau rouge devenue froide, flottait son corps. En apesanteur autour de son visage, ses longs cheveux noirs en couronne. Tournés vers le ciel, ses deux poignets profondément entaillés. Il avait crié quelque chose, il en était sûr. Pour la sortir de la baignoire, il avait plongé les deux bras, les avait passés sous ses jambes et sous son dos. En équilibre instable, il avait buté contre le lavabo.

La lettre était tombée.

Il l'avait soulevée, comme endormie, l'eau ruisselant de ses cheveux, de la pointe de ses pieds et de la pointe de ses doigts. À la fois envahi de tristesse et vidé de ses forces, il s'était laissé glisser contre le mur, la tenant toujours contre lui. Il avait pleuré, ça aussi il en était sûr. Il l'avait serrée, trop fort lui aurait-elle dit, et embrassée à pleine bouche comme s'il était encore temps de l'aimer.

Il s'était relevé péniblement pour enfin la déposer sur le lit. Tout doucement. Il s'était allongé à côté d'elle en lui parlant, en remontant sur eux la couverture, lui demandant pardon autant que pourquoi. Pourquoi ?

Il avait couru dans la salle de bains, cherchant partout, sur le rebord du lavabo, sur l'étagère de ses parfums, à même le sol, puis s'était agenouillé face à la baignoire. Là, devant lui, flottaient deux pages détrempées, uniformément bleutées d'une encre qui avait tracé les excuses ou les reproches qu'il ne lirait jamais.

Le reste de ses souvenirs était devenu assez imprécis. Il n'était que rage et peine et ces sentiments mélangés lui donnaient tout à la fois envie de hurler et de s'effondrer, d'être consolé ou de buter quelqu'un au hasard.

Après être retourné auprès d'elle, il s'imagina ne rien dire, à personne, jamais, et demeurer là, allongé. Puis, au beau milieu de la nuit, il avait appelé Mathias Aubin. Sans rien lui demander d'autre que de venir, le timbre de sa voix avait donné le reste des informations. Son ami avait grillé tous les feux rouges sur son trajet, certainement pété un ou deux rétroviseurs au passage, et moins de quinze minutes plus tard il frappait lourdement de ses poings sur la porte. Refusant d'attendre, il avait utilisé le double des clefs que Coste lui avait confié au cas où. Il avait emprunté le couloir, puis passé la tête dans la chambre et vu les deux corps entrelacés. Avec cette douceur incroyable qu'il pouvait avoir, si étonnante pour son physique, il avait tenté de les séparer. Coste s'était rebellé, défendu, avait frappé et Aubin avait encaissé les coups, autant de temps qu'il avait fallu.

Seul Mathias et le responsable de l'Identité judiciaire étaient entrés. Son ami l'avait forcé à ne pas rester seul ce soir-là et avait téléphoné à sa femme qui était venue le récupérer. Il avait passé deux jours sous la surveillance de la famille Aubin puis s'était résolu à retourner chez lui, pour soigneusement tout y casser. Avant de tout jeter.

Ce soir-là, dans un appartement dévasté, il se fit couler un bain et, pendant un instant il crut qu'il n'aurait plus jamais la force de quitter cette eau.

Depuis ce jour, excepté un lit, une table basse et un canapé, l'endroit restait vide.

Il reçut longtemps du courrier à son nom sans rien faire pour que cela cesse. Certaines administrations et quelques sociétés de cosmétiques ou de fringues par correspondance pensaient qu'elle était toujours en vie et cela lui convenait. Pathétiquement.

Aujourd'hui encore, il se refusait toujours à dormir de son côté.

25

La fin de la journée n'avait apporté, comme disent les policiers dans leur rapport, aucun élément susceptible d'intéresser l'enquête en cours. Du quartier Belvédère, Ronan et De Ritter n'avaient récolté aucun témoignage. La ligne d'écoute de Bébé Coulibaly tournait tranquillement en attente d'espionner quelques appels. Du côté de la presse, seul le journaliste Marc Farel avait accepté d'en dire un peu plus sur la source qui informait les médias en temps réel. Le corbeau l'avait contacté par un numéro que Sam avait fait identifier et qui les dirigeait vers une cabine téléphonique. Bloc numéro 14583, zone 75056, commutateur 10681, cabine du 95 de la rue Chevaleret, Paris XIIIe. Farel avait ajouté que l'informateur était un homme. Une impasse anonyme. Sam avait conclu avec les dernières paroles du journaliste :

— Il a tenu à ce que je te souligne sa « collaboration immédiate avec les services de police à charge de revanche ».

Formule de politesse classique pour ce genre de free-lance dont le carnet d'adresses et la collection de cartes de visite sont les premiers outils de travail. Farel se considérait autant flic que journaliste et, comme les flics, il vouait assez de fascination à ce métier pour lui dédier sa vie. Comme les flics, il avait ses indics, ses gratuits et ses payants, la base minimum de tout chroniqueur judiciaire. Comme les flics, il planquait des nuits dans sa voiture. Comme les flics, il enquêtait. Il respectait cette profession au point de s'autoriser à aller lui chercher des noises, à la remettre en question, à la forcer à être meilleure. Il bouffait avec eux, parfois prenait une cuite avec eux, parce que le métier l'impose, mais surtout parce qu'il ne se voyait pas d'autre vie. À la lisière entre les bons et les mauvais, voire les très mauvais, les « beaux mecs », les criminels d'envergure auxquels il vouait la même fascination. Comme les flics. Cela ne faisait pas de lui un cador. Ils étaient une bonne centaine de journalistes dans son cas sur l'Île-de-France, à connaître les loups et les chasseurs, avec chacun sa méthode de travail mais un seul point commun, les contacts. Sans ces contacts, la plus belle plume ne faisait que de la littérature. Sans eux, pas de journalisme d'investigation et, si l'on devait juger la qualité de Farel à la taille de son réseau Police-Justice, il méritait honnêtement sa place au sein de ses confrères.

Il avait vite saisi que l'information était de plus en plus exacte à mesure que l'on se rapprochait de la base, et si dans ses contacts toutes les classes sociales se mélangeaient, il devait bien reconnaître qu'il avait un nombre plus important de secrétaires que de commissaires, de petits OPJ[1] que de capitaines chevronnés,

1. Officiers de police judiciaire.

119

de ceux qui rédigent les mémos plutôt que de ceux qui les lisent. En plus de vingt années de journalisme il avait tissé un maillage serré, créant un filet dans lequel se retenaient les informations et les rumeurs. Pourtant dans son carnet il n'avait que peu de monde de la Crime du SDPJ 93 et Coste n'en faisait pas partie. Le lieutenant Aubin, par contre, y était inscrit.

La réunion terminée, Coste renvoya son équipe dormir un peu en leur précisant d'être sur le pont dès le lendemain 7 heures.

Vingt minutes plus tard il était chez lui. La clef ne fit qu'un tour dans le barillet de la serrure. Coste avait pour habitude de toujours fermer son appartement à double tour, il en manquait donc un. Depuis « *elle* », il n'était jamais plus rentré chez lui sans une appréhension certaine, celle qui lui soufflait que derrière chaque porte, toute une vie pouvait basculer. La lumière du couloir était allumée, celle du salon aussi. Il ôta son manteau qu'il déposa sur le sofa mais garda son arme à la ceinture, à moitié cachée par son pull que la crosse commençait doucement à élimer. De la cuisine, une mélodie fredonnée arriva jusqu'à lui. Il connaissait cette voix.

— Bonsoir, Alice.

— Salut Victor. T'aurais au moins pu arriver comme un vrai flic, le flingue à la main. Ç'aurait pu être un cambrioleur.

Il fit semblant d'être irrité.

— Un cambrioleur qui a les clefs et qui ferme derrière lui ? D'ailleurs on s'est échangé les clefs juste « au cas où », si l'un de nous a besoin du double, et pas pour que je te retrouve chez moi n'importe quand, à n'importe quelle heure. Tu fais quoi ?

À première vue elle devait sûrement cuisiner, mais après avoir inspecté le contenu de la casserole, il s'étonna de tout le merdier qu'elle avait mis dans sa cuisine pour préparer ce qui semblait être des pâtes à la tomate.

Dix-neuf ans, pieds nus dans sa cuisine, short en jean trop court pour être décemment porté dehors et un pull noir, fin et distendu qui laissait apparaître une épaule découverte : Alice était sa voisine depuis moins d'un an et commençait déjà à prendre de mauvaises habitudes.

— Et si j'avais été accompagné ?

— Toi ? T'es un solitaire, Victor, tu laisses entrer personne. Et puis entre nous, t'imagines faire venir qui ? T'as vu ton appartement ? Pas une femme ne resterait plus d'un quart d'heure.

Elle embrassa la pièce du regard.

— Aucun meuble, tu donnes l'impression d'avoir emménagé hier. Non, je n'ai aucune crainte, il n'y a de place pour personne dans ta grotte.

— T'es bien là, non ?

Quelques mois plus tôt, entre deux portes et sans trop y réfléchir, il avait promis à contrecœur à ses parents de garder un œil sur elle. Pour ses études, elle les avait convaincus de la laisser seule sur la capitale, sans toutefois pouvoir se payer autre chose qu'un studio en banlieue. C'est ainsi que Coste s'était récupéré une gamine envahissante comme nouvelle voisine de palier. Elle suivait les cours Florent, elle voulait être actrice et il se doutait qu'elle avait assez de chien et de charme pour y arriver.

121

— Quoi que tu expérimentes dans cette casserole tu peux m'oublier, j'ai dîné un peu trop tôt.

— Avec une femme ?

— Oui.

— Jolie ?

— Malheureuse.

Elle se répéta :

— Jolie ?

— Très.

Bonne actrice, elle fit sa moue enfantine et coupa les plaques à induction. Sa tambouille en resterait là pour ce soir.

Il s'allongea sur le canapé et alluma la télé, chaîne des infos continues et volume à zéro. Des images saccadées de l'IML, des usines désaffectées de Pantin et des villas du Pré-Saint-Gervais. C'était parti. Tapis rouge vers la paranoïa collective et les emmerdements. Il ferma les yeux et se concentra sur sa respiration. Il sentit le corps d'Alice se blottir contre le sien.

— Tu fais quoi ?

— Je me mets en sécurité. T'as bien promis de me protéger, non ?

— Jamais. J'ai dit que je jetterais un œil sur toi de temps en temps.

Elle lui leva un bras, glissa dessous et le reposa sur elle, prisonnière volontaire. Il se décala sur le côté, sortit son arme qui lui massacrait le dos, éjecta le chargeur et la cartouche engagée dans un bruit d'engrenage métallique et posa le tout sur la table.

Il ignorait combien de temps avait passé quand il ouvrit à nouveau les yeux. Assez en tout cas pour que le présentateur télé ait disparu, sûrement rentré chez lui pour laisser la place à un reportage sur la police.

La télévision n'offrait de toute façon rien d'autre. Séries sur les flics, films sur les flics, reportages sur les flics. Il n'avait jamais compris pourquoi les gens les détestaient autant en vrai qu'ils les adoraient en fiction.

Elle respirait doucement et il sentait son souffle arriver en bout de course et mourir dans son cou. Il se leva sans faire de bruit et prit les clefs de la jeune fille pour ouvrir son studio. Il entrebâilla la porte de sa chambre. De retour dans son appartement, il la souleva et traversa le couloir qui séparait les deux logements pour la déposer jusque dans son lit. Il remonta une couverture sur elle.

— Je sais que tu ne dors pas.

— Oui mais j'aime quand tu me portes comme une princesse... toutes les filles veulent un prince charmant. Je fais fantasmer mes copines à mon cours de théâtre. Je leur dis que le jour tu chasses les meurtriers...

Elle se tourna d'un quart pour plonger ses yeux dans les siens et parla plus bas :

— ... et que le soir t'es à moi, Coste.

— Tu te trompes de personne.

— Tu m'embrasses ?

— Toujours pas, Alice, toujours pas.

Il ferma la porte derrière lui et retourna se faire un café. 23 h 50, sa nuit n'était pas terminée. Dans la cuisine, il sourit devant le paquet de sucre tout neuf. Sur le Post-it fatigué qui suppliait depuis des semaines d'en acheter, elle avait écrit « fait » et avait ajouté « s'occuper un peu plus de ta jolie voisine ».

Tenant la tasse bleue par le dessus pour ne pas se brûler, il s'installa de nouveau dans son sofa et sortit une enveloppe de sa poche. Reçue ce matin, elle portait ses nom et prénom écrits à la main. À l'intérieur, une page pliée en deux accusait :

Code 93.
Mort par étouffement – 23 juin 2011.
Camps de Roms de La Courneuve.

Il empocha ses clefs de voiture et, quand il ouvrit le courrier pour la seconde fois, il était dans la salle des archives du SDPJ, déserte à cette heure. Même le bureau de la permanence des nuiteux était vide. Coste en déduisit qu'ils avaient dû être appelés sur une affaire. Il serait tranquille un bon moment.

Il récupéra sans problème le dossier grâce à la date des faits. Cette fois-ci la victime avait un nom, Violetta Djuric. Les informations étaient à nouveau exactes. Retrouvée morte dans le camp de Roms de La Courneuve le 23 juin 2011 avec un torchon enfoncé profondément dans sa gorge. L'assassin n'avait eu qu'à lui pincer le nez, comme on embête un enfant. Elle avait dû mourir en moins de deux minutes, mais dans certaines situations, deux minutes, ce sont quand même cent vingt longues secondes.

Une fois de plus, la procédure lui semblait assez concise, peut-être trop pour un homicide. L'affaire avait été attribuée au Groupe crime 2 du capitaine Lara Jevric mais rapidement son ancien adjoint, Mathias Aubin, en avait pris les commandes après un rapprochement de procédures par le logiciel SALVAC. Le procès-verbal faisait mention d'une série de meurtres de prostituées parmi la communauté des gens du voyage que le logiciel d'analyse criminelle rapprochait de feue Violetta Djuric. Sur le papier, la procédure avait été transmise à la Brigade de répression du proxénétisme de Paris en charge d'enquêtes similaires.

Coste referma le dossier avec une boule au ventre, voyant se réaliser ce qu'il craignait depuis qu'il avait reçu cette deuxième missive anonyme. Il suffisait de réciter les faits à voix haute pour comprendre que tout cela s'imbriquait malheureusement trop bien.

Dans la même semaine Coste se tapait deux meurtres inhabituels, mis en scène, visibles et médiatisés. Un émasculé et un brûlé vif, ou, au choix, un zombie et une autocombustion. Parallèlement, il avait été attiré sur le meurtre de deux inconnues, une fille violée et droguée à mort dans un squat et une pute à chantier dans un camp de Roms. Deux invisibles, sans famille ni proches, dont les enquêtes, entre les mains de Mathias Aubin, avaient fait l'objet d'un rapide dessaisissement grâce à des rapprochements SALVAC. Ce même SALVAC qui allait être repris par une sombre figure de la Police judiciaire, Lucien Malbert.

Dans le silence de la salle des archives, il marmonna...

— Mathias, Mathias, dans quoi tu t'es mis...

Puis il se dit qu'il n'avait jamais visité Annecy.

26

Ronan se gara devant le pavillon, à l'adresse que Johanna lui avait indiquée la veille.

— Tu es sûr que ça te dérange pas ? s'était-elle inquiétée.

— C'est sur mon trajet. Presque. Coste nous a donné rendez-vous pour 7 heures et si tu prends les transports en commun, tu vas être quasiment obligée de te taper le bus de nuit, alors accepte.

À 6 h 15, elle était sortie sur le perron, emmitouflée comme une Inuit, et lui avait fait signe de la rejoindre.

— Café ?

Sorti de sa voiture, il tapa dans ses mains comme si cela pouvait suffire à dissiper le froid.

— Rapide, alors.

Il s'assit à la table de la cuisine tandis qu'elle rechargeait la machine. La déco intérieure du pavillon le laissa perplexe, quelque chose ne cadrait pas, bien trop « familial » à son goût. À l'étage du pavillon un tremblement de terre se fit entendre. Le son dévala l'escalier et entra en furie dans la cuisine sous la forme de deux gamins qui se jetèrent dans les jambes de De Ritter, les yeux mal réveillés et les cheveux rebelles.

La déco « famille heureuse » semblait soudain cadrer beaucoup mieux.

— T'allais partir sans nous embrasser, reprocha celui en pyjama bleu.

— Ouais, t'as pas n'embrassé, répéta n'importe comment celle en vert.

— J'aurais jamais fait ça, mes anges.

Les yeux se braquèrent sur l'intrus.

— C'est qui ? osa pyjama vert.

— C'est Ronan, je travaille avec lui maintenant.

— Il est gentil ?

— Il a plutôt intérêt, coupa une voix plus grave.

L'homme en tee-shirt blanc et caleçon qui se tenait dans l'embrasure de la porte se présenta.

— Karl. Le mari. Jo m'a beaucoup parlé de vous.

Il imaginait en quels termes.

— Enchanté. Ronan. Tout ce qu'elle a pu vous dire sur moi est certainement vrai.

— J'espère sincèrement que non, répondit Karl en souriant.

Johanna était au maximum de son plaisir un tantinet revanchard. Karl De Ritter récupéra les deux petites boules colorées encore accrochées au cou de leur mère.

— Allez les enfants, au dodo, vous avez le droit de terminer la nuit dans notre lit, venez.

Vert et bleu se laissèrent transporter en faisant des petits au revoir à De Ritter. Vert tira la langue à Ronan.

Il siffla son café aussi vite qu'il était gêné. Elle s'offrit un dernier tir.

— Tu vas peut-être arrêter de m'appeler « le Camion », maintenant ?

Si Ronan avait eu la capacité de disparaître...

Avant d'ouvrir la porte au froid, elle se déguisa à

nouveau en Inuit. En temps normal, l'accoutrement dans son ensemble, mais surtout le pull nordique à motifs flocons de neige, version Sarah Lund dans *The Killing*, auraient pu offrir à Ronan un crédit illimité de vannes lourdes. Mais du crédit, depuis « le Camion » et le reste, il n'en avait plus pour quelques jours. Il laissa passer.

Peu rancunière, elle facilita le trajet en voiture en entamant la conversation :

— Parle-moi de vous, du groupe. Ça fait combien de temps que tu bosses avec Coste ?

— Bientôt sept ans, Sam environ deux.

— Recrutés ou arrivés par hasard ?

— Tu es la seule à ne pas avoir été choisie. Enfin, pour ce que j'en sais. Coste recrute lui-même ses effectifs.

— Pourquoi toi ? Pourquoi Sam ?

— Ce sont de longues histoires. J'aurais besoin de plus qu'un café pour te raconter tout ça. Repose-moi la question un soir que je serai bourré, si tu veux bien.

Arrivée devant l'immeuble du SDPJ 93, la voiture banalisée du Groupe crime 1 emprunta la voie qui menait au parking du sous-sol. Là, ils croisèrent les effectifs de la Section enquêtes et recherches. Cinq grands bonshommes pour la plupart affairés à fouiller dans le coffre de leur véhicule d'intervention, gilets pare-balles enfilés. Ronan s'adressa au premier qui vérifiait la chambre de son fusil à pompe.

— Vous allez en boîte ?

— Ouais, y a déjà de l'ambiance, on voudrait pas être en retard.

— Qu'est-ce qui vous lève si tôt ?

— Les gars de cité Basse de Noisy-le-Sec ont fait une expédition punitive à la Kalach sur ceux de cité Haute. 105 ogives retrouvées par terre, un seul blessé, au genou en plus. Même pas capables de se buter entre eux. Putain d'amateurs.

Il cala le fusil entre les deux sièges avant puis ajouta, un peu trop cow-boy :

— On va rejoindre deux équipes des compagnies d'intervention pour passer la cité au Kärcher.

— Attention, tu parles aussi mal qu'un président.

— Casse-toi pauvre con.

27

Sam arriva avec les croissants et réveilla Coste, allongé sur le canapé du bureau.

— T'as dormi ici ?

— Non, j'ai eu du mal à trouver le sommeil chez moi, je suis venu écouter tourner la ligne de Bébé Coulibaly. J'ai dû m'assoupir.

— Quelque chose d'intéressant ?

— Rien. Il a surtout téléphoné à sa mère, comme quoi il fait toujours bon chez maman.

— Le pauvre, je te rappelle qu'il a perdu ses couilles tout de même. C'est cher payé.

— Oui, je me demande d'ailleurs ce qu'on a pu lui faire payer pour ce prix-là.

— Jevric t'a raconté son histoire ? Le type qui s'est fait couper le doigt pour un kil' de cannabis ? Alors si un doigt égale un kilo de shit, une paire de testicules égale ?

— Ça a l'air simple, les maths avec toi, tu devrais avoir des gosses, tu les aiderais sacrément pour les devoirs à la maison.

De Ritter et Ronan entrèrent à leur tour dans le bureau.

— Vous avez dormi ensemble, les biquets ?

Quelques miettes de petit déjeuner plus tard, Coste fit le point. Il demanda à Ronan d'activer ses contacts dans la rue pour trouver un lien entre Coulibaly et Samoy. Sam se vit attribuer la mission de vérifier le système de vidéosurveillance urbain autour de la cabine téléphonique d'où le journaliste Marc Farel avait reçu ses informations. Avec un peu de chance on pourrait y apercevoir la silhouette d'un corbeau. De Ritter fut chargée d'appeler Léa Marquant, la légiste de l'IML, afin de savoir si la pêche au portable dans la cage thoracique de Franck Samoy avait porté ses fruits et si l'appareil pouvait être maintenant récupéré.

— Pour ma part, j'ai besoin que vous me couvriez, je prends ma journée en off et je ne voudrais pas ébruiter mon absence. Alors si Damiani demande après moi…

Sam l'interrompit :

— Y a pas de risque, aucune raison pour qu'elle se pointe un dimanche.

Coste se sentit gêné.

— On est dimanche ?

Entre le boulot le week-end et les nuits passées au bureau, il commençait à se sentir comme une caricature de flic télé et, il le savait, ce n'était pas une bonne chose.

— Quand vous aurez vérifié tout ça, faites-vous un restau sur la caisse du groupe et rentrez chez vous, on se revoit lundi.

Après que De Ritter eut rempli la mission qui lui avait été attribuée, elle s'approcha de Sam et se permit d'être curieuse.

— Il s'en va souvent comme ça, sans dire où ?

— Il s'en va quand il veut et où il veut, c'est un peu le chef en fait.

— Et vous posez aucune question ?

Ronan s'invita dans la conversation :

— Parce qu'on ne veut aucune réponse. Tu as juste à savoir que cette confiance va dans les deux sens et qu'une carrière de flic c'est long et plus risqué que celle de boulanger. T'auras sûrement besoin de lui un jour ou l'autre. Allez, passe ton manteau, on t'emmène déjeuner sur ordre du capitaine. Si t'es sage t'auras droit à une histoire au dessert.

28

Entre le tribunal de grande instance de Bobigny et le Service départemental de police judiciaire 93 se niche la rue de l'Égalité. Comment choisir meilleur nom pour cette zone entre Police et Justice ? Dans un pavillon sans étage, Luigi Maldonado, avec sa famille fraîchement débarquée d'Italie, a décidé d'y ouvrir La Molisana, un restaurant dont la salle principale se trouve dans le salon et dont la terrasse a été construite dans le jardin, offrant au client la légère impression d'être invité chez quelqu'un. Garée directement sur la pelouse de la maison, en guise de publicité, s'est échouée une vieille Fiat 500, aux couleurs vert et rouge du pays constructeur, comme si un pizzaiolo ivre avait terminé sa course sur le gazon et avait jugé opportun de laisser la voiture là, immobile depuis lors. Malgré tout, on y déguste les meilleures pizzas du quartier, de la bonne bouffe de flic, et c'est ici qu'ils avaient décidé de déjeuner.

De Ritter se leva, pas très solide sur ses jambes.

— Je passe un coup de fil à mon mari, je le préviens que je reste un peu.

Elle releva le verre vide qu'elle venait de faire tomber sur la table.

— Et aussi qu'il faudra venir me chercher.

Sur son passage, elle bouscula une chaise, puis deux, sans même s'en rendre compte, et Ronan assura d'un clin d'œil au serveur que tout était sous contrôle. Sam, lui, avait tout simplement suspendu sa mastication.

— Son quoi ?

— Son mari.

— Mais elle est pas… ?

— Non. Mariée, deux gosses et je suis bien passé pour un connard ce matin.

— J'imagine qui s'occupe du pot de confiture quand le couvercle est coincé.

— Détrompe-toi, c'est plutôt du genre grand gaillard danois baraqué. Pas mal du tout en plus, ce con.

Maladroitement, à son retour, elle bouscula les mêmes chaises qui, de ce fait, se remirent en place.

— Vous disiez ?

Ronan répéta sans prendre la peine d'édulcorer, la deuxième bouteille de *vino amabile* de Lombardie lui ayant ôté le filtre des convenances.

— Je disais que ton con de mari est plutôt mieux que ce que j'avais pu penser.

— Je sais pas si je dois bien le prendre me concernant mais c'est gentil pour lui. Par contre je vois que t'es assez en forme pour les ragots, alors parle, Homme.

Ronan se mit en garde maladroitement dans un combat imaginaire :

— Vas-y envoie, t'as droit à deux questions, pas plus, te goure pas dans les priorités de ta curiosité.

Vu son état, les derniers mots de cette trop longue phrase terminèrent en chewing-gum et ses deux équipiers éclatèrent de rire dans cette salle dont ils restaient les seuls clients. Elle réfléchit un instant.

— Ma première question te concerne. Comment Coste, qui m'a tout l'air d'être un homme sensé, a pu te recruter, toi, lieutenant Ronan Scaglia. D'ailleurs Scaglia c'est corse, non ? Qu'est-ce que tu fous dans le 93 ?

— Ma mère est corse mais j'y ai jamais foutu les pieds, j'aime pas la mer, j'aime pas la montagne, j'aime pas les explosifs. C'était quoi, ta deuxième question ?

Sam le remit sur les rails.

— Ah ouais, je te l'avais promis au dessert. Comment moi Ronan Scaglia j'ai pu arriver dans le groupe Corse.

— Coste.

— Ouais, Coste.

Comme au théâtre, Ronan se mit à raconter, avec de grands gestes et certainement trop fort...

— Il y a quelques années, j'étais responsable d'un groupe d'investigation au commissariat d'Aubervilliers. J'avais été appelé sur un suicide, canal de l'Ourcq, un matin, en été. On avait réussi à sortir le type de l'eau et j'avais fait venir les collègues de la Fluviale avec leur vedette sonar, mais à part rameuter des CQR, on n'a pas eu d'autres surprises au fond.

— Des CQR ?

— C'est une expression des flics de la circulation, au cours des accidents de la route. Ça signifie les Cons Qui Regardent. Je continue ?

De Ritter esquissa un sourire.

— Je t'en prie, tu fais ça tellement bien.

— Le problème avec le suicidé, c'étaient ses mains attachées dans le dos, plutôt rare comme méthode, mais ça se fait, et je savais pourquoi. Seulement la magistrate de permanence n'a pas voulu entendre mes explications et a saisi la PJ de l'affaire, persuadée qu'il s'agissait d'un crime. Mon premier contact avec le SDPJ 93, c'est le capitaine Lara Jevric, le chef du Groupe crime 2, autant te dire que j'ai apprécié. Elle est arrivée, toute rondouillarde et trop maquillée, et s'est mise à nous gueuler des ordres dans tous les sens avec cette voix nasillarde qui me donne envie de la cogner. J'ai tenté de lui donner mon avis, j'aurais mieux fait de passer mon tour. Jevric m'a aboyé que c'étaient pas mes affaires et qu'un suicide les mains attachées dans le dos, elle avait jamais vu ça, alors j'ai fait marche arrière. C'est là que j'ai rencontré Coste.

— Attends, Coste et Jevric sur la même affaire ?

— Non, Coste était là en simple chaperon, en observateur. Jevric a la délicatesse d'un bulldozer en panne et elle se met à dos la plupart des services, c'est pas vraiment de la bonne publicité. T'apprendras vite que les trois quarts des belles affaires traitées par la Police judiciaire viennent des commissariats. Vaut mieux garder de bons rapports.

De Ritter exprima son doute :

— Pour l'instant, je suis plutôt d'accord avec le capitaine Jevric, ça ressemble à un homicide.

— Fais-moi confiance, j'ai fait mes débuts dans un commissariat au bout du Finistère, un des plus importants taux de suicides en France, j'ai pas mal d'expérience sur les mille et une manières d'en terminer avec la vie. Alors, quand Coste m'a amené à l'écart et m'a demandé de lui dire ce qui me gênait, je lui ai expliqué le coup du nœud coulant. Les suicides par noyade simple, ça n'existe pas. L'instinct de survie fait que de toute manière tu ne resteras pas sous l'eau.

Le silence de Johanna, désormais accrochée par l'histoire, l'invita à poursuivre.

— Bon, je te fais le topo. D'abord tu t'attaches les pieds, ensuite, avec la fin de la corde, tu fais un nœud coulant dans lequel tu passes tes poignets. Tu prends quelques secondes pour te souvenir que la vie c'est de la merde et tu sautes. Évidemment, une fois sous l'eau, instinct de survie oblige, tu tentes de remonter à la surface, tu te débats mais le nœud coulant se resserre, impossible de remonter ni de nager. Donc, crime peut-être, mais ça pouvait tout aussi bien être un suicide.

— Intelligent. Macabre mais intelligent. Et après ?

— Après ? Jevric, toujours persuadée d'être face à un meurtre, a absolument voulu faire un examen du cadavre, pour chercher des traces de lutte ou de défense. Donc de retourner le corps. Mais avec la chaleur écrasante qu'on se tapait depuis le début du mois de juillet et le temps qu'il avait passé dans l'eau, le ventre était gonflé et la peau ramollie. En gros c'était une vraie mauvaise idée, mais comme elle n'en a pas régulièrement, des idées, elle s'y est accrochée et a ordonné aux collègues de manipuler le cadavre pour le mettre sur le ventre. Je lui ai proposé d'attendre les pompes funèbres, habituées à ce genre de situation, et une nouvelle fois je me suis fait incendier, alors j'ai laissé faire.

De Ritter commença à entrevoir le pire.

— Non, me dis pas que…

— Ben si… À peine le corps retourné, la peau du ventre s'est déchirée et tout ce qui se trouvait à l'intérieur du type s'est déversé sur le bitume. Une dizaine de litres de bouillie d'organes liquéfiés par les gaz de putréfaction a éclaboussé les pompes des CQR les plus proches.

— Les *cons qui regardent*, c'est ça ?

— C'est ça. Certains se sont évanouis, d'autres ont hurlé, mais la plupart ont vomi. On a laissé le capitaine Jevric face à sa connerie et j'ai proposé à Coste de faire l'avis de décès à la famille.

Annoncer un décès. Une épreuve par laquelle chaque flic est passé un jour. Une des éventualités que De Ritter craignait le plus.

— Pas trop dur ?

— Tu t'y habitueras. Tu les connais pas, tu connais pas leurs proches. C'est pas ta peine. T'es juste un messager.

Sam entra dans la discussion :

— C'est surtout que le monde de Ronan tourne autour de Ronan et que les autres, il en a rien à foutre.

De Ritter demanda la fin de l'histoire :

— Et alors ? Homicide ou suicide ?

— Si je me souviens bien, c'était la première autopsie du docteur Marquant, nouvelle recrue de l'Institut médico-légal à l'époque. Elle a confirmé l'hypothèse du suicide et l'affaire en est restée là. Une semaine plus tard je recevais un coup de fil de Coste et deux mois après, j'intégrais son équipe.

De Ritter termina la deuxième bouteille de vin en remplissant les trois verres et se tourna vers Sam.

— Et toi ? Comment t'es arrivé dans cette équipe ? Une autre histoire incroyable ?

Ronan l'interrompit :

— Désolé, t'es à court de munitions. T'avais droit à deux questions et je t'ai répondu.

29

À la gare de Lyon, Coste retira à la borne automatique son billet pour le train en direction d'Annecy. Il n'était pas repassé chez lui, il ne comptait rester que le temps strictement nécessaire à une longue discussion avec son ami.

Pendant le trajet il s'énerva un bon moment avec le rideau de fenêtre latérale, cherchant comment faire pour ne pas supporter le soleil d'hiver éblouissant, puis de guerre lasse, il abandonna et se sentit ridicule quand il se mit à apprécier la douce chaleur sur son visage. Il se laissa hypnotiser par le paysage en accéléré.

Il avait suffi d'un SMS laconique pour informer Mathias de son arrivée. « Avec plaisir », avait-il reçu comme réponse, puis quelques minutes plus tard, un « tout va bien ? » auquel il n'avait pas encore répondu parce que non, tout n'allait pas bien.

Arrivé en gare d'Annecy il eut, par rapport au 93, une impression de faux, quelque chose de Disneylandesque, le dépaysement se précisant avec les Alpes devant lui et les voyageurs chargés de skis ou de snowboards en fonction des générations. Air frais et vue dégagée. Il repensa à la horde de clodos et de zonards qui entourait les gares de la Seine-Saint-Denis. À lieux différents, méthodes de travail différentes. Bosser ici devait avoir un petit goût de vacances.

— Séduit ?

Coste se retourna et, l'espace d'une seconde, il n'y eut que deux amis qui se tombèrent dans les bras.

— Bluffé, tu veux dire.

La conversation se poursuivit dans la voiture, le sujet principal oublié volontairement pour laisser place à l'anodin. Mathias se chargea de la visite guidée.

— Tu te souviens de cette opération de soutien avec la Section enquêtes et recherches, l'année dernière ? L'histoire avec les Yougos dans le XVIe arrondissement…

— Très bien. Braquage de tous les carnets de chèques dans une société de Montreuil et achat de champagne chez les cavistes de luxe du beau Paris. Près d'un million de préjudice.

— On les avait serrés quand ils chargeaient dans leur camion des caisses de Cristal Roederer à neuf cents euros la bouteille. Tu te rappelles quand on les avait braqués et crié « police » ? La rue entière s'était figée.

— Oui ! Dans le XVIe, quand on gueule « police » tout le monde se paralyse, même ceux qui ne sont pas concernés. Quand on annonce « police » dans le 93, les racailles entendent « pool ! » et sortent les fusils.

— Bien, considère-toi comme dans le 16. Je suis allé saluer mes nouveaux collègues hier. Il paraît qu'ici ils ne reçoivent ni insultes ni coups de poing dans la gueule. C'est beau, non ?

— Pas mal, je reconnais. T'as l'air de te faire à ton nouveau décor, d'ailleurs si tu connais un bon restau dans le coin, c'est pour moi.

— Sans façon, Laure nous attend. Elle est aux fourneaux depuis ton message, alors si tu veux que je vive encore un peu, on rentre à la maison illico et tu dis « miam » à tout ce qu'elle nous sert.

Laure Aubin les accueillit sur le pas de la porte. Une maison avec le mont Blanc en arrière-plan, belle comme un fond d'écran d'ordinateur, perdue au bout d'un chemin tortueux qui offrait péniblement le passage à une seule voiture. Coste la serra dans ses bras.

— T'es venu comme ça, sans bagages, sur un coup de tête ? On te manque déjà ?

Mathias s'était lui aussi fait la réflexion. Une visite inopinée qui ne devait certainement rien au hasard. D'autant que pour Coste, Annecy c'était très loin. Il s'attendait donc à un pépin. À l'écart il souffla :

— On déjeune et on parle après, ça te va ?

Coste lui donna son accord d'une pression amicale sur l'épaule.

Il aurait voulu que ce repas n'ait pas de fin. Comme prévu, Laure avait massacré tous les plats de l'entrée au dessert. Imperceptiblement, il les sentait différents, Mathias et elle. Leurs gestes étaient plus posés, leurs paroles plus calmes et les reproches habituels avaient disparu de la conversation. Un bonheur en château de cartes fragile qu'il n'allait pas tarder à foutre en l'air.

— Et Gabriel, il se fait à sa nouvelle vie de montagnard ?

— Il y a une dizaine de gamins de son âge au village de Bluffy et hier, en un après-midi, il avait déjà une tripotée de nouveaux copains. On est plutôt rassurés.

Elle le débarrassa de son assiette qu'elle empila sur les autres.

— Et pourquoi tu viendrais pas t'installer ? On devrait pouvoir te trouver deux-trois homicides dans le coin, si c'est la seule chose qui te retient dans le 93.

— À réfléchir… mais pour l'instant je suis juste venu une demi-journée, manière de voir comment Mat s'en sort sans mon aide.

Ni elle ni Mathias n'achetèrent le scénario. Elle prépara donc deux cafés qu'elle posa sur la table du salon et, prétextant des courses en ville, laissa les deux hommes. Sur le pas de la porte elle croisa les yeux de Coste et sans dire un mot elle lui fit du regard la promesse qu'elle le tuerait elle-même si à son retour il avait réussi à changer la moindre chose dans l'équilibre incertain de leur nouvelle vie.

Il vérifia, dans la poche intérieure de veste, la présence des deux courriers anonymes. Il savait qu'il allait les poser sur la table et attendre que son ami lui parle. Il souhaitait juste que les années sur le terrain, passées à protéger mutuellement leurs arrières, lui éviteraient le cinéma des mis en cause qui font mine de tomber de leur fauteuil quand on leur soumet des preuves accablantes. Mathias n'était pas fait de ce bois vermoulu.

30

Aubin garda le silence. Il ignorait par où commencer. Sans avoir une seule fois touché aux deux feuilles dépliées devant lui, il en avait lu le contenu, de loin.

Code 93. Overdose – 16 mars 2011. Squat de l'ancienne mairie des Lilas.
Code 93. Mort par étouffement – 23 juin 2011. Camp de Roms de La Courneuve.

— J'allais t'appeler.
— Te donne pas cette peine, je suis venu.
Mathias se leva et se dirigea vers un vieux meuble en bois qui recelait les alcools forts de la maisonnée. Il remplit deux verres aussi petits qu'était virile l'eau-de-vie qu'il venait d'y verser.
— Laure voulait divorcer...
Il vida son verre d'un trait.
— Je cherche pas à excuser ce que j'ai fait mais elle allait partir, Victor, en prenant Gabriel, évidemment...
— Je suis pas là pour t'arrêter, je suis là pour comprendre. J'imagine pourquoi tu t'es fourré dans ce merdier, c'est le merdier en lui-même que je saisis pas.

— J'ai été convoqué directement par Galienne, l'adjoint du directeur de la Police judiciaire, il y a deux ans. C'est lui qui a fait pression sur le commissaire Stévenin pour que je sois nommé responsable du SALVAC au SDPJ 93. Il m'a promis une mutation à Annecy en un an si je leur rendais quelques services. Ça aura pris le double, au bout du compte.

— Quel genre de services ?

— Mettre de côté des cas bien précis. Uniquement des homicides et uniquement des victimes invisibles.

— Précise « invisibles ».

— Tox, putes, sans-papiers, clochards, des gens sans famille, ou avec des proches qui ne le sont pas assez pour réclamer le corps.

Après les deux courriers anonymes, Coste s'était préparé à une histoire plutôt moche et certainement tordue. L'entendre était tout autre chose.

— Et comment tu t'y es pris ?

— Grâce au SALVAC justement. Je prétexte que le logiciel a trouvé une correspondance sur d'autres cas, je récupère l'affaire, j'appelle le magistrat de permanence, je lui explique qu'un autre service de police, sur un autre département, est en charge d'affaires similaires, il m'autorise à leur transmettre le tout, je clôture la procédure et ça disparaît de notre compta.

— Attends trente secondes, et la procédure ?

— Je mets un exemplaire dans nos archives papier au cas où l'affaire nous ferait un retour et je détruis les trois autres exemplaires. Le flic à qui j'ai pris l'affaire initialement se pose pas de question, une affaire en moins c'est toujours ça.

— Mais le magistrat ?

— Le magistrat ne prend jamais la peine de contacter son homologue sur le département où le dossier aurait dû partir. T'as déjà vu un bureau de magistrat ? Ils sont entourés de colonnes de près de deux mètres de procédures judiciaires, tu penses vraiment qu'ils vont s'inquiéter des affaires dont ils ont réussi à se débarrasser ?

— Et les analystes criminels du SALVAC ?

— Je les ai jamais contactés. Je dis juste avoir trouvé une similitude de modes opératoires mais je ne les préviens pas. Tout se fait et reste dans mon bureau.

— Notre bureau.

— Oui, j'attendais évidemment que tu sois sur le terrain ou en repos.

— Mais tu dis que ça sort de notre compta, pourtant tout est enregistré au STIC[1] national et là, tu peux rien modifier.

— Le STIC national, c'est ronflant comme appellation mais ça reste en réalité un simple bureau avec une personne derrière qui contrôle et enregistre les informations. Je laisse travailler ton imagination. Pour moi, le levier, c'était ma famille qui allait voler en éclats si j'avais pas rapidement cette mutation. Au STIC, ils ont dû tomber sur un pauvre agent administratif avec un gamin handicapé, des problèmes d'alcool ou quel que soit le moyen de pression qu'ils ont trouvé pour lui faire appuyer sur la touche « *delete* » de son clavier et effacer les procédures que je réussissais à enterrer. Masquer des homicides nécessite une organisation méticuleuse mais seulement deux personnes

1. Voir note p. 36.

146

sur lesquelles faire pression : celui qui a le dossier en main et celui qui l'enregistre.

Coste secoua la tête comme s'il voulait tout refuser d'un bloc.

— Attends, merde, ça peut pas être aussi facile.

— Les choses les plus simples, Coste… les choses les plus simples.

— Mais dans quel but ? Le taux d'homicide du 93 est plus haut que partout ailleurs, soit, mais de là à planquer des morts, c'est tordu.

— Pas tant que ça, il y a des précédents. Tu sais ce qu'on a dit de certains directeurs départementaux qui demandaient à leurs commissariats d'arrêter les chiffres avant la fin du mois pour qu'ils restent favorables et envoyaient le reste des infractions aux oubliettes ? À une période, c'était quasiment un quart des délits de petite criminalité qui n'était pas enregistré. Résultat, le taux de la délinquance ne bouge pas, le ministre poursuit son mandat sans traverser de zone de turbulences. Il félicite son préfet qui décroche sa place au soleil. À son tour le préfet complimente son directeur départemental qui se voit déjà dans son fauteuil et assure une prime très confortable à son commissaire qui la garde sans la partager avec ses flics, lesquels n'ont plus qu'à fermer leur gueule et retourner au travail. Ces infractions fantômes étaient cachées dans une ligne de comptabilisation masquée nommée « Code S ». Cela dit, planquer des vols à l'étalage ou des petits consommateurs de shit, c'est pas vraiment compliqué, tout le monde s'en moque, mais pour planquer des cadavres, c'est une autre organisation. Il a donc fallu trouver une nouvelle appellation. Le « Code 93 ».

147

— Au moins, c'est sans ambiguïté, ironisa Coste.

— J'imagine que quand on en arrive à taire volontairement des homicides, on n'en est plus à ces considérations. Et si ça fonctionne, ça laisse surtout la place à d'autres essais. Marseille ne devrait pas tarder à avoir son Code 13 si elle continue à trop se faire remarquer.

Pour la première fois Coste posa les lèvres sur son verre. Le discours de son ami était sans heurts, limpide comme une récitation. Il en déduisit qu'il s'était longtemps préparé à se défendre. Pas face à la Justice, mais face à bien plus intransigeant. Lui.

— Et des invisibles, tu en as effacé combien ?

Mathias allait se resservir quand Coste retint son geste en posant la main sur son avant-bras.

— Te mets pas une mine, Laure va rentrer. Combien, Mathias ?

Aubin hésita. Le chiffre, il le connaissait pourtant par cœur. Quand son compteur kilométrique indiquait un chiffre se terminant par 23, ça lui sautait au visage, quand sa montre indiquait – quelle que soit l'aiguille – le nombre 23, ça lui sautait au visage, quand il faisait 23 degrés dehors, ça lui sautait au visage.

— Vingt-trois.

Les yeux fermés, Coste pinça l'arête de son nez entre ses deux doigts, comme quand le malfrat s'apprête à distribuer des beignes dans les films de Lautner.

— J'arrive pas à concevoir une organisation pareille et un nombre aussi important de victimes à faire disparaître juste pour une histoire de chiffres. C'est beaucoup trop gros. Elle est où l'histoire de fric, dans tout ça ?

— Comment t'en arrives à cette conclusion ?

— Le monde tourne autour de l'argent et du sexe, le reste n'est qu'exception, et dans ce cas précis je ne vois pas de place pour le cul.

— Exact. Je me suis posé les mêmes questions et c'est à peu près à ce moment qu'on m'a fait comprendre mon intérêt à en savoir le moins possible.

— Vingt-trois. Quand même !

— Putain, Victor, j'ai tué personne, j'ai juste…

— Ta gueule. Le mieux maintenant, c'est que tu fermes ta gueule. Quelqu'un est au courant ?

— Oui.

— Tu te fous de moi ? Qui ?

— Marc Farel.

— Manquait que ça ! On peut dire que tu choisis bien. Le pire des journalistes !

— Mais il ne devrait plus nous poser de problèmes.

— Ça commence à ressembler à une discussion de mafieux, mais soit, raconte comment tu penses avoir fait taire un scribouillard comme lui ?

Mathias n'avait plus d'autre choix que de tout lui raconter, depuis le début, et le début remontait à l'année précédente, fin 2011.

31

Farel avait eu la chance de tomber sur un bon jour.
De son côté Aubin, lui, attendait minute après minute
la fin de son service en essayant juste de ne pas exploser.

En équilibre sur le rebord du toit en terrasse du
SDPJ 93 qui surplombait la ville, il terminait sa cigarette. Il avait l'oreille gauche endolorie. Sa discussion
téléphonique avec Laure avait une nouvelle fois viré
au drame et aux menaces. Les mots « séparation » et
« garde d'enfant » aiguillonnaient encore son cerveau.
Il jeta son mégot et le regarda tomber. « Ça pourrait
être moi », se dit-il. Il estima la hauteur qui le séparait
du sol. Pas assez haut. Au mieux, il se casserait une
jambe et réussirait tout juste à se rendre ridicule.

Il sentit sa poitrine se contracter. La psy du SSPO[1]
lui avait donné un exercice simple à faire lorsque la
sensation d'étouffer devenait trop grande. Il devait
chercher dans sa mémoire un lieu calme, à l'abri de
toute angoisse et de toute contrainte, un lieu de repos

1. Service de soutien psychologique opérationnel.

idéal dans lequel il pouvait se cacher et faire le point. Il ne l'avait jamais trouvé.

Il recula d'un pas. L'esprit tourmenté, il décida d'aller fatiguer son corps à la salle de sport. Pas celle du service, évidemment. Judicieusement placée au sous-sol entre les vestiaires et le parking, elle n'offrait que trois tatamis collés les uns aux autres qu'une fuite aux toilettes du deuxième avait imbibés d'une eau mélangée à la pisse. Il paraît pourtant que les flics doivent rester en forme.

Sac sur l'épaule, il s'apprêtait à monter dans sa voiture quand une voix d'homme l'interpella :

— Lieutenant Aubin ?

Une question qui n'attendait pas de réponse. Il n'en donna donc pas et jaugea son interlocuteur avec méfiance.

— Bonjour, Marc Farel, je voudrais prendre quelques minutes de votre journée si c'était possible.

Trois types de personnes déclenchent une alarme interne chez les flics. Les avocats, les délinquants et les journalistes. Dans l'ordre d'irritation. Celui-ci faisait définitivement partie de la troisième catégorie.

Petit costume marron cintré mais cheveux bruns en bataille, négligé contrôlé, casque de scooter sous le bras : le lieutenant Aubin avait cru naïvement pouvoir s'en défaire d'un revers de main.

— Pas le temps, désolé, laissez vos coordonnées à l'accueil, je vous contacterai dans l'après-midi.

Puis Mathias réalisa qu'il l'avait appelé par son grade et son nom et qu'il l'avait attendu dehors pour le rencontrer, au lieu de se présenter à son secrétariat. Peut-être devait-il prendre un moment pour l'écouter.

Il balança son sac au fond de la voiture et se retourna vers le journaliste.

— D'accord, cinq minutes.

Dans l'arrière-salle d'un des rares cafés de la ville, les deux hommes s'étaient attablés et se faisaient maintenant face. Le journaliste se montra familier.

— Vous avez une sale gueule, lieutenant.

— J'ai pas un métier reposant.

Marc Farel avait pris depuis longtemps l'habitude de rapidement capter l'attention de son interlocuteur. Chroniqueur judiciaire, il avait choisi une spécialisation dans laquelle, bizarrement, tous les gens qu'il tentait d'approcher tentaient, eux, de le fuir. Au choix, justice, police, criminels. Il attaqua de front :

— Les remords, peut-être. Ça fatigue, les remords.

En audition, cette technique est celle de l'appât. Balancer une accusation la plus floue possible et attendre la réaction. L'attente fut courte.

— Écoutez… Farel, c'est ça ? Soit vous crachez, soit je me barre, mais surtout, jouez pas les policiers avec moi.

Le flic était aussi abrupt que son physique le promettait. Un peu déstabilisé, le journaliste sortit un calepin et le feuilleta à la recherche d'une page précise.

— Je vais tenter de faire au plus vite. Il y a deux semaines s'est pointé un enquêteur privé. Monsieur Simon. Je n'ai jamais su si c'était son nom ou son prénom. Nos chemins s'étaient déjà croisés à plusieurs reprises, je suis un chroniqueur qui a de la bouteille et d'aussi loin que je me souvienne je l'ai toujours connu en activité. Privés, journalistes, flics, c'est un petit monde dont on connaît les acteurs principaux puisque nous faisons tous à peu près le même boulot. On enquête, on essaie de comprendre. Sauf que vous, vous le faites pour moins cher.

Sans public, Farel cessa de sourire et reprit là où il en était.

— Bien. Simon est un type qui bosse à l'ancienne, au contact. Il avait quelques questions particulières, il est donc tout naturellement venu vers moi. Ma réputation me précède, je le sais, je suis un fouille-merde.

— Marrant, j'aurais utilisé la même expression.

— Merci, ça me touche. Monsieur Simon avait été engagé pour rechercher une jeune fille. Sans relâche, photo en main, il a retracé tous ses trajets possibles et égrené tous ses éventuels points de chute pour enfin retrouver sa trace dans un squat. Contre quelques billets, une des loques qui hantent la bâtisse lui aurait parlé d'une paumée assez ressemblante à la photo, morte d'overdose. Elle lui aurait aussi parlé des policiers qui sont venus ce jour-là et qui leur auraient fait fuir les lieux. Ses souvenirs sont revenus d'autant plus facilement qu'après les faits, le vieil édifice avait été muré, avec son caddie contenant toute sa vie à l'intérieur. Le privé pensait donc avoir retrouvé sa brebis égarée, même si le loup l'avait devancé, et il en a informé la famille. Vous resituez cette affaire ? Vous devriez. C'est vous qui avez organisé la reconnaissance du corps il y a près de dix mois.

— Bon, une tox qui crève d'une OD, c'est pas très glamour mais c'est courant. Voulez que j'y fasse quoi ?

— Bien sûr, lieutenant, bien sûr. Mais laissez-moi encore quelques secondes pour arriver jusqu'à vous, puisque depuis le début, vous l'aurez compris, vous êtes ma cible. La suite de l'histoire s'avère plutôt gênante pour votre service. En voulant activer ses contacts pour avoir accès à une partie de la procédure, Simon, le privé, a découvert qu'elle n'était pas enregistrée dans vos fichiers.

Aubin n'exprima aucune surprise. Évidemment. Le journaliste s'évertuait à lui raconter une histoire dont il connaissait tous les tenants, puisqu'il était au centre. Il abattait juste son jeu pour lui montrer les atouts en main.

— J'ai peur de vous décevoir, Farel, mais la procédure a été transmise à un autre service de police. Je suis à la Crime et la petite tox qui vous préoccupe tant s'était essayée à une came frelatée avec de mauvais produits de coupe. Un office central des Stups était intéressé. Ils ont repris l'affaire. Un dossier qui s'égare ou un bug informatique, c'est plutôt courant, je peux vérifier si vous le souhaitez.

Le journaliste eut l'air déçu. Pas de l'explication mais bien du policier qui tentait vainement de ne pas se noyer. Il poursuivit :

— Ne vous donnez pas tant de peine, je m'en suis déjà chargé. Même si la procédure avait été transmise, il en resterait une trace dans vos fichiers informatiques. Mais elle n'a été envoyée nulle part ailleurs et n'a jamais quitté votre service.

Il s'autorisa une pause volontairement théâtrale.

— Il paraît qu'au bout de quelques années d'expérience, les flics réussissent à repérer la vérité du mensonge.

— Non. C'est à force d'entendre des mensonges que la vérité sonne différemment, c'est tout. J'en déduis que vous ne me croyez pas.

— Pourtant j'y mets du mien, mais ça accroche toujours.

Aubin s'apprêta à couper court à la conversation.

— Désolé pour vous. J'ai une longue journée devant moi, alors si nous en avons terminé…

— Pour la petite du squat peut-être, mais je fais quoi des seize autres cas similaires ?

À ce moment précis, Aubin aurait dû vérifier qu'il ne portait pas de micro. Mieux, il aurait dû se lever et partir, mais ce jour-là il n'avait de force ni pour se battre, ni pour fuir. Peut-être même attendait-il ce moment depuis longtemps. Il écouta la suite.

— En tout, dix-sept personnes découvertes mortes. Pour la plupart des homicides ou des décès suspects. Dix-sept procédures dont je perds la trace quand elles arrivent à votre service.

Aubin touilla machinalement son café. Entre ses mains, la tasse et la cuillère semblaient des éléments de dînette pour enfant. Il se dit que si le journaliste avait fouillé un peu plus, ils se seraient accordés sur le chiffre exact. Vingt-trois. Pas dix-sept. Et il se souvenait de chacun d'eux. Perdu dans ses pensées, il manqua une partie de la suite.

— … des anonymes, des sans famille, des histoires qui ne remonteront pas. Remarquez, ce sont les plus nombreux, ça fait vite chiffre. Vous cherchez le caillou qui ne fait pas de cercles concentriques quand il tombe dans l'eau, vous guettez ceux qui meurent en silence. Et avec cette petite toxico, vous aviez pensé avoir décroché une bonne cliente. Mais vous vous êtes planté, Aubin. Celle-ci n'aurait jamais dû faire partie de votre sélection.

— La famille m'a assuré ne pas reconnaître le corps, vous lui avez trouvé d'autres proches ?

— Non. La famille s'est juste foutue de vous.

— Comment en êtes-vous sûr ?

— Eh bien parce que Simon continue malgré tout d'enquêter sur la jeune fille et qu'il n'existe aucune raison pour. Alors, soyez honnête avec moi, vous avez vraiment décidé de le faire ?

— De quoi parlez-vous ?

Les yeux de Farel trahirent son excitation, celle d'un gamin à la veille de Noël, celle d'un addict devant une seringue neuve bien pleine ou mieux, celle d'un gratte-papier face à un scoop. Il s'emballa presque :

— Du grand nettoyage. Vous êtes vraiment en train de le faire ?

— Tout doux, Farel, vous découvrez la disparition d'une procédure et vous criez aussitôt à la machination, on vous a pas appris à garder votre sang-froid dans votre boulot ?

— Pas une seule disparition, lieutenant. Je crois vous l'avoir déjà dit, j'en ai compté dix-sept en tout.

— Et pourquoi en avoir attendu dix-sept avant de venir me voir ?

— J'attendais une faute, lieutenant, il y en a toujours une. Je n'avais qu'à être patient. Un jour viendrait où l'un de vos fantômes allait se réveiller et vous tirer les pieds la nuit.

Le temps n'était plus aux acrobaties et Aubin prit la ligne droite :

— Qu'est-ce que vous voulez ?

— Savoir c'est bien, mais sans preuves concrètes en main, je suis à poil. Dites-moi, où sont les procédures ?

— Détruites.

— Dommage. J'étais prêt à négocier. Vous prenez des risques insensés pour quelque chose qui vous dépasse complètement. Je suis même persuadé que vous ignorez tout des raisons qui vous font jouer les fossoyeurs. On a certainement dû vous promettre beaucoup. Vous l'avez chiffrée à combien, votre morale ?

Farel se leva, s'apprêta à partir sans payer et, ponctuant sa position de force, enfila son manteau.

— Je vous laisse ma carte, Mathias, avec mon adresse personnelle au cas où, ce soir, vous auriez l'envie de passer me rendre une visite.

— Ne m'appelez pas Mathias.

À 22 h 30, Aubin termina son deuxième paquet de cigarettes de la journée. Sa gorge commençait à s'irriter et il toussait douloureusement. Il ouvrit un nouveau paquet. Il se donnait encore deux minutes pour prendre une décision. Un exemplaire de chacune des vingt-trois procédures effacées se trouvait dans un carton de déménagement au fond de son jardin, dans la cabane à outils. Des sentiments contraires l'avaient mené à garder un exemplaire de chaque affaire tout en les cachant de sa vue. Aubin était un bon flic, il se pensait même intègre. Jusque-là. Mais les circonstances, l'amour et la peur lui avaient fait faire les mauvais choix. Il enrageait d'avoir accepté le marché proposé par sa hiérarchie mais, à ce stade, il lui était impossible de reculer. Il prit son arme de service, ses clefs de voiture et vérifia que la carte de visite était toujours dans la poche de son jean.

157

À 23 heures, il se gara dans le haut-Belleville en plein XXe arrondissement de Paris, en bas du domicile de Marc Farel. Toujours derrière le volant, il vérifia son arme, chambra une cartouche. Il respira doucement, les yeux fermés. Il sortit de la voiture et se dirigea sous le porche de l'entrée. Dans le hall mal éclairé, l'une des boîtes aux lettres mentionnait le nom de Farel ainsi que l'étage et le numéro de porte. Il grimpa jusqu'au deuxième et se retrouva devant l'appartement 26. Il resta là, immobile et silencieux, son arme à la main. Il pensa à son fils. Il pensa à la prison. Il se dit que Farel était un scorpion prêt à crever pour un bon papier, au risque de se mettre en danger lui-même. Il se dit surtout qu'il pourrait le faire taire. Il posa la main sur la crosse de son arme. Ferma les yeux. Inspira profondément.

Non. Il n'aurait pas le courage. Et puis merde… Tuer ?

Il fit demi-tour, dévala l'escalier et courut jusqu'à sa voiture. Au calme, dans la rue dont les lampes des réverbères avaient été brisées pour faciliter la discrétion du deal local, il se mit à pleurer. Sa vie lui échappait, il faisait connerie sur connerie et plus rien n'était désormais sous contrôle.

La nuque calée sur le repose-tête, il inséra le métal froid du canon dans sa bouche et commença à appuyer sur la détente. Le marteau de l'arme recula, encore, prêt à venir percuter la cartouche qui allait lui exploser l'arrière du crâne. La pression de son doigt se fit plus faible sur la détente et le marteau se remit en butée, inoffensif.

Il n'aurait pas le courage non plus.

À minuit dix, la sonnette de l'appartement de Marc Farel retentit et il abandonna son ordinateur. Il ouvrit la porte sur Aubin qui restait figé sur le palier, un lourd carton entre les mains.

— Je ne vous attendais plus.

— J'ai longtemps hésité.

— On peut dire que j'ai de la chance, alors.

— On peut dire.

Et certainement bien plus qu'il ne l'imaginait.

32

À Annecy, son fils Gabriel sur les épaules, Mathias Aubin lui donnait de la hauteur pour démêler le filet du panier de basket qu'il avait installé dans le jardin. Il tanguait de gauche à droite pour rendre impossible l'opération et le gamin éclatait de rire à chaque tentative ratée.

De la fenêtre de la cuisine, Coste regardait cette scène de famille modèle tout en ressassant les choix possibles, entre ce que la raison lui commandait et ce qu'il allait effectivement choisir de faire. Bien sûr, les deux points du vue s'opposaient, diamétralement.

Il sentit les bras de Laure lui entourer la taille et son visage se poser sur l'arrière de son épaule.

— Je vis avec lui, Victor, alors ne crois pas que j'ignore quand mon mec a fait une connerie. Toi aussi je te connais et je sais que si tu es venu aujourd'hui, c'est juste pour savoir si cette connerie tu vas la prendre sur ton dos ou pas.

— Pas mal.

— Femme de flic, c'est un peu flic aussi, non ? Alors, tu as pris une décision ?

— J'aimerais te répondre, mais je ne sais pas jusqu'où cette affaire va m'emmener. Je ferai en sorte que vous puissiez profiter le plus longtemps des Alpes mais je ne te fais aucune promesse.

— C'est si grave que ça ?

— Essaie de ne pas lui en vouloir.

— Lui en vouloir ? Mathias ne ferait rien d'illégal pour son seul intérêt. Je sais que quelle que soit l'impasse, il s'y est mis pour nous. Je l'ai menacé jusqu'à ce qu'il devienne fou de peur, j'ai même utilisé Gabriel, je ne savais plus quoi faire. Je me sens responsable en quelque sorte, même si je n'ai pas la moindre idée de ce dont on parle.

Elle serra ses bras un peu plus fort.

— Comment ai-je pu te détester autant alors que je réalise maintenant que si Mathias a tenu le coup, là-bas, tout seul, sur votre département de merde, avec moi qui le harcelais, c'est uniquement grâce à votre amitié.

Coste ne faisait pas confiance aux amoureuses. Dans bien des enquêtes, elles l'avaient mené en bateau. Il n'aurait su dire si elle avait tenté de le manipuler mais il avait de toute façon déjà pris sa décision et à cet instant même il savait que cette décision lui mettait les deux pieds dans le ciment. Tomber à l'eau serait dorénavant inenvisageable.

DEUXIÈME PARTIE

« Tu penses qu'il joue avec nous ?
— Non, je pense qu'il veut nous
faire participer, c'est différent. »

Capitaine Victor Coste

33

Lucas Soultier avait pour habitude de déjeuner en compagnie de sa mère. Il quittait le ministère des Finances un peu avant midi et se faisait conduire jusqu'au manoir familial, niché dans les hauteurs de Saint-Cloud. Bien qu'il ne ressemblât nullement à un petit château et ne fût pas non plus une demeure d'aristocrates, la famille Soultier imposait cette appellation plutôt que celle, pourtant mieux appropriée, d'hôtel particulier. Sur deux étages, la bâtisse imposante et luxueuse s'ouvrait sur une large entrée donnant sur un escalier central. À mi-palier, cet escalier se divisait en une fourche desservant l'aile est et l'aile ouest où se trouvaient les chambres dont la plupart restaient dans le noir depuis des années. Le rez-de-chaussée, lui, accueillait la salle de réception, le grand salon et les cuisines. Au fil des années le nombreux personnel de maison s'était restreint à un seul homme à tout faire dont le prénom, Brice, était tout ce qu'il était nécessaire d'en connaître. Aux murs, quelques larges différences de teintes laissaient deviner l'emplacement de tableaux, vendus depuis longtemps.

L'arrière-grand-père de Lucas avait construit l'endroit de ses mains au lendemain de la Seconde Guerre mondiale. Mais une autre partie de l'histoire insinuait que la famille Soultier avait sombrement acquis une partie importante de sa richesse entre 1941 et 1943.

Avec le père de Lucas, Jacques Soultier, un entrepreneur de génie, le manoir avait connu ses années de faste. On y donnait de somptueuses réceptions où se côtoyait le Paris influent. Quelques investissements financiers dans un parti de droite lui avaient permis de mettre un pied dans la politique et, à soixante ans, un cancer du foie finit par lui mettre les deux dans la tombe. Désormais, il était rare que les murs du grand salon se fassent encore l'écho de conversations animées.

Passant la grille ouvragée du porche, la berline de fonction roulait au pas en faisant crisser les graviers de l'allée bordée d'ifs que l'hiver avait maltraités. Le chauffeur freina doucement dans la cour d'honneur car il lui avait été recommandé de ne pas y imprimer le sillon de la marque des pneus. Lucas Soultier posa son manteau dans le vestibule et se dirigea vers le salon où sa mère l'attendait, prisonnière de son fauteuil roulant. Sans autre forme de politesse, elle donna l'impression de poursuivre une discussion laissée en suspens.

— As-tu rencontré le conseiller d'État, comme je te l'avais demandé ?

Il s'installa et déposa sur le bord de la table le journal du jour.

— Bonjour maman, non, je n'ai pas eu le temps.

La vieille dame posa son regard sur le quotidien dont l'information principale était reprise par tous les médias. « Une nouvelle mort étrange en Seine-Saint-Denis. » Le papier devait comporter une dizaine de fois le mot « autocombustion » et faisait un rapport direct avec le surprenant retour à la vie de Bébé Coulibaly. La photo d'un corps calciné prenait la quasi-totalité de la première page.

— Brice, mon fils n'a aucune éducation. Auriez-vous l'amabilité de retirer cette horreur de la table ?

Lucas ironisa :

— C'est la photo qui vous dérange ?

— Non, mon cher. La vie est pleine de drames, je m'y suis faite. Par contre, les journaux qui traînent n'importe où et qui sont touchés par n'importe qui n'ont pas leur place sur une table de déjeuner.

— Je me disais aussi qu'il en fallait un peu plus pour vous toucher.

Sans se laisser distraire par cette attaque ciblée, Margaux Soultier orienta à nouveau la discussion vers l'avenir professionnel de son fils.

— Tu sais, je ne cherche qu'à te faire rencontrer les bonnes personnes. Tu ne comptes pas rester toute ta vie dans ce bureau d'études et surtout, t'en contenter ?

Même s'il savait que sa mère faisait exprès de ne pas se souvenir de sa fonction précise, il corrigea.

— Ce bureau d'études, comme tu dis, c'est le Bureau de la prospective et de l'évaluation économique du ministère des Finances.

Elle haussa les épaules.

— Un bureau inconnu d'une sous-direction, voilà tout. Tes locaux ne sont même pas à Bercy.

— Mais si j'étais à Bercy tu ne t'en satisferais pas plus et tu m'enverrais l'Élysée au visage… Je te connais, maman, ton ambition pour les autres est débordante.

Seul le corps fatigué de Margaux Soultier avait soixante-dix-huit ans. Le reste aurait pu durer encore quelques générations. Elle avait joué son rôle de mère comme une actrice désastreuse, se considérant plutôt comme une femme d'homme de pouvoir, de celles qui poussent à se surpasser et qui admettent aisément le concept de dommages collatéraux qu'une carrière politique ne manque pas de produire.

— Cela t'amuse toujours autant de m'appeler maman ?

— C'est ce que tu es, non ?

— Ne sois pas ridicule, évidemment, mais tu n'as plus besoin d'une maman à ton âge.

Elle avait prononcé « maman » en se brûlant la langue. Elle considérait le manque d'ambition de son fils comme une tare affligeante. Elle avait pourtant fait jouer toutes ses connaissances pour le placer à ce poste ministériel ainsi que dans la loge maçonnique où feu son mari avait été intronisé. Aucun de ses efforts n'avait réussi à sortir son fils de sa léthargie. Elle détestait le voir gâcher ce que sa position sociale lui offrait. Elle détestait le voir, inutile, revenir à chaque déjeuner lui tenir compagnie, comme un oisillon qui se refuserait à sauter du nid. Elle détestait surtout ses marques d'affection trop nombreuses. Elle ne lui laissa pas le temps de toucher sa fourchette.

— Nous avons reçu de nouveaux honoraires de monsieur Simon. Tu es toujours en affaire avec lui ?

Lucas Soultier se fit vague.

— Quelques informations dont j'ai eu besoin. Rien de plus que du professionnel.

— Disons que je te crois.

Les reproches habituels ayant eu un effet coupe-faim, sans la regarder il repoussa son assiette.

— Je monte dans ma chambre me reposer un peu.

Il se leva, baissa méticuleusement les manches de sa chemise et récupéra sa veste sur le dossier de sa chaise. Passant derrière elle, il lui posa la main sur l'épaule. Elle frémit. Elle détestait ces contacts inutiles.

Une fois au silence, il s'allongea, bien au centre du lit, absolument droit, les yeux rivés au plafond. Il laissa tomber son bras sur le côté et toucha du doigt sa veste qu'il avait, sans façon, posée au sol. Il en sortit un bristol d'invitation.

Dans le salon, Brice aida Margaux Soultier à quitter la table. Il poussa son fauteuil roulant jusque dans le patio où, sur un guéridon de marbre, l'attendaient ses lunettes et un livre épais en cuir relié. Alors qu'il s'apprêtait à la laisser à sa lecture, elle l'interrogea :

— Brice ?

— Madame ?

— L'avez-vous retrouvé ?

— Non madame. J'ai inspecté chaque recoin de la maison, il n'y est pas.

Elle parut contrariée. De manufacture allemande, le Luger P08 n'est pas un gros pistolet, elle le reconnaissait. De là à le perdre…

— Souhaitez-vous que j'appelle la police ?

— Ne soyez pas vulgaire, Brice.

Ils se sourirent. L'homme à tout faire avait certainement droit au meilleur de ce que pouvait offrir une vieille dame acariâtre comme Margaux Soultier.

Lucas avait quitté son lit pour s'attabler à son bureau. Il avait hésité un temps, le bristol d'invitation entre les doigts. Les instructions étaient claires et d'une précision quasi paranoïaque. Inscriptions gravées, édition de luxe, pelliculage brillant. Aucune adresse, aucun nom, juste une date à mémoriser. Au dos de l'invitation, un simple choix était proposé.

Domicile. Bureau. Autre (à préciser).

Le désagréable souvenir de la première fois resurgit, nauséabond.

34

Un an plus tôt, il avait coché « autre » et précisé l'adresse à laquelle il voulait que l'on vienne le chercher. Il avait ensuite glissé le bristol dans une nouvelle enveloppe pour le renvoyer à la boîte postale dont on lui avait indiqué les coordonnées quand il avait accepté de faire partie du club.

Quelques jours plus tard et avec trois minutes d'avance, une berline noire aux vitres fumées se gara à moins d'un kilomètre des bureaux du ministère de l'Économie, des Finances et du Commerce extérieur. Discrète dans la nuit déjà tombée.

Le sexe et le pouvoir ont toujours été liés. Il n'est pas de politicien sans désir de pouvoir. Et le sexe n'est jamais qu'une prise de pouvoir sur l'autre. S'ajoutent, pour ces hommes politiques, des années de frustrations, du lycée aux grandes écoles, sans jamais être populaire. Ils ont rarement séduit, préférant bouquiner que courtiser. Une fois les sommets atteints, dans les habitudes d'un mariage de confort, tout ce temps perdu leur revient au visage et ce n'est pas leur femme qu'ils vont fesser ou traiter de salope. Ici entre en jeu le club.

Lucas s'engouffra dans la voiture sans pouvoir réfréner quelques regards coupables alentour. Pourtant, tout avait été pensé pour que personne ne connaisse les participants et que le « matériel » ne puisse jamais les faire chanter. À l'arrière de la berline, deux sacs de toile avaient été déposés à son intention. Le contenu du premier, sans équivoque, assurait une discrétion absolue. Un masque noir pour l'anonymat, une boîte de préservatifs et un tube de gel lubrifiant pour éviter un passage à la pharmacie.

La même attention avait été portée aux participantes. Elles aussi porteraient un masque, non pas pour protéger leur identité ou leur morale, leur réputation n'entrant pas en ligne de compte, mais seulement pour qu'elles ne se reconnaissent pas entre elles. Parfum et rouge à lèvres interdits pour ne ramener au domicile conjugal aucun souvenir confondant. Une excitation coupable lui avait fait perdre la notion du temps et il ignorait la distance parcourue quand la voiture ralentit devant un pavillon. Il s'intéressa au second sac de toile, vide celui-ci. Le chauffeur ne prit pas la peine de se retourner.

— Videz vos poches. Portable, portefeuille, pièces d'identité, moyens de paiement.

Les quelques secondes en suspens trahirent son hésitation.

— Monsieur ne voudrait certainement pas égarer l'un ou l'autre. La totalité vous sera rendue à l'aube.

Il fouilla ses poches et en vida le contenu dans le sac.

— Ma mallette ?

— J'en assure la garde, monsieur. La première fois, toute cette mise en scène peut dérouter, mais pour la suite vous prendrez l'habitude de vous présenter sans objets personnels.

— Bien. Je descends ?

— Portez-vous votre masque ?

— Non. Vous ne vous retournez jamais ?

— Jamais, monsieur.

Il constata en effet l'absence de rétroviseur, fouilla dans le sac mis à sa disposition et enfila le masque qui recouvrait les deux tiers de son visage, ne laissant visible que sa bouche. Il se sentit ridicule.

Il sortit de la voiture, gravit les trois marches du perron et actionna la sonnette.

Un homme imposant ouvrit la porte. Il put avoir une idée de sa propre apparence en voyant, dans l'homme masqué qui venait de lui ouvrir, son propre reflet.

— Bienvenue, monsieur.

Il se retourna vers la berline qui s'éloignait déjà. Les poches vides, sans aucun moyen de faire demi-tour, il fit un pas dans le pavillon et la porte se referma derrière lui.

Il se retrouva dans un vestibule sombre que l'homme remplissait presque entièrement.

— Veuillez écarter les bras, monsieur.

Il s'exécuta et l'homme, à l'allure de videur de boîte de nuit, passa derrière lui. Il sentit un objet passer le long de ses jambes, de son dos et de ses bras. Un bip strident retentit au niveau de la boucle métallique de ceinture et le même son résonna au passage sur la poche gauche de sa veste. Il lui présenta une coupelle.

— Veuillez vider vos poches, monsieur.

Il s'exécuta en y déposant les quelques euros qui traînaient. Ensuite il fut mené dans un petit salon sans fenêtre, meublé d'une table basse en verre et de trois épais fauteuils rouge vulgaire.

Une fois seul, il fut incapable de rester en place. Il commença à arpenter la pièce de long en large, lentement. Il mit les mains dans ses poches puis les en sortit. Il se résigna à s'asseoir, se releva et se remit à marcher. Il sursauta au « bonsoir » qu'il n'avait pas vu entrer. Il sursauta une seconde fois à la vue de l'homme. Décidément, cette histoire de masque ne le mettait pas à l'aise du tout. Il crut encore une fois avoir à faire à l'athlétique gardien de porte mais réalisa que ni la taille, ni la carrure, ni la couleur du masque n'étaient les mêmes. Ce nouvel interlocuteur lui semblait plus accueillant que le colosse de l'entrée. Il tenta de répondre à son « bonsoir » mais sa voix se cassa, laissant seule la fin du mot audible.

— Je vous en prie, faites comme moi, lui dit l'inconnu. Asseyez-vous. Désirez-vous boire quelque chose ?

— Je ne sais pas. À dire vrai je ne sais même pas si…

L'homme l'interrompit. Cette hésitation était courante.

— Vous souvenez-vous du dernier plongeoir ?

Lucas fronça les sourcils sous son masque.

— Je ne vous suis pas.

— Le plongeoir le plus haut, à la piscine, vous en souvenez-vous ? Le temps que vous avez mis à le regarder, à le défier, à monter vers lui pour vous arrêter à celui du dessous. Du jour où vous avez décidé de vous y rendre et du demi-tour impossible, à cause de ceux, plus courageux, qui attendent derrière vous. Du saut dans le vide, à la manière d'un petit suicide. La

seconde de chute, la pénétration dans l'eau, le sentiment d'être en vie, puis un éclat de rire sous-marin
avant de remonter à l'air libre dans un état de grâce.
L'indescriptible sensation de vouloir y retourner sans
attendre, comme pour rattraper tout le temps perdu en
atermoiements.

Il fit une pause, s'enfonça dans le fauteuil et croisa
les jambes.

— Vous êtes sur le plongeoir le plus haut de la
piscine.

— Et vous êtes ?

— Aussi anonyme que vous. Vous pouvez m'appeler Monsieur Loyal. Je ne participe pas réellement, je
contrôle, je sécurise, je gère les problèmes. Ici, j'ai le
seul téléphone portable autorisé, les dérapages étant
inhérents à ce genre de soirées, je suis en charge de
régler tous les imprévus.

— Vous êtes l'organisateur ?

— Je vais répondre à cette question et nous consi-
dérerons que vous aurez été assez curieux pour ce soir.
Non, je ne suis pas l'organisateur, personne ne le
connaît, personne ne connaît l'identité des membres
du club ni celle du matériel qu'il pourvoit. Vous n'êtes
pas là pour vous faire de nouveaux amis. Som-
mes-nous d'accord ?

Lucas se sentit mal à l'aise et se repositionna sur
son fauteuil sans se sentir mieux.

— Oui, pardon, évidemment.

— Maintenant, pour votre première participation,
je vais vous donner les règles de ce jeu. Ne cherchez
pas à savoir qui est dans vos bras, qui est dans la pièce
d'à côté ou, éventuellement et en fonction de vos
désirs, qui vous regarde ou qui participe. L'oreiller est

un sérum de vérité sournois. Faire l'amour, c'est offrir son corps et son esprit. Ici vous ne faites que prendre, ne l'oubliez jamais. Ne parlez pas de vous, ni de votre travail, ne cherchez pas à en savoir plus sur celle qui vous prodiguera ce que vous souhaiterez. Ne cherchez pas à poursuivre la nuit ailleurs, tout se passe ici et personne n'en ressort accompagné. Nous changeons de résidence deux fois dans l'année. Vous pouvez demander tout ce qui vous vient à l'esprit, vous ne subirez aucun jugement. Les requêtes particulières sont étudiées et les plus compliquées peuvent être soumises à un délai. La première soirée est gratuite. Les autres sont payantes. Le coût outrageux du droit d'entrée à ce club n'a d'égal que la qualité de son matériel et la discrétion que nous vous assurons. La cotisation est annuelle. Chaque pièce est munie d'un interphone qui vous permet de me contacter si nécessaire. Les draps sont à usage unique et jetés après chaque événement. Les verres et tout autre objet sont également jetés, ceci excusera, j'en suis sûr, la pauvreté de la décoration. Je reste tant que le dernier membre n'a pas quitté les lieux. Le matériel aussi reste sur place tant que le dernier membre n'a pas quitté les lieux. Au moindre problème, je suis facilement identifiable, je porte le seul masque blanc. Je crois vous avoir tout dit.

— Et maintenant ?

— Si vous le souhaitez, nous pouvons passer au salon.

Ils s'étaient engouffrés dans un long couloir sombre que seul l'interstice lumineux entre le bas de la porte du fond et le sol éclairait difficilement. Avant même d'entrer il fut rassuré par les rires qu'il entendit, une musique douce de type « *lounge* » et le tintement des verres. La porte s'ouvrit comme un rideau de théâtre sur une pièce grivoise. Monsieur Loyal intervint :

— Messieurs, veuillez accueillir un nouveau participant.

Ayant provoqué un silence, il resta planté, un peu ridicule d'être habillé face à tous ces masques nus, puis les discussions reprirent sans qu'on lui porte plus d'attention. Chacun des hommes présents se souvenait d'avoir été dans cette même situation. Il fut dirigé vers un fauteuil en cuir et, face au spectacle sans retenue, sa gêne se dissipa.

Monsieur Loyal se dirigea vers la seule fille inoccupée et lui souffla quelques mots à l'oreille. Elle se leva, s'arma d'un sourire forcé et traversa la salle. Elle passa devant un homme assis dont le bas-ventre était dissimulé par une chevelure rousse sur laquelle sa main gauche était posée. Un autre égalisait deux traits de cocaïne sur un miroir posé sur la table, une femme ronde assise sur ses genoux. Un dernier couple quittait la pièce par une porte tout au fond, lui la tenant fermement par le poignet, elle embarquant une bouteille de champagne au passage en riant bêtement. Arrivée devant Lucas, la jeune fille se présenta :

— Je m'appelle Star.

Elle s'agenouilla.

— Je vais enlever votre chemise et votre pantalon. Si je ne vous conviens pas, deux autres filles se préparent.

Son élocution était lente et dans sa voix rauque subsistait encore une part de féminité. Ses mains se posèrent sur les pans de sa chemise et elle dégrafa les boutons les uns après les autres sans qu'ils opposent

177

aucune résistance. Il garda le silence. Il avait un peu honte de vouloir cela. Pourtant il le voulait.

Elle posa sa main sur son sexe à travers son caleçon, caressa un peu sans susciter aucune réaction. Elle baissa la tête et approcha ses lèvres qu'elle posa sur le tissu. Il s'excusa, mal à l'aise. Elle lui proposa une pilule bleue stimulante qu'il refusa. Elle essaya avec la cocaïne, puis avec le champagne, recevant la même réponse.

Il se dit que la gêne se dissoudrait plus aisément dans la vodka qu'elle lui apporta. Privé de son visage masqué, il détailla son corps. Elle était très bien faite, mieux que tout ce qu'il avait pu avoir auparavant. Ses longs cheveux noirs dévalaient son dos et, quand elle se retourna pour le rejoindre, il put apprécier un tatouage rouge en forme d'étoile sur l'aine, à gauche de son pubis parfaitement rasé. La raison de son surnom. Star.

Elle lui servit un autre verre et sans se cacher y versa une pincée consistante de cocaïne. Il but d'un trait. Moins d'une heure après son arrivée, les choses s'étaient pour le moins éclaircies. Tout ce qui avait pu poser problème au début était devenu évidence et normalité. Il sentait son esprit lucide, ses gestes précis et ses pensées… putain que les choses étaient nettes ! Il était un homme politique, il avait du pouvoir. Il était fait de cet acier qui sait trancher les décisions les plus compliquées et elle était faite de cette chair qui assouvit le désir des hommes de son statut. Il accepta un autre verre qu'elle épiça à nouveau et, alors qu'elle se baissait vers son entrejambe pour s'occuper mieux de lui, il lui demanda un endroit plus à l'écart.

Il la suivit à travers la pièce et se laissa diriger vers une des chambres, dans un autre couloir. Il sourit à la vue de l'interphone à l'entrée et s'assit sur le lit. La fille entreprit une danse lascive, elle était souriante, sensuelle, presque heureuse, tout cela n'était qu'un jeu. Il fixait son étoile rouge, changeant de forme avec les mouvements de ses muscles sous sa peau blanche, offrant la nette impression que le tatouage avait une vie propre. Le filtre de la drogue embellissait la scène. S'il avait assisté à tout cela deux heures avant, il aurait vu que la danse lascive se résumait plus à une succession de pas titubants, que ses caresses sensuelles n'étaient que de la vulgaire pornographie et que son sourire masquait à peine sa résignation. Pourtant, à cet instant, elle était belle et offerte. Alors il prit.

Il la retourna et plaqua son visage contre le lit. Elle étendit les bras devant elle, posa ses mains à plat sur la couverture. Son sexe enflé commençait à lui faire mal, comme une entaille, il sentait son cœur battre à l'intérieur. Son propre souffle s'accéléra et lui brûla le visage sous son masque. Il tenta de la pénétrer, dut forcer un peu, puis plus fort. Elle ne mouillait pas. Il lui en voulait. Ses doigts se crispèrent et s'enfoncèrent dans les chairs de ses cuisses pour s'y accrocher et pousser plus fort en elle. L'excitation et la douleur se mélangèrent. Il attrapa ses cheveux et tira sa tête en arrière. Il vit une partie de son visage, elle pleurait. Il lui en voulut encore un peu plus. Un mélange d'émotion le submergea, entre le dégoût de soi-même, l'orgasme imminent et la frustration. Il jouit en silence et grimace, et tout retomba. Le sexe disparut de son esprit comme un orage s'éloigne et tout redevint clair.

Trop clair. La nausée s'empara de lui, il porta la main à sa bouche.

— Monsieur, ça va ?

Elle avait les joues encore humides de larmes. Qu'elle se préoccupe de lui le fit se sentir encore plus minable. Coupable. Dégueulasse. Il regarda son sexe flétri et minuscule comme si lui-même avait honte. Les effets de l'alcool et de la drogue disparurent instantanément, le laissant seul avec ses actes.

— Je m'excuse. Star, c'est ça ? Je m'excuse, je ne suis pas ce genre…

Elle semblait plus terrorisée que blessée.

— Vous ne direz rien à Monsieur Loyal, s'il vous plaît. Si vous voulez, on peut recommencer, on peut… je peux tout vous faire, si vous me le demandez…

Pour la rassurer, il posa une main sur sa cuisse et la retira aussitôt. Il ne se sentait plus aucun droit. Une furieuse envie de se couper la bite, de se l'arracher avec les mains, de se taper la tête contre les murs, d'appeler les flics, de se mettre en cabane. La nausée le reprit. Il quitta la chambre sans se retourner.

Au fond du couloir, Monsieur Loyal passait une brosse adhésive sur le costume d'un participant sans oublier la moindre parcelle qui aurait pu abriter un cheveu accusateur. Il retint son geste, voyant tituber vers lui la nouvelle recrue.

— Tout va bien, monsieur ?

— Non, tout ne va pas bien, je souhaite rentrer chez moi immédiatement.

— Un problème avec Star ?

— Aucun, non, aucun problème, elle est très bien, je veux juste rentrer chez moi.

180

Une réaction connue : la fuite et la honte après l'acte. Monsieur Loyal ne s'en formalisa pas.

— J'appelle votre chauffeur et je vous apporte vos affaires.

Lucas Soultier réalisa alors qu'il se tenait là, masqué, portant sur lui son seul caleçon, taché et mal enfilé.

Il s'habilla en vitesse. Refusa de se faire inspecter à la brosse et monta dans la berline qui l'attendait déjà. Le chauffeur lui tendit un sac et sa mallette. Il y récupéra ses affaires.

Quelque part entre Paris et la banlieue, la berline s'arrêta, la porte arrière gauche s'ouvrit et le passager sortit la tête pour vomir. À sa demande, le chauffeur le déposa plus loin à une station de taxis.

Cela datait de plus d'un an et le souvenir le salissait encore, assez vif pour qu'il ressente à chaque fois cette même nausée, ce même écœurement. C'est assez rare de s'écœurer, assez rare pour se le rappeler toute une vie.

Il avait maintenant un nouveau bristol entre les mains, au dos duquel il s'était résigné à cocher le mot « bureau ». Il n'était plus qu'à quelques jours de la date du prochain rendez-vous.

35

Sur le trajet retour d'Annecy à Paris, Coste avait reçu deux messages sur son portable. Dans le second, Ronan lui indiquait une certaine effervescence au service suite à la disparition de trois cents grammes de cocaïne et de cinq mille euros dans le local des scellés du groupe des stups. Décidément, les flics n'étaient que des hommes comme les autres.

L'autre message, celui d'Alice, avait achevé de l'énerver, et ce profond énervement se mua en colère alors que la campagne s'effaçait pour laisser place à la ville.

S'il avait pris le temps de faire trois pas en arrière pour analyser la situation, il aurait certainement compris qu'une partie de ces sentiments n'était due qu'à la situation dans laquelle il s'était lui-même enfermé et qui l'étouffait déjà.

Il récupéra la voiture de service qu'il avait laissée au parking de la gare et fonça vers le XIXe arrondissement, 37, avenue Jean-Jaurès.

À 21 heures passées, le néon de l'enseigne du cours Florent éclairait des groupes disparates d'acteurs en herbe, confiants dans leur avenir d'avant-premières parisiennes et de tapis rouges cannois. Alice l'attendait, assise, seule sur le rebord d'un muret. À la vue de Coste elle esquissa un mouvement pour se lever. D'un signe de tête autoritaire il lui intima l'ordre de se rasseoir. Du regard elle lui indiqua un jeune homme à l'allure athlétique qui devait facilement faire une tête de plus que Coste et son mètre quatre-vingts. Une grande écharpe rouge, beaucoup d'assurance, centre d'intérêt d'un cercle attentif et parlant certainement trop fort pour ne pas se vanter.

Coste se dirigea vers lui d'un pas assez décidé pour en être inquiétant, et son intrusion dans le groupe déjà formé provoqua l'arrêt des discussions. Il posa les yeux sur lui.

— Qu'est-ce que...

Un violent coup de poing au foie mit fin à ce questionnement. Le jeune homme se plia en deux, le souffle court, le regard plein d'incompréhension. Coste aurait dû en rester là. Le reste ne fut qu'exagération. Il le releva et posta à nouveau devant lui le garçon qui opta pour la politesse.

— Monsieur...

Coste asséna le même coup au même endroit, avec la même force, et cette fois-ci l'autre s'agenouilla de douleur. Dans le groupe, aucun n'osa intervenir. Il se pencha à son oreille.

— Ne pose plus jamais les mains sur elle.

La situation ainsi que la raison de son passage à tabac se firent plus claires dans l'esprit de l'apprenti comédien qui chercha du regard celle qu'une heure plus tôt il avait coincée dans les vestiaires. Malheureusement, « non » est un mot très abstrait pour qui ne voit que l'intérêt de ses pulsions. Il avait bloqué

Alice contre un casier. Profitant de l'absence des autres élèves, il avait entouré sa taille avec force, touché son corps avec autant de rudesse que de maladresse pour enfin l'embrasser, tenant son visage par la mâchoire afin qu'elle bouge le moins possible. Que le baiser ressemble presque à un baiser. Il avait glissé sa main dans sa petite culotte, introduit en force son majeur en la griffant à l'intérieur, reniflé ses doigts devant elle, et l'avait abandonnée en larmes.

Elle s'était résignée à venir assister au cours sans trouver le courage de se poster ailleurs qu'au fond de la salle, le plus discrètement possible, alors que ce crétin se pavanait sur scène dans son rôle de D'Artagnan.

Le contenu du message d'Alice reçu plus tôt dans le train lui revint à l'esprit comme un accélérateur de rage et il baissa les yeux sur le garçon agenouillé devant lui.

Si Alice déposait plainte, ce serait sa parole contre celle de l'idiot qui gémissait maintenant aux pieds du flic. Il le savait. Elle devrait supporter les examens médicaux, la confrontation, le déni de son agresseur qui la traiterait d'allumeuse, puis enfin le tribunal, avec l'avocat de la défense qui la détruirait.

Pour un doigt. Le type avait toutes les chances de s'en tirer sans suites. Cela ne convenait pas à Coste. Pas ce soir.

Sous la puissance du coup de genou, le visage éclata en sang comme une tomate bien mûre, l'arête du nez dévia d'un centimètre vers la gauche dans un craquement sourd, modifiant douloureusement la symétrie d'un portrait parfait, et Coste s'entailla la peau sur une canine de mousquetaire.

Il venait certainement de lui faire perdre le premier rôle dans la pièce de théâtre de fin d'année.

Le trajet en voiture vers leur immeuble de banlieue se fit en silence, la main d'Alice posée sur la nuque de Coste. Rien n'avait changé, il étouffait encore. Et maintenant il s'en voulait. Il n'avait jamais supporté la violence.

36

Dariush Abassian, commissaire divisionnaire à la tête de la Police des polices, ne se faisait que très peu d'illusions sur le genre humain. Sur les flics encore moins. Le pouvoir est une source de tentation difficilement contrôlable. Une carte tricolore et une arme peuvent donner l'impression d'être supérieur, à bien des égards, aux autres et à la loi parfois. Il intervenait à ce moment précis, quand un policier se mettait à flirter avec la ligne rouge. Et ce week-end, au SDPJ 93, l'un d'eux avait carrément baisé la ligne rouge, emportant avec lui une belle somme d'argent et de quoi alimenter une boîte de nuit en coke pour quelques semaines. Cinq mille euros et trois cents grammes.

En organisant un test urinaire général dans tout le service, le lundi à la première heure, il avait voulu frapper un coup fort. Toutefois, il s'était contenté de mettre en place une équipe constituée de deux enquêteurs de l'IGS et d'un médecin, sans trouver nécessaire de faire acte de présence la journée entière. Après avoir informé du déroulement des opérations le commissaire Stévenin, chef du SDPJ 93, qui depuis devait prier dans son bureau qu'aucun de ses effectifs ne pisse positif, il prit congé et appuya sur la touche zéro de l'ascenseur. Quand les portes s'ouvrirent, il manqua de percuter un petit homme en costume et s'excusa. Derrière lui, les portes se refermèrent au moment même où sa mémoire mit un nom sur celui qu'il venait de croiser. Il s'arrêta net au beau milieu du couloir et tourna la tête comme s'il pouvait encore être derrière lui. Malbert.

Ils avaient tous les deux vieilli de vingt ans mais son désagréable regard biaiseux s'était imprimé dans son cerveau comme une insulte vivante à la fonction.

Lucien Malbert avait reconnu Abassian en un quart de seconde et, dans l'ascenseur, affichait un large sourire. Avec une délicieuse objectivité, il se demandait pourquoi un homme aussi malhonnête que lui-même recevait de si beaux cadeaux de la vie. « Que de questions doivent se télescoper dans ta petite tête de flic si intègre », se dit-il.

Arrivé au bureau du Groupe crime 1, Coste trouva Sam dans un état de tension avancé.

— Où est Ronan ?

— Aux toilettes.

— C'est bon d'avoir des amis.

Sam ne sourit pas à la blague. De Ritter ne la comprit tout simplement pas. Les deux hommes poursuivirent leur discussion mystérieuse.

— Tu t'es renseigné ? Ça se déroule comme d'habitude ? demanda Coste.

— Le doc reste devant la porte, on est seuls aux toilettes, répondit Sam.

— Alors respire un peu, tout va bien se passer.

De Ritter eut le déclic rapide.

— Vous vous foutez de ma gueule, là ? Ronan est en train de pisser dans un flacon pour Sam, c'est ça ?

Elle n'en revenait pas et revint à la charge :

— Le code de déontologie, c'est juste un jeu, pour vous ?

Coste ouvrit la porte du bureau en grand.

— L'IGS est dans la salle de réunion, si tu veux leur parler, je t'accompagne.

Elle quitta le bureau et il préféra s'écarter plutôt que de lui faire face. Sam, de son côté, était passé en zone de stress critique.

— Tu crois qu'elle va faire quoi ?

— Je crois qu'elle va s'y faire. Je crois aussi que ce serait bien que t'arrêtes de fumer des joints, t'es plus un ado.

— Je me sens merdeux.

Ronan fit irruption et lança un flacon opaque à Sam.

— Grand cru 2012, à consommer avec modération.

Son sourire s'effaça.

— On enterre qui ? Elle est où, Jo ?

Après avoir satisfait aux obligations de l'enquête interne du commissaire divisionnaire Abassian, Coste retourna faire le point avec son équipe. Sur le chemin il fut intercepté.

— Capitaine Coste ?

Il se retourna et ne reconnut pas l'homme comme étant de son service. Il en déduisit qu'il rencontrait pour la première fois le fameux...

— Je me présente, Lucien Malbert.

— Commandant Malbert, je comptais m'entretenir avec vous dans la journée.

— Commandant à la retraite seulement, je suis là pour donner un coup de main, faire un peu d'administratif. Je t'offre un café ?

Devant le distributeur, Malbert commença la danse de celui qui cherche quelques pièces dans ses poches. Coste nourrit la machine et d'un geste désabusé l'invita à entrer le numéro souhaité. Potage tomate. Décidément, Malbert avait tout pour déplaire. La suite le conforterait dans cette idée.

Il est de coutume que lorsque deux flics font connaissance, l'un comme l'autre déroulent leur parcours, comme deux chiens se sentent le cul.

— Je suis passé un temps par la Brigade des mœurs de Paris. Un temps, ça veut dire vingt ans. Ensuite, ma mère est tombée gravement malade, un cancer, j'ai préféré partir à la retraite avec un peu d'avance, et je me suis occupé d'elle. À sa mort, je me suis dit que j'allais rempiler avec vous histoire de ne pas mourir d'ennui.

Coste comprenait parfaitement que Malbert ne se soit pas apprécié comme seule compagnie.

Toutefois Noviello, l'encyclopédie de la Police judiciaire, avait eu une tout autre version de la carrière du pseudo-fils modèle. Avec moins de maman malade, un peu plus d'argent sale et de prostituées. Néanmoins, il le laissa poursuivre.

— Vous avez eu une affaire en début d'année, un Pakistanais sans papiers d'identité, retrouvé congelé aux abords d'un temple de prière sikh, une balle dans la gueule. J'ai quelques cas identiques avec des exécutions par la mafia pakistanaise, je me demandais si je pouvais pas tenter un rapprochement avec le logiciel SALVAC.

Coste proposa de poursuivre la discussion dans le bureau attribué à Malbert, plus au calme, pour aller au fond des choses. À peine la porte fut-elle fermée qu'il l'attrapa et le colla au mur. Il hurla en silence, les dents serrées :

— On arrête, maintenant ! On fout plus rien sous le tapis ! Appelle qui tu voudras et dis-leur que c'est terminé. On est des flics, bordel, ça veut encore dire quelque chose, non ?

Contre toute attente Malbert lui fit un large sourire et Coste, surpris, relâcha son étreinte. Le petit homme réajusta sa veste et sa cravate dont les couleurs juraient. On ne sourit pas ainsi sans un atout gagnant dans la poche.

— Et tu vas faire quoi, Coste ? Aller voir l'IGS ? T'as de la chance ils sont dans la salle de réunion, si tu veux leur parler de ton ami Mathias Aubin, je t'accompagne.

Fils de pute… il le laissa poursuivre.

— Quoi, t'as mis le doigt sur le Code 93 et ça te mine, c'est ça ? T'es un peu fragile pour t'attaquer à ça. Et tu défends quoi, des putains et des romanichels ?

— Et toi, tu tournes à quoi ? J'imagine que t'as pas trop envie de t'installer à Annecy ?

— Je me branle des montagnes et du vin chaud. J'ai les mêmes motivations que ceux qui ont créé le Code 93, le pognon, aussi simple et vulgaire que ça. Et je t'arrête tout de suite, me parle pas d'intégrité et d'honneur, j'ai laissé tout ça derrière moi depuis longtemps. Estime-moi perdu pour le paradis si ça peut te faire chanter juste. Pour te dire, j'ai même aucune idée des raisons qui les poussent à vouloir régler le pro-

190

blème des chiffres des homicides avec autant d'acharnement. Et entre nous, je m'en contrefous.

Coste tenta de répliquer, conscient pourtant qu'il avait perdu cette manche :

— Je trouverai une manière de te faire gicler de ce service.

Malbert s'installa confortablement dans son fauteuil pour l'achever.

— Tu sais que ton ami Aubin est mouillé jusqu'aux cheveux et pourtant t'es là à me faire la morale. Alors je vais te dire un secret, Coste, t'as plus qu'à accepter ou faire tomber ton pote. Parce que plus tu fermes ta gueule, plus tu deviens complice et, de là où je me trouve, j'ai comme l'impression que t'as déjà creusé trop profond.

Il reprit un ton professionnel.

— J'attends ta procédure sur mon bureau dans la journée si tu veux bien. T'imagines facilement le sort que je réserve à ton Pakistanais congelé.

Sa phrase terminée, il posa rapidement son potage à la tomate devant lui, conscient qu'il était peut-être à quelques secondes de se prendre un coup de poing dans la gueule.

— Tu vas quand même pas frapper un lâche, Coste ?

Non. Il le dégoûtait absolument. Mesquin, peureux, manipulateur et menteur, les mots venaient à son esprit sans qu'il les y invite, évidents. Ce qui l'écœurait le plus, c'est qu'ils semblaient dorénavant jouer dans la même équipe. Il quitta le bureau, légèrement abasourdi et plutôt remonté.

Si le mensonge initial d'Aubin était le battement d'ailes du papillon, le tremblement de terre qui menaçait allait secouer le service entier d'ici peu et, à la seconde réplique, l'ensemble de la Police nationale.

Une fois seul, Malbert décrocha son téléphone et fit part à son interlocuteur de son inquiétude. L'appel fut pris très au sérieux et les décisions qui en découleraient allaient être radicales.

37

L'expression du visage de Coste alors qu'il rentrait dans le bureau conseillait clairement de ne pas le taquiner. Il lança la réunion.

— Bien, comment s'est passé votre dimanche ?

La question n'avait pas de destinataire précis, Sam se désigna comme tel.

— La presse a été informée en temps réel pour notre carbonisé, tout comme pour Bébé Coulibaly. Tu m'avais demandé de vérifier la présence de vidéosurveillance autour de la cabine téléphonique où a été donné le coup de fil à Farel, le journaliste.

— Résultat ?

— La cabine se trouve rue Chevaleret, dans le XIIIe arrondissement de Paris, et cette rue n'est couverte par aucune caméra de surveillance.

De Ritter entra dans la conversation et en même temps rassura les trois autres policiers sur le fait qu'elle faisait bien partie de l'équipe, malgré tout.

— Notre informateur a peut-être accès aux fichiers police des caméras opérationnelles sur l'Île-de-France. Ou alors c'est un coup de chance.

— Pas vraiment, c'est assez facile de les éviter.

Sam tourna l'écran de son ordinateur afin que tout le monde puisse voir la carte détaillée du XIIIᵉ, qu'une myriade de points rouges rubéolait. Un point rouge équivalant à une caméra. Il reprit son exposé :

— Le site s'appelle paris-sans-videosurveillance.fr. Il est mis à jour par le CDL, Collectif démocratie et liberté. Tu y trouves la liste et l'emplacement de toutes les caméras par arrondissement. Suffit ensuite de dégotter une rue à l'ombre de Big Brother. Pas besoin d'être flic, une bonne connexion Internet suffit. Maintenant, en ce qui concerne les divers portables, on n'a pas eu beaucoup plus de chance. L'interception téléphonique sur la ligne de Bébé Coulibaly ne donne rien excepté des appels sans intérêt, pour la plupart vers sa mère ou quelques amis. Il ne fait jamais mention de noms ou de surnoms qui pourraient nous mettre sur une piste.

De Ritter reprit la parole :

— La légiste a réussi à sortir le portable du cadavre de Franck Samoy sans que son nez ne s'allume en rouge.

Elle rigola toute seule. Puis s'arrêta, réalisant qu'elle était la seule à avoir des gamins et sûrement la seule à se souvenir des règles du jeu de « Docteur Maboul ». Elle reprit son sérieux.

— J'ai donc eu la légiste. Pas très agréable au demeurant. Elle m'a fait répéter deux fois mon nom et a paru très surprise que je sois dans ton groupe, Coste.

Il fit la moue de celui qui a commis un impair. Du petit-lait pour Ronan.

— Victor, t'as pas prévenu Léa de ton dernier

recrutement ? Quelle indélicatesse. Elle risque de se faire des idées.

— Ne l'écoute pas. Poursuis, Johanna, s'il te plaît.

— OK, donc le portable a été récupéré et confié à l'Identité judiciaire avec une réquisition au Service informatique et traces technologiques. J'ai le pré-rapport non officiel, le définitif sera disponible d'ici une semaine mais je peux déjà t'assurer qu'ils ont tout passé au crible, mémoire interne comme carte SIM, et que l'appareil semble avoir été entièrement vidé. La seule chose qui subsiste c'est ce même appel, une fois toutes les trois heures, redirigé vers la messagerie, elle-même vide bien sûr, et je fais appel à votre sens policier pour me dire d'où proviennent ces appels récurrents ?

Coste énonça l'évidence :

— D'une cabine téléphonique rue Chevaleret, j'imagine. Il y a donc un rapport direct entre celui qui informe la presse des meurtres et celui qui nous a menés tout droit au chaleureux Franck Samoy. Soit un informateur très privilégié, soit le meurtrier lui-même.

De Ritter s'inquiéta :

— Tu penses qu'il joue avec nous ?

— Non, je pense qu'il veut nous faire participer, c'est différent.

Coste se tourna vers Ronan, lui donnant ainsi la parole.

— Hier, en fin d'après-midi je suis allé faire un tour cité Paul-Vaillant-Couturier à Bobigny, là où créchait Bébé. C'est un point de deal assez actif. Samoy était consommateur, notre géant était vendeur, je suis allé vérifier si l'un et l'autre ne faisaient pas commerce ensemble.

De Ritter le coupa :

— Hier en fin d'après-midi… Tu veux dire après la mine que tu t'es envoyée au restaurant ?

Sam répondit à la question qui ne lui était pas adressée.

— Oui, mais j'étais en *back-up*, je surveillais.

— Évidemment, Tom jamais loin de Jerry.

— Donc, j'ai fait quelques recherches auprès du service des stups et de la BSU[1] du commissariat local. Celui qui tient le point de deal se fait appeler Brahim. Je l'ai déjà serré une fois pour une histoire de règlement de comptes quand je bossais sur Aubervilliers. Son vrai nom est Jordan Paulin, il est né là où il crèvera certainement, à Bobigny. Il n'a rien à voir avec l'Afrique du Nord, pas non plus converti à l'islam, Brahim, c'est juste pour faire couleur locale. Je suis allé sur place collecter quelques informations. Il est sur son point de vente le matin entre 10 heures et midi pour approvisionner ses équipes.

De Ritter imagina le pire.

— Et tu les dragues comment, tes amoureux de la police ? J'imagine que tu as dû être persuasif pour qu'ils veuillent bien te donner ses horaires de présence ? Tu leur files de la came, de l'argent ? Putain me dis pas que t'es pour quelque chose dans le cambrio du local à scellés des stups ?

— Arrête, Johanna, t'es dans un mauvais film, là. On prend peut-être quelques latitudes avec le règlement, mais tu verras rapidement que si tu veux des infos, des bonnes j'entends, pas de celles qui te font

1. Brigade de sûreté urbaine.

péter des lourdes à 6 plombes du mat' pour trouver dix pauvres grammes de shit à l'intérieur, t'es obligée de mettre les mains dans la merde. Mais écoute, ma grande, si tu veux, tu peux essayer de te faire un indic à la légale, comme le Code de procédure pénale t'y autorise. Tu le fais enregistrer au BCS[1] et avec un peu de chance tu vas pouvoir lui lâcher cent euros, c'est sûr qu'à ce prix-là, tes infos, ça va être du premier choix.

— Un vrai flic des années quatre-vingt, se moqua-t-elle.

Piqué au vif, Ronan attaqua :

— Et toi, t'es pas encore vraiment flic si je peux me permettre. Je t'explique mieux. Pour du trafic de came international ou du terrorisme, les rétributions des indics du BCS commencent à être intéressantes, mais pour du petit commerce de banlieue, t'auras jamais plus de quelques billets à offrir, c'est pas adapté. Alors c'est nous qui nous adaptons. Pour autant, ça fait pas de nous des mauvais flics. Maintenant, si tu crois vraiment que je suis allé braquer le local des stups pour avoir une info aussi simple que celle-là, il va te falloir un peu plus de terrain. J'ai fait le coup du pauvre et c'était bien suffisant.

De Ritter n'était pas plus avancée et Ronan s'expliqua :

— Tu te pointes sur un lieu de deal, t'attends la visite d'un beau déchet, héroïnomane de préférence, ça parle plus facilement. Tu le laisses acheter sa came

1. Bureau central des sources. Centralise, immatricule et rémunère les informateurs de la police en particulier, et de l'État en général.

et tu le filoches sur quelques mètres. Quand t'es au calme, tu l'interceptes, tu lui prends sa dose et ensuite tu peux lui demander ce que tu veux, il aura très envie de te parler. La plupart du temps elle est dans sa main, pour s'en débarrasser plus vite, mais il peut l'avoir cachée dans le slip ou dans la bouche, les cheveux aussi, si c'est un rasta. S'il a deux doses, la première tu peux la foutre en l'air, ça le met en condition, ça l'adoucit. Ensuite il est prêt à te tailler une pipe pour revoir son demi-gramme, alors balancer les horaires de son fournisseur, ça lui pose aucun problème.

— Et la dose qui reste, tu la lui rends ?

— Bien sûr ! Faut pas être chien. Et puis rien ne dit que j'aurai pas besoin de lui une autre fois.

Coste regarda sa montre, ils étaient dans le créneau d'activité de Jordan « *Brahim* » Paulin.

— OK, on va voir si ton caïd connaît nos deux macchabées. On équipe deux bagnoles, Ronan tu montes avec moi, Sam et Jo vous restez à vue à l'entrée de la cité, on prend les radios, on se met en conférence privée sur la DIR 2.

Cité Paul-Vaillant-Couturier, le second véhicule du Groupe crime 1, la C3 bleue métallisée enfin réparée, se gara aux abords des premières HLM. La vitrine, là où il ne se passe rien. La 306 conduite par Ronan s'enfonça un peu plus dans la cité puis disparut.

Un peu inquiète, De Ritter tenta de se rassurer auprès de Sam :

— On devait pas rester à vue ?

— Fais un essai, voir si on les capte.

Elle s'empara de la radio portative calée discrètement entre ses cuisses.

— Voiture 2 à voiture 1 pour un test radio.

L'appareil cracha un reçu cinq sur cinq pour voiture 1. Sam retira sa ceinture de sécurité et s'installa plus confortablement.

— Et maintenant on attend.

— Ça va être long ?

— C'est pas une question qu'on se pose.

38

Ronan roulait au pas entre les immeubles. Par mégarde, le volume de sa radio police avait été poussé à bloc et la voix de Sam leur cogna les tympans.

— Voiture 2 à voiture 1 pour un test radio.

Tout en jurant, Ronan lâcha le volant d'une main, baissa le volume et répondit à l'appel :

— Reçu cinq sur cinq pour voiture 1.

Il replaça le combiné dans le vide-poche latéral.

— Comment tu trouves De Ritter ?

— Quand elle aura mis son mouchoir sur quelques-unes de ses illusions, ça devrait rouler. Laisse-lui le temps. Tu as imprimé une photo de Jordan Paulin ?

— Sam l'a mise directement sur mon téléphone.

Il lui tendit son appareil alors qu'il commençait à faire une marche arrière pour se poster discrètement à quelques mètres d'un hall d'entrée, encombré par un groupe de zonards d'âges divers qui, malgré tout, les avaient vus depuis le début et s'étaient mis à siffler l'alerte. Coste enleva sa ceinture de sécurité, jeta un dernier coup d'œil sur la photo assez sombre.

— Tu m'attends là. Je t'ouvre un peu la fenêtre, pour te faire de l'air ?

— Et j'aboie si je vois du monde.

Ronan le laissa sortir seul. Sans précipitation, Coste marcha vers le groupe dont déjà quelques membres se séparaient en directions diverses, emportant avec eux leur éventail de produits stupéfiants. Assis sur le rebord des escaliers devant le hall du bâtiment, une batte de base-ball en bois, peinte en noir et salement amochée, posée sur ses jambes à la manière d'un sceptre royal, Jordan Paulin attendait tranquillement que le flic arrive à sa hauteur. Entouré de cinq types en jogging dont chacun d'eux n'aurait fait qu'une bouchée de Coste, il était évident qu'il n'avait rien sur lui et rien à se reprocher non plus.

— Brahim ? Je voudrais te parler, au calme si possible et sans tes copines.

— J'ai rien à te dire.

La glace est toujours compliquée à briser.

— Je devrais peut-être m'adresser à Jordan Paulin, tu sais où il est, non ?

Le jeune homme encaissa l'information, et pourtant…

— Connais pas c'est qui, celui-là.

Coste soupira. Il allait encore devoir se fendre d'une tirade convaincante.

— Écoute. Il y a trois jours Bébé Coulibaly, un de tes anciens vendeurs, s'est fait couper les couilles. Le lendemain, c'est un des camés qui participe probablement à ton commerce qui se fait brûler, un certain Franck, ça te parle, peut-être ? Ce serait en tout cas une raison suffisante pour mettre un car de CRS à l'entrée de la cité et vous foutre des patrouilles de bleus H24. Pas très bon pour le commerce, non ? Alors je recommence. Tu crois que toi et moi on peut aller discuter dans mon bureau ou je fous le feu à ton quartier ?

La cible avait été atteinte.

— Reste calme, c'est bon. Bébé il vend plus pour moi, il est passé à autre chose. Et ton autre gars, sur la tête de ma mère je vois pas. Tu crois que je me souviens du prénom de tous les bâtards qui viennent faire les mendiants ou quoi ?

Coste se tourna vers Ronan qu'il savait être sur les starting-blocks au cas où et lui fit signe de les rejoindre. Brahim se raidit en le reconnaissant.

— Tu bosses avec ce fils de pute ?

— Je sais m'entourer. Je te renvoie le compliment, tes associés ont pas l'air mal non plus.

À la demande de Coste, Ronan présenta la photo de Franck Samoy donnée quelques jours plus tôt par sa mère. En voyant le cliché, Brahim acquiesça d'un claquement de langue.

— Ouais, j'le connais, mais lui non plus il vient plus.

— Évidemment, je viens de te dire qu'il est mort, concentre-toi, petit, s'il te plaît.

La garde rapprochée de Paulin se marra sans discrétion. Coste l'interrogea à nouveau :

— Je croyais que les mendiants du coin marquaient pas ta mémoire, Brahim ?

— J'te rassure, c'est pas lui que je me souviens, c'est plutôt sa pute.

— Sa copine, tu veux dire ?

— Il l'envoyait me sucer pour de l'héro, t'appelles peut-être ça une princesse, moi j'appelle ça une pute.

— Ça se tient. Tu sais où je peux la trouver ?

— Ça fait longtemps qu'elle traîne plus là. Au début, être payé en nature j'étais pas contre, t'as vu, surtout qu'elle était bonne. Mais j'en ai pas profité beaucoup. Un type est venu me voir, il était intéressé, il avait des projets pour elle, dans la série interdit aux moins de dix-huit ans. Tu chopes le truc ? Après, plus de nouvelles.

— Et pour avoir le nom de ce type, je dois t'embarquer ou tu préfères m'en parler tout de suite ?

— Gros malin, tu l'as déjà ton nom. C'est Bébé.

De nombreuses connexions se firent dans l'esprit de Coste.

— Tu veux dire que Coulibaly organisait des partouzes ?

— Il est trop con pour organiser quoi que ce soit. Non, lui il recrutait les filles, c'est tout.

— Et ces soirées, tu y as déjà participé ?

— J'ai demandé plusieurs fois, mais Bébé m'a dit que c'était un truc de super bourges, t'as vu, seulement pour des gars qui ont assez de fric pour se l'offrir. Rien à voir avec moi. Ni toi, si j'peux me permettre.

— Bon, tu vas venir avec nous de ton plein gré et on va mettre tout ça par écrit.

Paulin se tourna vers sa garde puis s'adressa de nouveau au flic :

— Tu me laisses deux minutes ?

— Je t'en prie, organise-toi.

39

Rien de bien extraordinaire n'était sorti de l'audition. Jordan Paulin ne savait pas grand-chose de plus et De Ritter derrière son PC terminait de poser ses dernières questions. Outre cette histoire de parties fines, un lien probable entre Coulibaly et Samoy avait été mis au jour et aurait pu relancer l'affaire, mais ce lien n'était qu'une tox que le manque régulier rendait peu farouche et qui n'avait toujours pas été identifiée. Elle était une porte ouverte sur un mur.

Sam alluma son ordinateur et lança le logiciel de photographie Canonge interdépartemental.

— Fais-moi une description physique de la princesse. Si elle consomme elle s'est sûrement fait attraper pour détention, vol ou racolage, et si c'est le cas on aura une photo dans le fichier. Je t'écoute.

— Les tox, c'est comme les Chinoises. On sait jamais quel âge elles ont, je dirais entre dix-huit et trente en fonction de ce qu'elle s'est mis dans le bras. Elle est blanche, petite, genre un mètre cinquante-cinq, maigre, les cheveux, je sais pas... sales ?

— Couleur des yeux ?

— Malin, va. Rouges la plupart du temps.

Le logiciel moulina un temps puis proposa une sélection de soixante-dix-huit photos correspondant aux critères fournis. Soixante-dix-huit pauvres filles qui à un moment de leur vie avaient pris une mauvaise direction. Consciencieusement, Jordan Paulin les regarda les unes après les autres, s'appliquant autant qu'il avait envie de quitter les locaux de la PJ, peu habitué à s'y présenter comme témoin. Il conclut sans hésitation :

— Désolé, elle est pas dans ce que vous m'avez montré.

Il recula sa chaise et s'adressa à l'équipe :

— Ça va, c'est bon, j'ai été sage, je peux rentrer chez moi ?

Coste se leva et l'invita à le suivre dans le long couloir qui allait de son bureau à l'ascenseur. Avec cette enquête, c'était un pas en avant pour deux en arrière et il n'avait jamais été très bon danseur. Dans la pièce commune qui accueillait les ascenseurs et la salle d'attente des victimes, Paulin s'adressa à Coste d'une voix qu'il ne lui avait pas encore entendue, posée et sans animosité. Presque rassurée.

— Franchement j'ai cru que j'allais me taper vingt-quatre heures.

— On avait une entente, c'est important la parole. Et d'un autre côté, j'avais pas vraiment de raisons de te coller une garde à vue.

— Parce qu'il vous faut des raisons, maintenant ?

— De plus en plus, oui.

Les portes s'ouvrirent et le regard de Jordan Paulin s'arrêta un instant au-dessus de l'épaule du policier.

— Ta princesse pute…

— Oui ?

— Elle est derrière toi.

Coste se retourna dans la salle vide et en scruta la seule décoration. Les affiches de l'APEV, Aide aux parents des enfants victimes d'enlèvements ou de disparitions, mentionnant en grosses lettres rouges, au-dessus des photos de gamins, le mot « Disparus » et sa traduction anglaise : « Missing ».

— Première photo en haut à gauche, la petite qui sourit avec le pull vert. C'est elle. Enfin c'est comme ça que je l'ai vue la première fois, après ça s'est un peu dégradé.

Paulin profita que le flic avait bloqué comme un chien de chasse à l'arrêt devant la photo de la jeune fille et se laissa disparaître dans l'ascenseur dont les portes se refermèrent sur lui. Rester dans le coin, c'était un coup à se prendre une nouvelle audition. Le flic saurait où le retrouver.

Coste se répéta en boucle le nom inscrit sous le visage d'ange disparu.

Camille Soultier.

Ça ne lui évoquait rien. Il accéléra le pas, déboula dans le bureau et ordonna à Sam :

— Camille Soultier.

Il épela.

— Je veux tout ce qu'on a sur elle, tout de suite.

Alors que De Ritter s'apprêtait déjà à demander de quel chapeau il avait sorti cette identité, Sam se plongea dans son ordinateur sans chercher à en savoir plus. Les informations viendraient en temps voulu. Il savait comment fonctionnait Coste.

— Soultier Camille, je l'ai.

40

Le téléphone resta silencieux mais un voyant rouge s'illumina, indiquant un appel interne de son secrétariat. Galienne, l'adjoint du directeur de la Police judiciaire, appuya machinalement sur le poste et la voix de la secrétaire l'informa de l'identité de son interlocuteur. La conversation entre eux fut rapide. Il raccrocha et se leva.

Il parcourut aussi vite que possible les vingt mètres qui séparaient son bureau de celui du directeur. Ses derniers pas se firent au trot et, avant d'ouvrir grandes les portes capitonnées, il s'adressa avec un léger essoufflement à la secrétaire cerbère qui l'épiait au-dessus de ses lunettes, portées sur le bas du nez.

— Vous connaissez la phrase ?

— Ne pas déranger jusqu'à nouvel ordre ?

Il la remercia en poussant les battants des deux portes épaisses.

— Monsieur le directeur, nous avons reçu un appel du commissaire Stévenin du SDPJ 93. Vous devriez prendre contact avec lui.

Quelques minutes plus tard, le téléphone du directeur scintilla rouge et sa secrétaire l'informa que l'appel demandé était en attente. Il actionna le haut-parleur à l'intention de son adjoint, assez inquiet pour n'apercevoir de lui que sa calvitie.

— Christophe, j'entends que vous cherchez à me joindre.

— Mes respects, monsieur le directeur. Nous avons reçu un appel du commandant Malbert.

— Un problème ?

— Peut-être, monsieur. Un entretien avec le capitaine Coste lors duquel il aurait mentionné le Code 93.

— Effectivement, c'est préoccupant. Parlez-moi de ce… Capitaine comment, déjà ?

— Capitaine Victor Coste, monsieur le directeur. Chef de groupe à la Crime du SDPJ 93. De très bons résultats. Quelques faux pas dans sa carrière mais rien que l'on puisse réellement utiliser comme levier. Il a fait quasiment tout son cursus sur le 93 avec son binôme le lieutenant Mathias Aubin, celui que Malbert remplace.

— Et de ce lieutenant Aubin viendrait la fuite du Code 93 ? Quel serait son intérêt à tout révéler ? Il s'enterre lui-même.

— Peut-être n'a-t-il pas eu le choix. Coste est un policier curieux et intelligent, et c'est son ami.

— Des qualités gênantes. Qu'avons-nous comme moyen de pression ? Un point faible, un passé, une addiction, une maîtresse ?

— Rien de tout cela. Il s'est plongé dans le travail après le suicide de son amie il y a de cela quelques années.

— Ceux qui n'ont rien à perdre sont les plus dangereux. Comment comptez-vous régler la situation ?

— Ça dépend, monsieur. Quelle est ma latitude ?

— Je me permets de vous rappeler notre intérêt mutuel dans cette opération. Ne me dites pas comment vous allez vous y prendre, dites-moi juste quand ce sera fait. Vous n'ignorez pas que votre carrière est entre mes mains.

— Était-ce la peine de le préciser ?

— Absolument, car voyez-vous, quelqu'un, quelque part au ministère de l'Intérieur, tient la mienne entre les siennes.

Stévenin tenta de le rasséréner autant que lui-même.

— Rien n'est perdu ; si Coste est allé voir Malbert, il n'en a pas fait part au commandant Damiani, son chef de section. Il est fort probable qu'il cherche à protéger le lieutenant Aubin, donc pour l'instant nous contenons la situation.

— On ne peut pas s'en remettre à leur seule amitié, il faut assurer nos arrières.

Le directeur hésita à préciser sa pensée. À l'autre bout de la ligne, le commissaire Stévenin savait que le pas qui allait être franchi avait été évoqué comme mesure de dernier recours. Le directeur trancha :

— Faites-lui peur.

Voilà qui ne voulait rien dire. Comment fait-on peur à un flic du 93 ?

41

Ronan était du genre à ne pas reconnaître une fille avec qui il avait couché, même s'il la croisait moins d'une semaine après et même si elle portait les mêmes fringues. Sam ne fut donc pas surpris de constater que la photo de Camille Soultier qui venait de s'afficher sur son ordinateur ne déclenche aucune réaction chez lui. Ce qui le préoccupait davantage c'était le silence de Coste, parce que cette fille, il en était sûr, ils la connaissaient tous.

L'affiche « Disparus » avait été arrachée de la salle d'attente des victimes et, posée sur le bureau de Sam, faisait l'objet de toutes les attentions. Une fois de plus, la photo prise par les services de police au moment de sa seule et unique arrestation pour détention de produits stupéfiants et celle remise par la famille Soultier à l'intention des services de recherches n'avaient aucun rapport. La courbe de son sourire s'était adaptée à ses dents manquantes et de son regard triste avait disparu tout avenir. De Ritter s'étonna et se tourna vers Sam.

— Avec la tête qu'elle se paie, elle ne s'est fait serrer qu'une seule fois ?

— T'excuseras les collègues qui n'ont pas trop envie de contrôler les tox dans la rue. T'as qu'à te promener vers la sortie du métro Château-Rouge, sur le XVIIIᵉ, on y voit comme un tableau de fin du monde. Tu trouves là-bas un car de CRS, rempli de guerriers en armure qui s'appliquent à regarder ailleurs et à moins d'un mètre, sans se cacher de personne, des petits groupes de camés, hagards, aveuglés par le jour, au coude à coude avec les forces de l'ordre, à fumer leur galette de crack à la pipe ou à s'échanger des médocs palliatifs.

— Lexomil ?

— Ouais, ça c'est pour passer ton bac. Un peu plus puissant, tu as le Subutex, le Néo-Codion ou le Skenan si t'as pas peur des injections, mais les uns comme les autres ont un petit faible pour La Roche. Avant que tu demandes, La Roche c'est le nom du labo qui fabrique le Rohypnol, des bonbons pour drogués en manque d'héroïne. Et quand tu sais qu'ils vendraient la virginité de leur petit frère pour une dose, tu sais aussi que tu ne peux plus rien faire pour eux. Je veux dire, en tant que flic. Donc ça ne me paraît pas improbable qu'elle ne se soit fait attraper qu'une fois.

Coste s'imprima la fiche judiciaire de la jeune fille puis annonça :

— Calamity et moi allons rendre visite à la famille Soultier. Sam, tu te rapproches du commissariat qui a serré la petite Camille et tu te fais transmettre un exemplaire de la procédure. Je veux lire son audition, savoir si elle était accompagnée ce jour-là. Je veux également que tu appelles l'Association des parents des enfants victimes pour vérifier s'ils sont au courant qu'elle traîne dans le 93 dans le milieu des drogués.

Ronan, tu files à l'hôpital Jean-Verdier pour présenter les photos de Camille, de Paulin et de Samoy à Bébé Coulibaly. Tu risques de te faire envoyer balader mais procéduralement on ne peut pas passer à côté. On fait le point d'ici deux heures.

Coste attrapa son manteau. Il sentait sur lui le regard de Sam sans vouloir le croiser. Il espérait simplement qu'il lui fasse confiance.

Avant que Ronan ne quitte le service pour une discussion hautement intellectuelle avec l'eunuque, il s'assit à moitié sur le bureau de Sam. Tout d'abord parce qu'il savait qu'il détestait ça, mais aussi parce qu'il se demandait combien de temps encore ils allaient tous jouer la comédie.

— J'imagine que je suis pas le seul.

— Précise, te dirait Coste.

— À avoir reconnu la petite du squat des Lilas. Celle que Brahim a identifiée comme Camille Soultier.

— Là tu me surprends, je pensais vraiment que tu effaçais le disque dur de ta mémoire toutes les vingt-quatre heures.

— Pas quand mon pote Sam manque de vomir le jour de sa première affaire. Le squat de l'ancienne mairie des Lilas, je m'en souviens très bien, et Coste aussi, certainement. Tu crois qu'il nous cache quelque chose ?

— Non et toi non plus. Je crois surtout qu'il nous protège de quelque chose.

— C'est probable. Alors quoi, on attend qu'il se décide à nous mettre au parfum ?

42

Coste n'avait jamais considéré cette incapacité comme un défaut, mais c'était pourtant la réalité, il ne se rappelait aucun nom de rue. Les villes qui composaient le département, il avait réussi à mettre un nom dessus, mais les rues, impossible. Il les connaissait comme un flic, par le souvenir des infractions qui y avaient été commises.

Bobigny, Chemin-Vert, ça ne lui disait rien. Par contre, l'affaire du gamin retrouvé sous un frigo jeté du vingt-quatrième étage d'une des tours sur des flics en patrouille, aucune chance pour qu'il l'oublie. Il se souvenait de la couleur de son cartable quand ils avaient soulevé la lourde machine, mais le nom de la rue, pas moyen.

De Ritter avait actionné le GPS quand elle avait compris que Coste ne lui serait d'aucune aide et que le domicile des Soultier, sur les hauteurs de Saint-Cloud, aurait tout aussi bien pu se trouver en Inde, pour ce qu'il en savait : passé la boucle du périphérique, cela ne semblait plus le concerner. Ils quittèrent Bobigny et longèrent le cimetière de Pantin par l'avenue Jean-Jaurès. Pour Coste, ce n'était qu'une maudite longue ligne droite, bourrée de boîtes de nuit clandestines africaines avec final au couteau pour des histoires de cul et d'ivresse quasiment tous les dimanches matin.

De Ritter quitta Pantin et le panneau annonçant qu'ils entraient dans Paris informa Coste qu'à partir de là il ne reconnaîtrait plus rien, si ce n'est les monuments historiques principaux. De la capitale, il ne savait pas plus qu'un touriste japonais.

Comme il ne semblait pas enclin à la discussion, elle augmenta le volume de la radio. Le revenant de l'IML et l'autocombustion de Pré-Saint-Gervais tenaient toujours le haut du programme et, agacé, il baissa le son. Quand le silence devint trop fort elle coupa la parole à la voix métallique qui lui indiquait régulièrement de se préparer à tourner à droite ou à gauche.

— Tu sais, Coste, je vois bien que pour une première enquête, j'ai la chance de tomber sur du… consistant.

— C'est une manière de voir les choses. Si tu me permets une correction, c'est certainement l'enquête de toute une carrière. Dommage qu'elle t'arrive si tôt, tu risques de trouver les années qui te séparent de la retraite un peu fades.

L'imposante grille donnant sur une allée bordée d'arbres finit de dépayser les deux flics. L'hôtel particulier ne laissait paraître son respectable délabrement qu'à ceux qui le connaissaient vraiment et ils n'en virent rien de l'extérieur.

Alerté par le bruit du moteur, Brice, l'homme à tout faire, se présenta sur le perron. De Ritter freina un peu fort. Il se dit qu'il devrait vite repasser un coup de râteau sur les graviers avant de subir les remontrances de Madame.

— Capitaine Coste, Police judiciaire, nous cherchons à parler à monsieur et madame Soultier.

L'homme se raidit un peu.

— Madame Soultier est à l'intérieur, quant à monsieur, cela dépend. Les deux sont indisponibles. Le mari, feu monsieur Jacques Soultier, est mort ; et le fils est à son bureau du ministère des Finances. Si vous voulez bien me suivre, je vais vous annoncer.

Au bout de quelques enfilades de couloirs et de diverses petites pièces, Coste renonça à tenter de cartographier les lieux et se contenta de suivre. Vestibule, boudoir, petit salon et salon de parade, autant de noms qu'il n'avait jamais eu à retranscrire dans un procès-verbal sur une affaire du 93.

Niveau vestimentaire, De Ritter se sentit en décalage et pour la première fois sa grosse laine polaire bleu nuit lui parut inconfortable. Elle glissa derrière Coste avec le maigre espoir de passer inaperçue.

Quand Brice se présenta à nouveau, il était derrière un fauteuil roulant sur lequel se trouvait une vieille dame. Voix posée et débit saccadé, elle rajeunit de vingt ans dès ses premiers mots.

— Coste, Coste, ça ne me dit rien, Coste. Êtes-vous ami avec le commissaire Dalerieux ? Lui et le procureur général prenaient le thé ici même il y a quelques jours.

Le sourire assuré que lui renvoya le policier lui indiqua clairement que le coup d'esbroufe était passé à côté.

— Non madame, nous venons du SDPJ 93 en Seine-Saint-Denis.

— Alors vous vous serez certainement perdus, conclut-elle dans un rire sec.

— Effectivement, nous n'aurions probablement jamais eu l'occasion de parcourir ce secteur si ce n'était pour vous parler de votre fille, Camille.

— Ma fille ? Vous êtes un homme charmant, capitaine, mais avec mes quatre-vingts années approchantes, je pense qu'il serait assez inattendu d'avoir une fille de vingt-deux ans.

43

Brice avait préparé du café et disposé quelques gâteaux secs sur une assiette où figurait un « S » majuscule doré. De Ritter ignorait si elle se trouvait face à un jardin à l'anglaise ou à la française, elle n'aurait même pas pu assurer se trouver dans un patio ou une véranda. Elle trempa un gâteau dans le café brûlant qu'elle perdit dans un petit plouf gênant, reposa le tout sur le guéridon et décida une bonne fois pour toutes de se faire la plus petite et la plus silencieuse possible.

Sans qu'elle ait compris comment, Coste avait amadoué la vieille bourgeoise. Son calme, peut-être. Son air pas trop con, sûrement. Il lui avait demandé de lui parler de Camille. Depuis le tout début. Si De Ritter ne suivait pas toujours le cheminement de pensée de Coste, elle s'était résolue à lui faire confiance. Margaux Soultier commença alors son histoire avec un ton solennel invitant l'un comme l'autre à ne pas la couper avant le dernier mot.

— Camille n'a pas été souhaitée, encore moins reconnue par son père, et Isabelle, ma sœur cadette, est devenue mère célibataire. Le vide laissé par cet homme dont elle était folle amoureuse n'a jamais été comblé et sa raison s'est mise à vaciller à mesure qu'elle retrouvait son regard dans les yeux de Camille. Elle aurait dû mourir de chagrin comme un feu s'éteint, heureusement pour elle son destin fut moins laborieux. Elle nous a quittés dans un accident de voiture stupide, s'il en existe d'autres, bien que les gendarmes n'aient jamais bien compris l'absence de trace de freinage au sol sur cette ligne droite de campagne. L'arbre qui a stoppé sa course en a quasiment été déraciné. Quelques mois plus tard j'ai eu la garde de Camille alors qu'elle n'avait pas encore un an. Ma fortune me permettait de lui offrir une bonne éducation, ma situation aussi. J'avais moi-même perdu mon mari d'un cancer deux années plus tôt et mon fils aîné Gaël venait de quitter la maison pour poursuivre ses études, me laissant seule avec Lucas. J'ai pensé que les contraintes de la venue de Camille pourraient me divertir de mon ennui. Vous me jugerez certainement cynique mais certaines familles ne semblent écrire leur histoire que dans le malheur.

Margaux Soultier remercia Brice des yeux alors qu'il déposait un pilulier à côté de sa tasse.

— Pour Lucas qui venait d'avoir seize ans, l'arrivée de Camille fut un printemps dans une maison qui n'avait plus connu cette saison depuis longtemps. Il entrait dans des colères noires quand j'avais l'audace d'utiliser le terme de nièce, car il l'a considérée comme sa sœur dès le premier jour. Je me souviens de cet entretien dans le bureau du psychologue scolaire, avec Lucas qui ne regardait que le sol, immobile sur sa chaise. Il avait utilisé l'image d'une rivière endiguée et de la charge d'amour que Lucas ne pouvait diriger ni vers son père défunt, ni vers son frère absent, pas plus vers moi qui, je le confesse, ne suis que très peu familière avec les démonstrations affectives. J'ai pourtant aimé mes enfants. D'une certaine manière. À ma manière. Faut-il vraiment s'embrasser sans cesse et se toucher et se parler ? Ne peut-on considérer l'amour filial comme acquis ?

La vieille dame s'était un peu emportée et reprit rapidement un ton plus neutre.

— Quoi qu'il en soit je refuse d'y voir ma responsabilité. On ne rate pas sa vie pour une histoire de manque de tendresse, tout de même. Nous avions à l'époque une nurse africaine, elles sont très bien, très tactiles et maternelles. Pourtant, Lucas la renvoyait tous les après-midi dès son retour du collège pour ne rester qu'avec Camille. Au matin, je le retrouvais dans sa chambre, allongé à côté d'elle comme un chien monte la garde. Elle a atteint l'adolescence sous son aile surprotectrice et même à cet âge, il m'a toujours interdit de lui faire affronter la vérité, si bien que j'ai dû attendre d'être seule avec elle pour lui parler de ses vrais parents, de l'abandon de son père et des circonstances de la mort de sa mère. Il ne m'a jamais pardonné cette trahison, même si elle était évidemment nécessaire. J'estime que certains secrets s'enveniment avec le temps et qu'une jeune fille de quatorze ans peut faire face à son histoire. Je n'ai pas été éduquée différemment. Contre toute attente, elle a dirigé son amertume et sa peine vers Lucas. Savait-elle que ni l'une ni l'autre ne me toucherait ? Elle a choisi une cible plus vulnérable. À mesure qu'elle s'éloignait, il devenait au contraire de plus en plus étouffant, cherchant à passer tout son temps avec elle et ne recevant finalement que des insultes, derrière une porte désormais fermée.

» Puis, peu à peu, nous sommes passés de la rancœur au rejet total. Elle ne dînait plus avec nous, et quand l'honneur nous était fait d'un rapide passage à la maison, c'était en général pour se doucher ou demander de l'argent. Je ne crois plus l'avoir aperçue qu'avec ses écouteurs sur les oreilles, si bien que je suis certaine que vers la fin, elle ne voyait que nos lèvres bouger sans chercher à comprendre ce que nous pouvions lui dire. Elle disparaissait des journées entières et sa tristesse, que je comprenais, a laissé place à une inacceptable insolence. Pour autant, Lucas a continué à l'aimer et à tenter de la comprendre jusqu'aux derniers jours de sa présence. Venant d'elle, rien n'était important ou grave. Il excusait tout. Les nombreux vols, bien qu'il en fût souvent la victime, comme les invités surprises que Brice devait parfois raccompagner jusqu'à la grille. Le fil de notre relation s'est trop tendu et a fini par céder. Elle n'est devenue qu'agressivité et reproches. Le manoir s'est divisé en deux parties, sa chambre d'un côté, le reste du monde de l'autre. Malheureusement dans le reste du monde il y avait Lucas, et dans le monde de Lucas, désormais désert, il n'y avait que Camille. J'ai eu la chance de n'avoir que des garçons et mon autorité a toujours suffi à organiser la vie de cette demeure sans heurts. Inversement, je n'avais sur cette petite aucune prise. Si peu d'ailleurs qu'elle est définitivement partie avant sa majorité, après quatre longues années de conflits, parfois sourds, d'autres fois l'exact contraire. Et Lucas n'a jamais supporté ce nouvel abandon.

Comme elle le lui offrait, Coste profita du silence.

— Aviez-vous déclaré ses fugues à la police ?

— Au risque de vous surprendre, notre famille n'a que très peu recours à vos services. Mon fils construit depuis trop longtemps un pénible début de carrière politique et je ne voulais d'aucune manière qu'elle fasse du tort à ce qu'il pourrait devenir. Nous avons eu recours à monsieur Simon, un enquêteur privé dont feu mon mari utilisait déjà les services, si bien que jusqu'à sa dernière et ultime évasion nous savions à peu près ce qu'elle faisait et qui elle voyait. À ma demande, Brice a fouillé plusieurs fois sa chambre et ce que le visage constamment fatigué de Camille nous laissait entendre, les seringues et les cuillères noircies découvertes dans son sac nous l'ont confirmé. À la veille de ses dix-huit ans, ne la voyant toujours pas revenir, c'est Lucas lui-même qui est allé déclarer sa disparition, de manière à éviter ce que vous appelez une recherche dans l'intérêt des familles.

— C'est compréhensible, les majeurs ont le droit de disparaître alors que les mineurs doivent être ramenés à la maison. Et depuis, aucune nouvelle ?

— Il faudrait demander à Lucas. Pour ma part j'ai rangé cette histoire avec le reste de mes souvenirs. Camille a maintenant vingt-deux ans et j'imagine qu'elle repassera le perron lorsqu'elle aura touché le fond. Je lui ai offert ma demeure et mon… affection, que devais-je faire de plus ?

Coste se tourna vers De Ritter qui sortit de son sac

à dos un porte-documents. Il fouilla dans les quelques pages et disposa, côte à côte sur le guéridon, trois photos. Franck Samoy, Bébé Coulibaly et Jordan Paulin. La vieille dame extirpa d'un gros livre ses fines lunettes qu'elle avait utilisées comme marque-page.

— Ces garçons n'ont pas l'air convenables, si vous voulez mon avis, capitaine.

— Je vous le confirme. L'un d'entre eux pourrait peut-être vous rappeler quelque chose ?

Elle hésita, puis son doigt noueux se posa sur la photo de Franck Samoy et ne la quitta plus de toute sa phrase.

— Celui-ci. Au début il l'attendait poliment à la grille, par la suite il venait en voiture et se garait comme s'il était propriétaire des lieux. La dernière fois que je l'ai vu, il touchait à peine le sol de ses pieds lorsque Brice l'a attrapé par le col jusqu'à l'extérieur de la propriété.

— Vous dites qu'il se garait devant chez vous. Vous souvenez-vous du véhicule ?

— Absolument, une voiture rouge.

— Une BMW, précisa Brice qui n'avait jamais vraiment quitté la pièce. Un ancien modèle.

Margaux Soultier estimait qu'elle avait coopéré suffisamment et inversa les rôles.

— Peut-être serait-il temps de me donner les raisons de votre présence, capitaine. Avez-vous eu des nouvelles de Camille ?

— Malheureusement non. Je cherche à en savoir plus sur l'homme à la BMW car il est impliqué, plus qu'on ne saurait l'être, dans ce qui paraît être une histoire de règlement de comptes autour d'un trafic de drogue. C'est lui qui nous a menés jusqu'à votre porte. Quant à savoir si Camille est en sécurité ou en bonne santé, je l'ignore mais, si vous le souhaitez, je peux vous tenir informée.

Bien qu'elle répondît oui, Coste ne décela chez elle aucun empressement.

La main lourdement baguée de Margaux Soultier se posa sur la sienne, mélange de chair ridée et de métal poli.

— Affreuse. Est-ce le mot qui se promène derrière vos pupilles, capitaine ? Me trouvez-vous affreuse ? Rassurez-vous, Lucas me porte ce même regard et je ne tremble pas plus que sous le vôtre. Camille n'est pas ma fille et je tente de protéger ce qui reste d'une famille sur le déclin.

À l'image du soleil de cette fin d'après-midi, pensa Coste, qui décida d'en rester là pour le moment. Alors qu'il se levait, une phrase de la vieille dame lui revint en mémoire.

— Vous avez mentionné vos fils. Vous m'avez parlé de Lucas, qu'en est-il de l'autre ?

— Lucas est le cadet, mon aîné n'a pas souhaité suivre les traces de son père. Il est maintenant pharmacien dans un programme humanitaire. À croire que l'on essaie de me quitter d'une façon ou d'une autre.

— Pourrais-je le rencontrer ?

— Bien sûr. Quand vous arriverez en Mauritanie, demandez Gaël Soultier de l'association Pharmaciens sans frontières. D'après son dernier courrier, la route qui mène au village de Diaguily a été réparée.

— Je doute que l'on me permette un tel voyage. Je me contenterai d'entendre votre cadet, Lucas. Voudrez-vous bien lui laisser ma carte ?

La vieille dame accepta, avec plaisir selon elle, sans pour autant bouger d'un geste. Brice prit la carte des doigts du policier et dans un écart poli leur indiqua qu'il était désormais temps de laisser Margaux Soultier se reposer.

De retour dans la voiture, De Ritter fut la première à commenter l'entretien qui venait de se dérouler.

— Ma mère vient de remonter dans mon estime. J'aurais pas aimé subir celle-là.

— Tu connais pas la mienne, apparemment.

— J'avais même pas imaginé que tu puisses en avoir une.

Malgré tout ce merdier, De Ritter venait de lui arracher un demi-sourire. Il sortit son portable et laissa Sam lui exposer le détail de la journée. On aurait pu le parier, Bébé Coulibaly avait nié reconnaître les photos de Camille, Paulin et Franck Samoy. Ronan avait bien tenté un coup de pression menaçant mais, en face de lui, l'hospitalisé s'était déjà fait couper les couilles et il était devenu assez compliqué de l'intimider. Sam avait reçu sur sa boîte mail la procédure judiciaire du commissariat qui avait interpellé Camille Soultier en 2010 pour détention de produits stupéfiants alors qu'elle tentait bêtement de passer les tripodes d'une station de métro. Elle n'avait réussi qu'à s'étaler de tout son long devant un parterre de contrôleurs en embuscade. Ne trouvant aucun papier d'identité sur elle, les agents RATP avaient fait appel à un équipage de police et un demi-gramme d'héroïne avait été découvert lors de la palpation. Rien d'intéressant. Malgré tout, Coste souhaita quelques précisions.

— Prise de son ADN ? De ses empreintes digitales ?

— On n'a rien. Pour un demi-gramme d'héro, la procédure s'est faite hors garde à vue et s'est soldée par un classement sans suite. L'Identité judiciaire n'aura sûrement pas eu le temps de faire tous les prélèvements. Ça arrive. Souvent.

— Elle était seule, ce jour-là ?

Sam survola le dossier une nouvelle fois.

— La procédure mentionne un type qui l'accompagnait, mais après une palpation négative les policiers l'ont laissé filer. On n'a pas de nom, pas de prénom. Très probablement Franck Samoy, si tu veux mon avis.

La suite du récit de Sam fut bien plus instructive et mit les deux hommes mal à l'aise.

— J'ai appelé l'Association pour les parents d'enfants victimes d'enlèvements ou de disparitions. Ils n'ont aucune info sur la situation précise de Camille Soultier. Je les ai informés qu'elle pouvait traîner sur le 93 et ils avaient l'air d'être déjà au courant. Ils m'ont expliqué qu'au bout d'un certain moment les familles s'offraient les services d'un privé. Entre l'angoisse et les policiers qui ne seront jamais à la hauteur des attentes d'une famille qui a perdu son enfant, c'est une réaction compréhensible.

— J'ignore si c'est pour les raisons que tu viens de citer, mais la vieille Soultier a fait de même.

— Oui, je sais. Apparemment l'un des meilleurs. Attends…

Il fit patienter Coste, cherchant dans ses notes.

— … Voilà, monsieur Simon Beckriche. Il a même cru avoir une piste. En 2011. Dans un squat. Aux Lilas.

Il avait laissé, entre chacune de ces courtes phrases, un silence infime, mais suffisant pour que Coste s'y insère. En vain. Et merde, qu'était-il censé leur dire ? Avouer à Sam qu'ils se dirigeaient vers une tox qu'Aubin avait tout simplement effacée il y a plus d'un an et qui s'avérait maintenant être une fille de bonne famille ? Avouer qu'elle était une erreur et que vingt-trois autres personnes avaient suivi sa trace aux oubliettes pour une histoire de chiffres et de résultats ? Il ne savait même pas comment le verbaliser sans se sentir ridicule. Coste n'était pas prêt à parler et Sam se résigna à poursuivre :

— Le privé a contacté l'APEV qui lui a conseillé de se rapprocher du flic en charge de l'affaire pour procéder à une identification du corps à la morgue. Coup d'épée dans l'eau, la famille n'a pas reconnu Camille.

— OK, je te remercie, Sam.

— Ouais, tu sais que t'es pas tout seul là-dedans ?

— Laisse-moi encore un peu de temps.

— Tu restes le chef.

— Une dernière chose, Sam. Trouve-moi tout ce que tu as sur la famille Soultier. Concentre-toi sur Lucas Soultier, un apprenti politicien du ministère des Finances. Et vérifie pour son frère Gaël, sa mère me dit qu'il est pharmacien dans une association humanitaire en Afrique. Pour terminer, l'employé de maison se prénomme Brice, lui aussi m'intéresse. Je sors de chez la mère, Margaux Soultier, et je crois que je me suis un peu fait enfumer.

— OK, je me mets dessus.

Coste raccrocha alors que leur voiture quittait à peine la propriété confortable des Soultier.

— Déjà visité l'Institut médico-légal ?

— Une fois, pendant la scolarité.

— Rentre l'adresse dans le GPS, tu y retournes pour une deuxième visite. J'ai quelque chose à vérifier avant de vous libérer.

44

Depuis l'accueil, il fit prévenir le docteur Marquant de leur présence. Elle apparut cheveux attachés et, comme à chaque fois, Coste la trouva outrageusement jolie dans sa blouse blanche. Son cœur manqua un battement lorsqu'elle lui adressa un sourire à travers la vitre de la porte qu'elle ouvrait pour les rejoindre. Il fit les présentations.

— Léa, je vous présente le lieutenant De Ritter.

Les deux femmes se serrèrent la main et, comme la conversation ne débutait pas, De Ritter se sentit vite de trop.

— OK… d'accord. Coste, je passe un appel dehors, je vérifie que les gamins sont bien à table et que les devoirs sont faits.

A priori, la nouvelle lieutenant ne représentait aucun danger pour une femme telle que Léa Marquant, mais elle avait tout de même voulu préciser sa situation matrimoniale pour ne plus être accueillie froidement au téléphone comme une menace potentielle.

— Je dois vous avouer, Victor, que je l'avais imaginée plus… enfin, plus Johanna…

Il la laissa se dépêtrer avec sa fin de phrase en souriant.

— Passons. Vous m'apportez quoi aujourd'hui, une momie, un extraterrestre ?

— Je sais que j'ai mis la barre un peu haut concernant vos prochaines attentes mais je viens juste consulter un dossier. Une affaire qui remonte à dix mois. Le cadavre d'une jeune femme sous « x » arrivé chez vous le 16 mars 2011.

Quelques instants plus tard elle feuilletait rapidement les archives du service. Une fois la bonne année retrouvée, ainsi que le mois, ses gestes se firent plus lents jusqu'à sortir le dossier souhaité. Elle lui demanda ce qu'il cherchait en particulier.

— Les photos de l'autopsie et, à vérifier, la trace du passage d'une famille pour une reconnaissance.

Elle dégrafa de la pochette une série de clichés représentant le corps sans vie de la jeune fille qu'elle tendit à Coste. Elle parcourut le reste des feuillets.

— Une famille est en effet passée pour une reconnaissance à la morgue. Lucas Soultier, dit frère, et Margaux Soultier, dite mère. Reconnaissance négative.

— Quel est l'OPJ qui les accompagnait ?

— Le lieutenant Mathias Aubin, de votre service.

Coste sortit une des photos du dossier d'autopsie qu'il posa sur le bureau de la légiste.

— Ça, c'est la paumée du squat.

De sa poche de veste il récupéra une feuille pliée en quatre qu'il défroissa du plat de la main. L'affichette « Missing » des enfants disparus.

— Et je te présente maintenant Camille Soultier.

La légiste n'en revenait pas.

— Putain, c'est la même fille. Salement amochée, mais la même.

Coste lui laissa faire le trajet de déduction qu'il avait déjà parcouru. D'étonnée elle passa à furieuse.

— Et sa vieille peau de mère qui m'a assuré ne pas la reconnaître !

— Mère adoptive, pour être plus précis.

— Et le rejeton qui m'a fait le même coup. Famille de tarés !

— Rassurez-vous, je viens de chez eux et la mère Soultier m'a joué la même mélodie.

— Mais comment peut-on renier sa fille, même adoptive, sur son lit de mort ? Surtout pour quelles raisons ?

— Justement, je suis dessus. Maintenant ce que je voudrais savoir c'est comment je peux retrouver un corps sous « x » qui a plus d'un an. Si comme moi vous pensez que les deux photos représentent la même fille, on reste toutefois sur de la reconnaissance oculaire. Ce que je veux c'est une preuve scientifique que les Soultier se foutent de nous. Ce que je veux c'est exhumer le corps où qu'il soit, procéder à un prélèvement ADN et faire des comparaisons.

Passablement énervée, la légiste ne semblait pas avoir été atteinte par ses paroles.

— Léa, j'ai besoin de vous, là !

— Sérieusement vous cherchez à me nuire, Victor. Vous m'avez déjà fait autopsier un type vivant et maintenant vous m'annoncez que j'ai envoyé une pauvre fille dans le carré des indigents ? Jusqu'à ce que je me fasse virer avec vos conneries, vous m'aurez rendu le métier passionnant.

— Carré des indigents ?

— À l'IML nous gardons les « x » pendant un mois. Passé ce délai, le corps est enseveli au carré des indigents au cimetière de Thiais, où elle doit se trouver encore au moment où nous parlons. J'ai ici son numéro d'enregistrement, je vous le note. D'ici moins de trois ans elle sera incinérée pour laisser de la place aux inconnus suivants.

— Vous perdez pas de temps.

— Exact, nous sommes des salauds sans cœur. Plus sérieusement, on estime à environ quinze cents le nombre de morts sous « x » par année en France, donc on n'a pas vraiment le temps, l'espace, ni l'argent pour les garder plus longtemps. Entre l'autopsie, les pompes funèbres, l'inhumation et l'incinération, un sous « x » coûte trois mille euros. Il faudrait en ajouter mille pour analyser leur ADN et faire une cartographie génétique afin d'établir des comparaisons avec les cas de disparitions. Notre administration ne semble pas prête à dépenser autant. Alors à cause de cette somme ridicule de mille euros, certaines familles cherchent le corps de leur enfant pendant des années alors qu'il est enterré à quelques kilomètres. Ces invisibles ne sont une priorité pour personne. Juste des corps à mettre en terre sans même une prière à dire.

— Oui, je sais.

Ironie, elle avait utilisé le mot « invisible ». Elle aussi. Il reçut un message sur son portable. De Ritter s'impatientait.

« Je comprends le détour IML – elle vaut le coup – un petit côté Audrey Hepburn – tu vas te faire mal avec une fille comme ça – on peut rentrer ? »

231

— Un message important ?

Il fit claquer le clapet de protection de son téléphone en le refermant.

— Pas plus que ça, on me rappelle à l'ordre.

TROISIÈME PARTIE

« Le 93 a toujours été un coupe-gorge, pour quelles raisons voudrait-on le faire passer pour un village de vacances ? »

Lucas Soultier

45

Pour monsieur Simon, les doutes avaient commencé en mars 2011, lorsque avec toutes les précautions nécessaires à ne pas faire naître trop d'espoir il avait annoncé :

— J'ai peut-être une piste.

— Camille ?

— Sans certitude, madame.

Pour la famille Soultier, un passage éprouvant autant qu'inutile à l'Institut médico-légal. Selon toute logique, la suite aurait dû relancer le privé sur les traces de Camille, l'électron libre et défoncé de la famille. Et pourtant. Sans sentir le vent tourner, il s'était retrouvé du mauvais côté de l'intrigue, à ne plus comprendre, à tenter de s'expliquer pourquoi Lucas lui avait ordonné de poursuivre ses investigations sur la jeune inconnue de la morgue. Celle qu'il n'avait pas identifiée comme étant sa sœur.

Comme tout bon privé, il avait pris l'habitude de brider sa curiosité, lui interdisant de se diriger vers son employeur. Mais avec le temps, changent les règles.

La famille Soultier n'était plus représentée que par un fils à l'avenir politique sans promesses et une vieille dame aigrie. Cependant, elle avait à son époque, celle du père, joui d'une notoriété confortable.

Jacques Soultier était aisément passé d'homme d'affaires à homme de pouvoir sans avoir à changer les règles du jeu, puisqu'elles lui avaient paru être identiques. Il avait construit sa deuxième carrière comme il mettait en place le rachat d'une société ou la liquidation d'une autre : en connaissant les secrets de ses adversaires autant qu'ils tentaient de les cacher. Pour cela il avait eu, de longues années durant, le soutien du vieux Simon. On racontait sur le privé une blague qui disait que, si un politicien souhaitait faire un cadeau à sa maîtresse, il devait d'abord s'adresser à celui qui la connaissait le mieux, monsieur Simon.

À la mort de Jacques, Margaux Soultier avait repris le contrat et, par respect pour le défunt, il avait accepté de devenir baby-sitter. Pour Lucas comme pour Camille. Le premier ne risquait pas de faire briller le blason de la famille quand la seconde promettait de le ternir irréversiblement. Malgré cet emploi monotone, il était bien payé et, jusque-là, cela lui suffisait.

Mais après la visite de la famille à l'Institut médico-légal, le vieux privé s'était mis à douter. Les turpitudes, les manigances et les coups bas, il connaissait ça, et depuis le temps qu'il jonglait avec au quotidien, il lui arrivait même de penser qu'il en avait inventé les règles. Se retrouver au beau milieu était une tout autre affaire. Il avait cru pourtant tomber juste avec la petite du squat, et plus Lucas niait, plus Simon doutait.

Au cours d'une conversation, il avait essayé de tester son client.

— Souhaitez-vous que parallèlement je poursuive les recherches sur votre sœur ?

— C'est exactement ce que vous faites, répondit avec calme le fils Soultier. Concentrez-vous sur l'inconnue, elle nous y mènera. Elle pourrait être une de ses amies. Si elles ont les mêmes mauvaises habitudes et traînent dans les mêmes endroits, peut-être connaissent-elles les mêmes personnes ? Vous souvenez-vous de ce jeune homme avec qui elle traînait souvent et qu'elle ramenait à la maison en cachette ? Celui à la voiture rouge ?

— Une BMW rouge modèle 633. Je l'avais déjà identifié comme relation récurrente. Vous parlez de Franck Samoy. Je peux gratter un peu plus si vous le souhaitez, Lucas.

Lucas réprima un geste d'agacement. Pourquoi persistait-il à l'appeler Lucas quand sa mère avait droit à madame Soultier ? Peut-être que monsieur Soultier serait définitivement et uniquement son père. Il laissa son irritation de côté.

— Localisez-le. Je veux connaître tous les lieux qu'il a l'habitude de fréquenter. Je voudrais aussi connaître les circonstances exactes de la mort de la jeune fille.

— Dégotter un extrait de main courante dans un commissariat c'est une chose que je sais faire, consulter une procédure judiciaire en cours est plus compliqué et je ne me sens pas prêt à cambrioler le SDPJ 93.

— Ne pourriez-vous pas vous rapprocher du lieutenant en charge de l'affaire ? Entre collègues…

— Ce que nous ne sommes pas, mais rien ne m'empêche de tenter le coup, c'est vous qui avez les commandes, Lucas.

Monsieur Soultier, bordel.

Retrouver Franck Samoy dans sa grosse BMW rouge avait été assez simple. Il avait ensuite établi une liste de ses points de chute comme de ses points de shoot et squats habituels, puis noté ses visites irrégulières dans l'appartement de sa mère à Romainville. Les recherches du privé l'avaient mené de foyers en centres d'accueil et il connaissait jusqu'aux emplacements des pharmacies et missions locales AIDES où l'on pouvait espérer le croiser quand il se trouvait en rade de Stéribox[1]. Le tout lui avait pris moins de deux semaines.

Avoir accès à la procédure avait soulevé quelques problèmes, mais pas ceux auxquels monsieur Simon se serait attendu. Il connaissait le policier en charge de l'affaire, il l'avait déjà contacté pour organiser la présentation du corps à la famille. La jeune inconnue était morte depuis des mois maintenant et il décida d'appeler tout simplement le SDPJ 93 pour prendre rendez-vous avec le lieutenant Aubin.

— Il est absent.

— Pourriez-vous me dire qui d'autre travaille sur l'affaire de la jeune fille trouvée morte dans le squat des Lilas, le 16 mars de cette année ?

---

1. Kit d'une valeur d'un euro, contenant un matériel d'injection stérile : deux seringues, deux cuillères, deux filtres stériles, deux tampons alcoolisés et un préservatif.

— Patientez, je regarde.

Il adorait les secrétaires. Il suffisait d'utiliser une voix autoritaire et elles étaient capables de donner n'importe quelle information par téléphone. Elle devait avoir une photo de chaton dans un panier d'osier quelque part sur son bureau, il en aurait parié sa chemise.

— Nous n'avons aucune découverte de corps à cette date, monsieur.

— Êtes-vous sûre, voulez-vous bien vérifier ?

Elle se montra un peu plus méfiante.

— Vous me rappelez votre nom et votre service, s'il vous plaît ?

Simon raccrocha.

S'il résumait correctement les faits, il se retrouvait à enquêter sur une jeune fille qui n'était pas Camille, du moins selon ses proches, et dont la procédure semblait s'être évaporée de façon malencontreuse. Il n'hésita pas longtemps à contacter Marc Farel qu'il savait voler en cercle au-dessus des affaires les plus scabreuses. Les deux hommes se connaissaient et le privé se préparait à mener la discussion en chaussons de danse.

Sans mentionner l'identité de Camille, un des buts étant d'éloigner autant que possible le gratte-papier de la famille Soultier, il réussit tout de même à attirer son attention sur cette histoire de paumée toxicomane.

— Bonjour, Marc.

— Shalom, monsieur Simon.

— Je voudrais que vous me rassuriez.

— Voyons ce que je peux faire.

— Je suis à la recherche d'une procédure judiciaire. Une gamine morte d'une overdose dans un squat sur la commune des Lilas. Je sais que la Crime du SDPJ 93 a été saisie puisque j'ai déjà été en contact avec un officier, mais quand j'essaie d'en savoir plus sur la procédure, leur secrétariat m'explique qu'elle n'existe pas. Un mort suspect sans enquête, ça vous semble plausible ?

— On peut égarer involontairement une procédure mais un jour ou l'autre elle doit réapparaître. C'est tout autre chose si elle a été égarée volontairement.

— Et c'est courant ?

— Absolument pas, je m'amuse avec un fantasme de journaliste. Pourquoi m'appeler moi ? Vous sentez quelque chose ?

— Vous êtes considéré parmi les chroniqueurs judiciaires comme un vrai fouille-merde et je me suis dit que si j'avais à poser des questions tendancieuses sur la police vous m'en auriez voulu de ne pas vous les adresser.

— Trop aimable. Mais dites-moi, vous êtes toujours au service de la famille Soultier ?

C'est ici que les chaussons de danse intervenaient.

— Plus depuis le décès du père.

— Effectivement, cela a dû faire un sacré vide dans vos affaires.

— Vous l'avez toujours diabolisé, Marc. Jacques Soultier était un homme politique, avec les compromis que cela implique.

— Qui fait des compromis se compromet, non ?

— Si on aime jouer avec les mots.

— Donc cette histoire de jeune fille paumée dans un squat n'a rien à voir avec la disparition de la petite Soultier, celle qu'ils ont adoptée.

Au temps pour les chaussons. Farel était meilleur que lui et connaissait son sujet aussi bien que les acteurs principaux. Il venait de lui jeter un bâton et le journaliste ne reviendrait que s'il l'avait mâchouillé jusqu'à la sève et bien calé entre ses crocs.

46

Réflexe de journaliste, Farel ne se sentait jamais aussi proche de la vérité que face au mensonge qui tente de la dissimuler. Il savait reconnaître la fausse note dans la voix, le soupir en trop, l'hésitation qui trahit, et depuis sa discussion avec monsieur Simon, le germe du doute l'avait contaminé. Le vieil enquêteur avait clairement tenté de le tromper avec cette histoire de jeune inconnue décédée d'une overdose. Une histoire qui ressemblait beaucoup à ce qui aurait pu advenir de la jeune Camille Soultier, bien que son profil ne corresponde pas aux autres.

Il savait au fond de lui que toutes ces disparitions devaient arriver, mais il devait d'abord récolter assez d'éléments avant de s'autoriser à dégoupiller son scoop, car malgré toute sa patience, il était encore loin du but.

En un peu moins d'une année d'investigations, il avait tapissé le mur nord de son salon de coupures de presse à la recherche des candidats potentiels, de ceux que l'anonymat permettait d'effacer en silence. Il s'était obligé chaque matin à la lecture de tous les faits divers et des dépêches de l'Agence France-Presse pour n'en rater aucun, consciencieusement, à la manière des petits vieux passant leur journée à découper les bons de réduction dans les journaux.

Il couvrait parallèlement d'autres sujets, parfois intéressants, toujours alimentaires, mais ces disparitions étaient sa marotte, son enquête de fond, son obsession. Sur quelques entrefilets punaisés apparaissait la mention « possible » suivie d'un point d'interrogation. Sur dix-sept autres, en rouge cette fois-ci, la mention « certain » avait été notée en majuscule, avec parfois tant de ferveur que cela débordait largement sur le papier peint.

Sans le savoir, mais par-dessus tout sans le vouloir, le privé avait déplacé les pièces du puzzle et la lecture du journaliste se faisait maintenant plus claire. Son point de départ était devenu Camille Soultier. L'essentiel des meurtres commis sur la Seine-Saint-Denis revenant automatiquement au SDPJ 93, il en détenait le point commun et, selon les révélations de monsieur Simon, le lieutenant Mathias Aubin était devenu le point d'accès. Sûr d'avoir assez d'informations pour le déstabiliser, il avait pris contact avec le policier et lui avait tout bonnement retourné le cerveau. Leur discussion avait été pleine d'enseignements et il s'était retrouvé le soir même avec un carton de procédures et une explication soigneuse de ce que les flics appelaient le Code 93.

Sur son mur, la mention « certain » avait été rayée pour laisser place à celle de « Code 93 », et de dix-sept le chiffre était passé à vingt-trois. Il en serait définitivement pour un nouveau papier peint.

La jeune inconnue de monsieur Simon, si elle était bien Camille, aurait dû faire bien plus de vagues, et le silence qui enveloppait cette affaire le décida à contacter Lucas Soultier. Parmi les cas sélectionnés, seule Camille semblait avoir une famille, tout du moins une famille prête à se manifester. Leur conversation avait failli ne durer que quelques secondes et une fois de plus Farel avait dû piquer son auditoire au vif pour ne pas se voir raccrocher au nez.

— La disparition de ma sœur ne sera pas votre prochain papier, monsieur Farel.

— Je comprends, mais je ne fais pas dans le *people*. Je pense qu'elle est liée à d'autres.

Lucas savait qu'il ne servait plus à grand-chose de chercher Camille ailleurs que dans un cimetière. Par contre, connaître les causes et les circonstances de sa mort lui tenait toujours à cœur. Il décida de l'écouter plus attentivement.

— J'ai en ma possession une copie de vingt-trois procédures judiciaires en rapport avec des décès suspects.

— Chacun ses lectures.

— Le problème n'est pas là. Quand je questionne quelques-uns de mes contacts à la PJ, la réponse est inéluctablement la même. Il n'y a pas eu d'enquête correspondante. Ces morts n'apparaissent nulle part dans les fichiers informatiques.

Farel choisit un exemple volontairement percutant.

— Pour vous faire une idée, cette jeune fille d'environ vingt ans, découverte morte d'une overdose dans un squat sur la commune des Lilas au début de l'année 2011. Les flics du commissariat sont intervenus et la procédure a été ensuite transmise à la PJ mais elle semble ne jamais avoir terminé son voyage jusqu'à leurs services qui n'en ont aucune trace. Pourtant je l'ai là, sous les yeux.

Si Lucas avait eu une biscotte entre les mains, elle aurait tout simplement explosé. Son stylo-plume fut plus solide. Il essaya de maîtriser au mieux sa voix.

— Et vous en déduisez quoi ? Que c'est volontaire ? Que l'on efface des procédures ?

— Ce serait un peu long à vous expliquer, mais oui, je le pense. Je pense que l'on tente de masquer certains homicides sur le 93, ceux que les flics mentionnent comme invisibles, dans le but d'assurer un résultat acceptable des chiffres de la criminalité.

— Mais le 93 a toujours été un coupe-gorge, pour quelles raisons voudrait-on le faire passer pour un village de vacances ?

— Je préférerais pouvoir vous en parler de vive voix mais je suis aussi intimement persuadé que Camille, par erreur, a pu faire partie de ces anonymes effacés.

— C'est beaucoup d'informations d'un coup, monsieur Farel. Et vous dites que vous en avez la preuve dans les procédures judiciaires que vous détenez ?

— Vingt-trois fois, oui.

— Et avec les procédures, avez-vous aussi le rapport d'autopsie ?

La question lui parut déplacée mais il devait coûte que coûte courtiser son interlocuteur.

— Le résumé complet et les conclusions, oui.

Soultier avait alors accepté un rendez-vous pour le lendemain soir. Aussitôt après, il téléphona à monsieur Simon. Le privé allait rendre un dernier service à la famille.

47

Farel avait choisi un lieu qu'il connaissait bien. Le café de la Musique dans le XIXe arrondissement de Paris. L'établissement laissait le choix de l'ambiance. Publique, sur la terrasse faisant face aux halles de La Villette, ouverte et généralement bondée à toute heure et par tout temps. Privée, dans les fauteuils cosy du fond de la salle, à moitié caché par le piano à queue, pur objet de décoration certainement désaccordé depuis toujours. Le rendez-vous avait été proposé pour 21 h 30. Il sortit du métro avec vingt minutes d'avance, pour contrôler, comme les flics le lui avaient appris. Prenant la direction du café, il traversa la place pavée au centre de laquelle trônait une fontaine représentant huit lions assis crachant leur filet d'eau.

Ce qu'il avait pris pour un groupe d'étudiants, vu la proximité du conservatoire de musique et à la faveur de l'éclairage public, se précisa au fur et à mesure qu'il approchait. Trois gueules pas accueillantes avec un fort accent de l'Est qui s'entendait sans qu'ils aient à prononcer le moindre mot. Farel serra contre lui la mallette qui contenait son portable et la serra encore plus quand il réalisa que les trois types traçaient une ligne droite parfaite dans sa direction. Arrivés à son niveau, les deux premiers firent devant lui une barrière imposante tandis que le troisième regardait autour de lui sans pouvoir s'empêcher de sautiller sur ses jambes. Farel pensa qu'il devait s'agir du petit dernier de l'équipe, un peu chien fou, celui qui casse les genoux quand les deux autres, un peu plus matures, s'occupent de la partie conversation. Il ne lui fallut pas longtemps pour comprendre qu'il n'était pas victime d'une agression fortuite mais qu'il avait plutôt été attendu là, à dessein, car il y avait rendez-vous.

Le calme qu'il décela dans les yeux de celui qui s'était approché le plus le désarçonna littéralement. Il avait sur les mains ces tatouages ratés, faits maison ou faits prison, au trait mal assuré, à la couleur inégale. Et un regard gris pâle, pénétrant autant qu'assuré, qui lui indiquait que quoi qu'il puisse tenter serait une erreur. D'un coup de menton l'homme désigna sa mallette. Farel lui tendit son ordinateur avec un sourire résigné. Il n'avait plus qu'à obéir, à moins de perdre quelques dents pour le même résultat.

Les deux hommes firent demi-tour, laissant sur sa faim l'apprenti intimidateur qui sautillait toujours pour tenter de gérer son excitation. Surpris, il les regarda s'éloigner, avec un air d'avoir été privé de dessert. Il se tourna vers Farel comme s'il était responsable de sa déception et lui asséna un direct qui vint se poser lourdement entre le bas de son nez et les gencives. Il lui postillonna un « *idi u picku materinu*[1] » comme on crache sur un homme à terre. Un voile blanc s'abattit

1. Insulte serbe parmi les plus courantes, signifiant « va dans la chatte de ta mère ». Équivalent de notre « fils de pute » national.

sur le journaliste, puis la couleur se rétablit peu à peu, le son se régla, il essuya quelques larmes de douleur et dix secondes plus tard il capta à nouveau le monde qui l'entourait.

Au café de la Musique, il ne put s'empêcher de rire de lui. Dans une main, un whisky sans glace, dans l'autre un mouchoir en papier avec lequel il essayait d'endiguer le sang qui coulait de son nez. Il venait juste de réaliser à quel point la situation serait cocasse s'il allait déclarer au commissariat du quartier le vol de son ordinateur contenant la copie scannée des procédures que leurs propres collègues de la Police judiciaire tentaient de planquer. Comment Soultier avait-il pu être sûr qu'il aurait son portable avec lui ? Le risque de se tromper rendait tout de même le coup de poker osé.

Malgré tout il lui restait encore une copie papier de ces procédures, toujours rangées dans le carton du lieutenant Aubin, sous son bureau, pas vraiment caché. En terminant son verre, il comprit que cette partie ne contenait aucun coup de poker et que son appartement venait sans aucun doute d'être aussi cambriolé. Il repassa commande et prit un mouchoir vierge.

48

Le vieux Simon s'était acquitté correctement de sa dernière mission, et même si Lucas se doutait que Farel avait dû être secoué, il ne s'autorisa pas à compatir. La suite allait être autrement plus brutale. Il avait chargé sur les sièges arrière du Land Rover, utilisé le plus clair du temps par Brice pour l'entretien des jardins et du parc, un ordinateur portable, un lourd carton de documents fraîchement dérobés ainsi que quelques vêtements de rechange.

Il avait prétexté partir se reposer le week-end dans leur maison de campagne à Sauny, un hameau à moins d'une heure et demie de voiture de Saint-Cloud. Et que Margaux Soultier n'en ait pas cru un seul mot, il s'en moquait.

Il s'apaisa au fur et à mesure que le manoir se miniaturisait dans le rétroviseur. Parmi tous les dossiers qu'il transportait, celui de Camille l'attendait et il n'avait pas encore trouvé le courage de l'ouvrir. Au hameau de Sauny, le caissier-propriétaire-magasinier de la supérette en sursis lui fit remarquer qu'on ne les avait plus vus depuis des années et demanda, innocent, des nouvelles de sa mère et de Camille. Lucas s'accorda, un instant, le droit de vivre dans un monde imaginaire plus heureux en assurant que l'une comme l'autre se portaient à merveille.

À la sortie du hameau, il emprunta le chemin de terre privé, posé en serpent le long d'une colline abrupte sur le sommet de laquelle trônait, deux fois séculaire et isolé, le corps de ferme des Soultier. Il parqua le 4×4 imposant dont le capot dépassait légèrement du garage couvert, comme en embuscade. Une pluie fine le décida à ôter son manteau pour en couvrir le carton et l'ordinateur, et c'est à moitié en courant, la chemise collant à la peau, qu'il pénétra dans la maison endormie aux volets fermés.

Quelques bûches sèches dans la cheminée se chargèrent de réchauffer les pierres des murs, et il ôta les draps blancs qui couvraient les meubles de la pièce principale comme autant de fantômes à faire fuir. Quand il s'accorda de s'asseoir enfin, la nuit avait embrassé la colline.

Dans l'un des placards il avait déniché une soupe en conserve qu'il avait réchauffée, puis oubliée sur le piano de la cuisine. Il avait faim, mais d'autre chose. Il s'installa devant la cheminée immense, bâtie à l'époque pour y rôtir des animaux entiers. Le feu qu'il y avait allumé paraissait ridicule. Il déposa devant lui l'ordinateur, le carton de procédures et le dossier que le privé avait constitué sur Franck Samoy avant de se voir remercié. Le portable avait un code et Lucas, qui entretenait un rapport conflictuel avec l'informatique en général et le piratage de données en particulier, l'abandonna sur le côté. Il relut les notes de monsieur Simon et celles du journaliste qu'il aurait pourtant pu réciter par cœur mais qui lui permettaient de repousser le moment où il devrait affronter, comme seule oraison funèbre, les mots crus, presque déshumanisés, des flics et des légistes.

Il se remémora ce jour où avec sa mère ils s'étaient rendus à la morgue et où, pour l'honneur de la famille, elle avait préféré se taire. Ce même jour où il avait découvert sur Camille un tatouage qu'il connaissait déjà. Juste au bord de l'aine.

Camille. Il l'avait reconnue lui aussi. Sa Camille. Sa presque sœur. Il l'avait reconnue et il s'était tu. Cela ne pouvait être elle, non, il l'aurait retrouvée ce soir-là, dans sa voix, dans ses gestes. Et si ses yeux s'étaient laissé tromper par un corps différent, son cœur ne se serait pas laissé avoir : il l'aurait averti, et lui, Lucas, l'aurait sauvée. Il l'aurait sauvée, Star, la jeune fille à l'étoile rouge. Sauvée et pas baisée.

Il regarda les photos de son corps sans vie, allongé sur le brancard métallique quelques minutes avant l'autopsie. Chaque mot du rapport de la légiste se transforma en verre brisé qu'il devait avaler, éclat par éclat, entaillant profondément sa raison et contaminant son équilibre mental.

La peau déchirée de ses phalanges, rouge sang d'avoir frappé sans retenue les pierres encore froides, le cœur battant dans le vide, Lucas courut dehors et tomba à genoux dans la terre boueuse. Les muscles tendus en une crampe généralisée, il hurla le cri de désespoir le plus terrifiant sans qu'aucun son ne transperce la nuit.

Ses larmes se mélangèrent à la pluie, le sang de ses mains à la terre, et il eut la sensation d'être débranché.

Il se réveilla au matin, portant les vêtements tachés de la veille, sur le canapé de cuir couvert de boue sèche, incapable de se souvenir comment il y avait échoué. Contre toute attente, son cerveau avait pris le relais pendant son repos agité et, quand il ouvrit les yeux, son subconscient avait écrit en détail le déroulement des jours à venir. Il se doucha longuement, se fit couler un café, sortit de sa mallette un cahier neuf et un stylo-feutre noir qu'il disposa en ordre face à lui. Au calme, il choisit alors sa première cible.

49

Franck Samoy s'était depuis longtemps injecté dans les veines ce qu'il avait gagné à vendre sa voiture. En alchimiste doué, il réussissait à transformer n'importe quoi en héroïne, même les téléviseurs. Toutefois, dans les quelques minutes de lucidité qui suivaient le réveil, il reconnaissait qu'il avait vraiment déconné en se séparant de son studio sur roues. Il s'en trouvait maintenant réduit à mendier quotidiennement une place en centre d'hébergement d'urgence, ce genre d'établissement refusant les réservations. Mendier, il savait faire, et il avait repéré à Aubervilliers une zone pas plus grande qu'un kilomètre carré où coexistaient trois de ces foyers d'accueil. Il y était courant de se faire dépouiller, agresser ou violer, les codes régissant ces lieux étant similaires à ceux de la rue. Une nuit passée là-bas se résumait à se recroqueviller dans un coin, accroché à ses effets personnels bourrés dans quelques sacs plastique, les yeux fermés mais l'esprit en alerte. Rien de reposant. Ses errances n'ayant pas échappé au vieux Simon, Lucas savait désormais où commencer sa surveillance.

Il aurait pensé que la liste du matériel nécessaire serait plus longue, il se demandait même s'il n'avait pas oublié quelque chose. Une voiture de location tape-à-l'œil, une bouteille de whisky, une belle montre avec un bracelet en or voyant, quelques cachets de Stilnox subtilisés dans la pharmacie de sa mère, une plaque chauffante électrique d'appoint de quinze cents watts et du fil de fer. Deux cent quatre-vingts euros utilement dépensés, la montre en toc, achetée à la sauvette, lui ayant coûté presque autant que le fil de fer.

Il avait vu Samoy entrer à 14 h 30 au Refuge, le foyer de la rue Hamelet, et il attendait, depuis, que le manque le fasse sortir du bois, enfin à découvert. La nuit eut à peine le temps de tomber sur la ville et Lucas de répéter son rôle, planifié et millimétré, que la porte d'entrée s'ouvrit, laissant échapper trois ombres décharnées. Quelques paroles inaudibles, un échange invisible. Parmi eux il y avait une femme ; elle se mit à rire fort pour aussi vite s'énerver, bouscula l'un des hommes puis le groupe se sépara, laissant isolée sa cible qu'il reconnut rapidement. Cheveux sales en bataille, jean, veste en jean sur un large pull élimé en laine blanche et regard aux aguets.

Lucas démarra. Si le Land Rover lui donnait l'impression de conduire un buffle, le petit modèle nerveux de chez Audi qu'il venait de louer ne demandait qu'à s'envoler. Il roula au pas et dépassa Samoy de quelques mètres pour s'arrêter devant lui. Il actionna l'abaissement électrique de la vitre côté passager, pencha son corps vers la droite et, au passage de Franck Samoy, il pria pour que sa voix ne l'abandonne pas.

— Bonsoir jeune homme.

La silhouette poursuivit son chemin. Merde, il n'avait pas pensé à la phrase d'accroche. Il ne devait pas avoir les bons mots. Il redémarra, roula au pas à son niveau et essaya encore, autrement.

— Excuse-moi, s'il te plaît…

L'ombre ralentit et se tourna vers lui. Il inspecta la voiture, Audi quasi neuve, pas une voiture de flic, se baissa vers l'habitacle et détailla le conducteur, gueule de jeune premier, mais il resta sur ses gardes. Les flics maintenant, ça ressemble plus à des flics. D'un autre côté il n'avait rien dans les mains, rien dans les poches, un beau magicien en manque.

— S'tu veux ?

— J'avais rendez-vous avec une personne, juste devant ce foyer, mais…

Lucas posa la main sur le rebord de la portière et, en étendant le bras, sa montre s'échappa de la manche de sa chemise, voyante comme un lingot d'or.

— … il n'aura peut-être pas eu de place pour ce soir. Je devrais repasser demain peut-être. À moins que vous ne le connaissiez ?

Les yeux de Franck Samoy passèrent de la montre tapageuse à la carrosserie rutilante de l'Audi et il se dit que la nuit allait être plus courte que prévu.

— Tu cherches quoi ? Lè frisson en banlieue ? Tu veux de la came ? T'as pas l'air, pourtant.

Lucas sourit timidement, il tenait son rôle d'oie blanche à la perfection.

— C'est pas ce que je recherche.

— Écoute, j'te suce pour cinquante euros. Si tu veux sans capote, c'est le double.

— Monte.

Sur les conseils de son copilote avisé, il s'engagea sur le rond-point de la porte d'Aubervilliers et emprunta l'avenue de la Grande-Armée. Une longue rue perdue entre les rails de chemins de fer du RER E et des baraquements de fortune en bois et tôle, bidonville la nuit et ville fantôme le jour. Au lendemain des révolutions arabes, le flux migratoire tunisien et algérien s'était vu multiplié par trois sans que soit mis en place le moindre programme d'accueil et de logement. Attirés par les lumières de Paris puis rapidement expulsés comme un corps étranger, les nouveaux migrants avaient été, comme d'habitude, accueillis par le cousin pauvre du 93. Ils avaient fait fuir les prostituées roumaines et s'étaient installés à leur place, dans cette rue que les patrouilles de police évitaient soigneusement.

Lucas coupa le moteur et, à la demande de Franck Samoy, éteignit les phares de la voiture, devenue anonyme parmi les autres. Seul un proche et unique réverbère lui permettait de distinguer le contour des choses. Quelques secondes il ferma les yeux pour s'imposer un noir absolu et, quand il les ouvrit de nouveau, le visage de son passager et l'intérieur de la voiture se firent plus précis. L'odeur de son invité avait empli l'habitacle, lourde et âcre de transpiration, de tabac froid et de renfermé humide.

— Dans la boîte à gants il y a une bouteille de whisky, je crois que je vais en avoir besoin, je ne suis pas habitué de ce genre de rendez-vous.

— Ouais, je vois ça.

Samoy tendit le bras, actionna le loquet et l'abattant s'ouvrit tout seul sous le poids de la bouteille.

— Je peux ?

Une proposition qui n'attendait pas de refus, ses lèvres déjà posées sur le goulot et en quelques gorgées le niveau baissa d'un quart. Posologie, un cachet par jour, dix milligrammes maximum, juste avant le coucher. Lucas se demanda si la douzaine de cachets de Stilnox, même dilués dans un litre d'alcool, n'allaient pas tout simplement le tuer. Le passager lui tendit la bouteille et il fit mine de boire alors que l'autre s'allumait une cigarette. Il sentit le contact du verre mouillé et, même s'il s'y était préparé, le mélange de leurs deux salives le dégoûta.

— Tu veux m'embrasser, ou un truc du genre ?

— Euh… non.

— C'est quoi, ton truc ? Tu veux que je te suce, tu veux me sucer ?

— Je préférerais que ce soit vous.

— T'as une capote, ou on tente le diable ?

Si Lucas Soultier avait été un flic, il aurait su qu'une opération, si méticuleusement préparée qu'elle puisse l'être, ne se déroule jamais comme prévu. Il avait pensé que l'effet du somnifère serait plus rapide. Il lui fallait juste quelques minutes de plus et il redoutait la manière dont ils allaient, ensemble, les combler.

— Va pour le diable.

Il fit à nouveau semblant de boire et partagea la bouteille. Franck Samoy jeta sa cigarette par la fenêtre entrouverte, s'accorda trois autres belles lampées, la reboucha et la laissa tomber sur le tapis de sol. Il se tourna vers son client et s'essuya les lèvres d'un vulgaire revers de manche. Ses mains se posèrent sur la braguette dont il baissa la fermeture sans à-coup. Il se mit à fouiller entre les jambes de Lucas et sortit son sexe qu'il frotta maladroitement. Lucas leva les yeux au ciel en une prière déplacée et sentit la bouche se refermer autour. Son corps entier se hérissa et voir la tête de Franck Samoy se lever et s'abaisser en même temps qu'il l'enfournait manqua de lui donner la nausée. Aller jusque-là n'avait pas fait partie du plan et que le petit camé s'applique autant non plus. Il sentit la salive couler de son sexe mou jusque sur son bas-ventre. Samoy tourna son visage vers le haut et fixa Lucas.

— Tu me préviens avant, hein ?

Le son de sa voix, légèrement pâteux, le réconforta. Il n'allait plus résister longtemps à l'effet des cachets. Son mouvement vertical ralentit pour finir par s'immobiliser complètement. Lucas réalisa qu'il avait subi ces préliminaires en apnée et inspira enfin, profondément. Il fit un contrôle circulaire, rue, trottoir, passants, voitures, ils étaient toujours seuls. Dans le silence revenu s'entendait malgré tout un très faible murmure, rassurant, presque émouvant. Une succion d'enfant. Dans son sommeil forcé, le petit Franck tétait encore.

Lucas l'attrapa par les épaules et le décolla dans un bruit de ventouse. Il démarra.

Le pompiste de la station-service le lui confirma : son modèle de voiture tournait au sans-plomb et, comme il le lui demanda, il lui fournit un bidon vide de cinq litres. Il ajouta quelques litres au réservoir quasiment plein et, alors qu'il s'apprêtait à remplir le bidon du même carburant, un véhicule vint se garer à son niveau, sous l'éclairage blafard des néons. La nuit, les stations-service du 93 demandent de régler à l'avance pour éviter tout oubli malencontreux, donc le nouveau client se rendit aux caisses. Passant devant l'Audi, il vit le passager endormi, le menton en travers posé sur le torse, un filet de bave reliant les deux. Il leva les yeux sur Lucas qui le dévisageait déjà, son bidon plein à la main. Une sorte de clochard assoupi dans une voiture haut de gamme avec un type en costard qui prévoit quelques litres d'essence en plus comme s'il était à la dernière station avant les portes du désert : le type se dit qu'il allait baisser les yeux, faire le plein, puis partir au plus vite. Le « bonsoir » souriant de Lucas en une vaine tentative de paraître normal lui fit même accélérer le pas.

Moins de deux heures plus tard, les phares illuminèrent les murs en pierre du corps de ferme au hameau de Sauny. Lucas chargea le corps endormi sur ses épaules et pénétra dans la maison. Il organisa avec méthode le réveil de son hôte et, patiemment, s'installa devant lui. Il lui porta la première gifle au bout d'une trentaine de minutes. Franck Samoy ouvrit péniblement les yeux à la sixième et constata très vite qu'il n'était plus dans une voiture, ni dans aucun autre décor familier. L'esprit chimiquement embrumé, se croyant dans un mauvais rêve, il attendit une dizaine de secondes avant de se résigner à cette nouvelle réalité. Il était assis et ligoté sur une chaise en fer, au centre d'une large pièce, mains liées dans le dos, pieds attachés à ceux de la chaise. Il baissa les yeux pour voir ce qui lui procurait cette sensation particulière. Son pied droit nu dans une casserole d'eau, son pied gauche dans une autre et les deux casseroles posées sur la double plaque chauffante encore éteinte. La peur qui grandissait en lui se traduisit par un « c'est quoi, ce bordel ? ».

Au risque de se dévisser la nuque, il força autant qu'il put pour chercher autour de lui, essayer de reconnaître l'endroit, ou trouver un moyen de se libérer. Sur la table massive en bois qui lui faisait face avaient été alignés son téléphone, sa pièce d'identité, quelques centimes et des feuilles à rouler OCB longues. Des bruits de pas l'alertèrent. Il aurait pu, comme dans les films, faire semblant d'être encore groggy pour attaquer son adversaire au moment où il s'y attendrait le moins, ou encore se ressaisir et faire face de manière à déstabiliser celui qui l'avait attaché là. Il aurait pu faire comme dans un film, mais voilà… au premier bruit de pas entendu, il chiala bruyamment en se pissant dessus.

— Bonsoir, Franck.

— Putain t'es qui, toi ?

Lucas aurait pu le lui dire tout de suite. « Je suis le frère de Camille et toi tu es le premier acteur de sa déchéance. Je sais que tu es le début, même si d'autres en sont la fin. Tu n'es que le premier acte. Tu l'as initiée puis emprisonnée dans la dépendance jusqu'à ce que sa vie ne consiste plus qu'en une longue et interminable défonce dans laquelle même mon amour n'avait plus sa place. »

Beaucoup trop tôt pour tant de confidences.

Lucas se baissa et alluma la plaque chauffante dont le fil électrique, trop court, avait nécessité d'être raccordé à une rallonge afin d'être relié à la prise murale.

— Dis-moi ce que tu me veux, dis-moi, je te fais tout ce que tu voudras, dis-moi.

— Tu vas devoir être patient, mais rassure-toi, nous avons beaucoup de choses à nous dire et je crains que tu ne me prennes pas tout de suite au sérieux, alors nous allons commencer par nous assurer de ma détermination, tu veux ?

Son prisonnier s'agita vigoureusement en lançant des coups d'épaule désespérés et l'implora.

— Non, putain, j'veux pas, j'te jure, j'te prends au sérieux tout de suite.

L'eau se mit à chauffer, inégalement entre les deux plaques de diamètres différents. Lucas opta pour le silence sans s'avouer encore que cette position de puissance absolue le troublait d'un émoi jouissif.

— T'as pas besoin d'argent, ça se voit, tu veux quoi ? Attends, je peux te trouver des petits pédés qui aiment ce genre de jeux, tu pourras leur faire tout ce que tu veux.

Un tremblement incontrôlable de sa mâchoire inférieure imprégnait de terreur les mots de son monologue qui se mélangeaient à une salive lourde et blanche, une morve épaisse et des larmes de frayeur.

— Putain, c'est de la torture, tu sais ça ? Je t'en supplie, dis-moi ce que je dois faire !

Avant que l'eau ne commence à frémir, la douleur gagna son pied gauche et devint très rapidement insupportable. Il se débattit avec la force décuplée que lui procurait la souffrance et la chaise sur laquelle il se trouvait ainsi que les liens qui le retenaient se révélèrent bien moins solides que prévu. Dans un soubresaut désespéré, il se déséquilibra et chuta de travers, toujours attaché, renversant au sol les deux casseroles pleines. Une de ses mains se défit du nœud et chercha à tâtons dans son dos comment libérer l'autre. D'un bond, Lucas se retrouva devant la cheminée et s'empara d'une lourde bûche encore en flammes. Au moment où, dans une gerbe d'étincelles et de cendres, il assomma son invité, l'eau contenue dans les casseroles atteignit la rallonge, fit disjoncter le compteur électrique et, dans un bruit sec, la maison fut plongée dans le noir, ne laissant lumineuses que quelques braises rouges au sol.

— Merde.

Lucas avait eu le temps de modifier son système, initialement trop incertain, et l'avait simplifié au maximum. À son second réveil, Franck Samoy mit un instant à se recentrer et à comprendre à nouveau où il se trouvait. Comme la lumière du jour ne nous parvient qu'un temps donné après avoir été émise, la réalité accusa, elle aussi, un infime décalage. Très vite compensé. Avec la violence d'une gifle, tout lui revint en mémoire. Il baissa à nouveau les yeux. Ses chaussures étaient revenues à ses pieds et la double plaque chauffante avait disparu. Sa mâchoire le lançait affreusement. En passant sa langue dans sa bouche, au niveau où il avait reçu le coup, sentant davantage de gencives que de dents, il se blessa sur l'arête tranchante d'une molaire brisée. À moitié arrachée, une canine lui resta dans la bouche et il la recracha de côté. Lucas entra dans son champ de vision, se baissa au niveau de la prise murale et brancha le nouvel appareil. Il avait lu l'histoire d'une équipe de gitans décérébrés et ultraviolents qui, à la manière d'un *Orange mécanique* moderne, écumaient les zones pavillonnaires et les maisons isolées. Suivant un mode opératoire assez simple, ils cassaient une fenêtre, réveillaient la famille endormie, en réunissaient les membres dans la même pièce et brûlaient le visage de la mère ou de l'un des enfants à l'aide de leur propre fer à repasser. Une manière ingénieuse et perverse de s'éviter le transport d'une arme, même s'il est considéré comme impoli de venir chez les gens les mains vides. Dès le premier contact sur la peau, le code de la Carte bleue et la localisation des bijoux de la famille étaient vite révélés. Lucas ne souhaitait rien d'autre que des informations et, justement, le voyant rouge du fer à repasser indiquait que la chaleur maximum souhaitée était atteinte.

— T'es sérieux, là ? Putain, non ! Dis-moi ce que tu veux, je t'en supplie.

— Ne te fatigue pas, tu m'as déjà supplié.

Face à l'horreur de ce qui allait lui advenir, Lucas lui précisa, comme on fait une faveur :

— Par contre, tu peux crier si tu veux.

— On peut s'entendre, t'as pas besoin de faire ça !

— Malheureusement pour toi, si, j'en ai besoin. J'avais prévu un peu de mise en scène mais tu m'obliges à revenir à plus d'austérité. Je vais te poser une série de questions mais je voudrais d'abord que tu considères le mensonge ou l'omission comme inenvisageable. Tu comprends tous les mots de cette phrase ?

Il s'approcha de lui et appuya fermement la semelle aluminium à 205 °C sur la partie gauche de son visage, la recouvrant de sa joue à son front. Au contact, pendant le premier quart de la première seconde, il existe ce laps de temps pendant lequel le cerveau indique qu'il serait judicieux de retirer son visage, la douleur ne venant qu'après. Les suppliques se transformèrent en hurlements animaux alors qu'il commençait à brûler, libérant une odeur piquante de viande carbonisée. Une fumée noire s'échappa du fer et lorsque Lucas tenta de le retirer il sentit une résistance. S'il l'avait appliqué sur le visage plastique d'un mannequin, l'effet n'aurait pas été différent. Sur la semelle s'était accrochée la peau de la joue et une partie de la paupière pendait comme un vulgaire lardon. La lèvre inférieure s'était retournée quand il avait posé la semelle surchauffée et elle se trouvait désormais fondue et collée au menton. L'aluminium de la plaque était entièrement couvert de peau grillée et, bien que Lucas n'ait pas repassé beaucoup de ses chemises, il connaissait l'existence du bouton vapeur. En parfaite maîtresse de maison, il l'actionna en un petit nuage de fumée blanche et, alors que son hôte en était réduit à un râle essoufflé, il lui repassa l'oreille droite, relançant un rugissement inhumain.

— Je vais maintenant te poser ma première question. Tu te souviens de Camille ? lui dit-il à l'oreille, la gauche.

*
* *

De cet entretien particulier, il avait noté chaque réponse consciencieusement. Brahim le dealer. Les premières aiguilles qui remplacent le sniff. Le manque d'argent constant et les passes pour de l'héro à moitié prix. Les faveurs de Camille ne valaient même pas gratuité. Puis il lui avait parlé de sa reconversion auprès de Bébé Coulibaly qui recherchait toujours de

264

nouvelles candidates. Il avait les adresses, les numéros de téléphone, et il connaissait jusqu'à leurs vilaines habitudes. Franck Samoy parlait sans s'arrêter, des fois par des phrases incompréhensibles, des suites de mots sans logique et des précisions sans intérêt. Il ne parlait pas, il gagnait du temps. Dans la cheminée, le feu commençait à s'éteindre. Lucas passa derrière son prisonnier, le bascula et traîna la chaise en métal dont les deux pieds arrière rayèrent les tomettes du sol en deux lignes irrégulières mais parallèles jusqu'à l'âtre toujours fumant.

Franck Samoy pleurait sans retenue, hoquetant comme un gros chagrin d'enfant. Lucas s'assit sur le divan qui faisait face à la cheminée et installa sur ses genoux une boîte en bois laqué de laquelle il sortit le Luger P08, un pistolet gardé dans la famille Soultier depuis plus de soixante-dix ans. L'œil salement amoché du prisonnier lui rendait la vision trouble mais Samoy distingua parfaitement l'éclat métallique du canon de l'arme.

— Je sais pas ce que tu veux faire mais laisse-moi partir, je dirai rien, je sais même pas qui tu es, je te connais pas, laisse-moi juste partir.

— Je m'appelle Lucas Soultier, annonça-t-il comme une sentence.

— Non ! Mais putain, je veux pas le connaître, ton nom ! Je dirai rien quand même, je te le jure !

Pistolet en main, Lucas glissa le chargeur, tira la culasse en arrière et engagea une cartouche. Jusque-là rien de compliqué, il s'y était entraîné. Il recula de trois pas, visa, actionna la détente, et dans une déflagration assourdissante il tira un mètre à droite, fit exploser une des briques du fronton, ressentit un vif pincement au tympan et laissa échapper l'arme. Le rire morveux et reniflant du condamné résonna dans la pièce. Le rire désespéré de celui qui se sait déjà mort. Les mots déformés par sa bouche mutilée furent tout de même assez clairs pour surprendre Lucas.

— Tocard... tu sais même pas tirer... vas-y j't'attends... vas-y... vas-y...

Puis le ton de sa voix se changea en une prière imperceptible.

— Vas-y... vas-y... s'il te plaît, vas-y...

Il avança d'un pas, tira trois fois, trois ogives centrées sur la poitrine, et Samoy bascula de dos dans les cendres tièdes, tombant dans un nuage gris. Du pied, Lucas poussa la chaise jusqu'au fond de la cheminée puis le releva en l'attrapant fermement des deux mains par le col. Il trônait maintenant au centre, dans son beau pull blanc taché de sang.

Lucas quitta la maison et réapparut avec le bidon de cinq litres de carburant.

Il avait réussi, malgré de trop nombreuses erreurs, la première partie de ce qu'il avait échafaudé. Il devrait faire plus simple à l'avenir. Cependant, ce meurtre ne rayonnait que dans cette maison retirée. Quel manque cruel de public, quelle absence de reconnaissance s'il en était resté là. Mais il avait pensé plus loin, il avait en fait déjà tout écrit. Chaque tableau était élaboré pour être un diptyque. Une partie dédiée à ceux qui avaient fait sombrer sa sœur en enfer. L'autre pour les flics qui avaient tenté de la faire disparaître. Il ne lui manquait plus qu'à théâtraliser tout cela et à en aviser la presse. Ce dossier, ils ne réussiraient pas à l'effacer.

Le sifflement persistant dû aux quatre coups de feu

tirés résonnait encore dans sa tête comme un moustique déterminé. Après avoir dévêtu Franck Samoy, il alluma une nouvelle flambée dans la cheminée.

Quelques heures plus tard, il enroula le corps avec précaution dans une couverture épaisse et le chargea dans le coffre de l'Audi. Une villa abandonnée qu'il avait repérée vers Le Pré-Saint-Gervais accueillerait la suite de son projet. Il fit le trajet fenêtre ouverte, avec la sale impression que l'odeur de chair brûlée se déposait directement sur sa langue.

50

Pour Lucas Soultier, le problème principal de Bébé Coulibaly résidait dans sa taille. Sur les indications de Franck Samoy, il n'avait pas été compliqué à localiser, et il était impossible à confondre tant il donnait l'impression d'être le seul adulte dans un monde d'enfants. Au risque de se faire écraser, le face-à-face était inenvisageable. Il devrait l'entraîner ailleurs, mais aussi évaluer son poids le plus exactement possible pour définir correctement les dosages.

Il avait pris soin de répartir ses achats sur deux pharmacies différentes. La location du fauteuil roulant dans la première officine, l'éther dans l'autre, même si la vente de ce produit nécessitait l'ordonnance d'un docteur. La vieille Margaux en était une cliente régulière et connue. Avec ses commandes abusives de somnifères, d'antidépresseurs et de tous les cachets qui maintiennent à flot une dame sur le déclin, elle aurait pu à elle seule faire tourner, avec bénéfices, l'une comme l'autre des pharmacies. Lucas n'avait eu qu'à prétexter un chien bourré de tiques et l'homme en blouse blanche n'avait pas posé plus de questions au

268

fils Soultier, déposant sur le comptoir l'éther dans une petite bouteille bleue, sourire et « bonne journée » en prime.

Dans sa chambre, épuisé, il referma l'un des nombreux manuels médicaux de son frère aîné. Gaël Soultier aussi avait fui le manoir dès qu'il avait pu et aussi loin qu'il l'avait pu. Au décès de leur père, il n'avait trouvé que le mutisme de sa mère et les attentes impossibles à combler de son petit frère. Au lieu de prendre soin de ceux qui lui étaient proches, diplôme de préparateur en pharmacie en poche, il préféra des inconnus, sur un autre continent. Partir lui était devenu vital, même s'il concevait que Lucas pouvait considérer cela comme un second abandon, une seconde perte. Ce manque et cette peine, Lucas les avait dirigés vers Camille et l'avait asphyxiée aussi certainement qu'il l'aurait fait avec un oreiller. Puis elle l'avait délaissé, elle aussi, partant avec ce qu'il lui restait de sentiments, le laissant presque vide.

Il posa l'exemplaire de *Médicaments – Fiches synthèse* sur un autre manuel intitulé *Pharmacie galénique – Formulation et technologie pharmaceutique*. Il avait maintenant les dosages en tête. Il rangea les livres dans le carton poussiéreux qu'il avait déniché dans le grenier avec les affaires que son frère avait laissées derrière lui. Il se souvint qu'à une certaine époque il s'était demandé pourquoi lui-même n'avait pas été rangé là-haut, avec le reste des inutiles.

Bébé Coulibaly reçut le message texte sur son portable alors qu'il dînait avec sa mère, ses frères et sœurs. Poulet mafé, gombos et riz Tiep, tout le Sénégal dans de larges assiettes bien remplies.

« Nouvelle fille – tu veux l'essayer ? »

Sa mère avait roulé des yeux et son petit frère, moqueur, avait laissé échapper un « han la laaaa ».

— Pas de portable à table, monsieur Bébé.

— Désolé, m'man.

Le SMS venait de Franck, un camé sans importance mais qui lui avait auparavant présenté des candidates intéressantes. Des petites paumées pour soirées porno chic à sacrifier sur l'autel du vice. Lucas avait espéré que la proposition lui donnerait envie de se présenter seul à cette avant-première. Bébé répondit en pianotant discrètement sous la table : « Chez moi – cave 55 – 23 heures. »

Elle fut facile à trouver. La plupart des caves des immeubles de cité de banlieue sont vides et ouvertes. Fermer sa cave à clef n'est qu'une incitation à se faire cambrioler. Seule la 55 avait un cadenas. Elle était connue de tous comme étant utilisée par Coulibaly et personne ne se serait risqué à l'approcher, au risque d'une déclaration de guerre. Lucas entra dans l'étroite 53 et patienta. Par l'entrebâillement, il pourrait s'assurer que son invité ne serait pas accompagné. Il vérifia à nouveau son pistolet électrique en l'allumant. Dans un bruit saccadé de décharge, un éclair rejoignit en un arc bleuté les deux pointes du taser, armurerie de la gare de l'Est, quatre-vingt-un euros, modèle disponible en rose pour les femmes. Le vendeur lui avait précisé qu'il s'agissait là d'une arme de quatrième catégorie soumise à autorisation et qu'il ne pouvait pas la lui vendre. Le billet de cent euros, posé sur le comptoir en plus du prix initial, lui fit économiser sa salive et stoppa net son cours sur la législation des armes.

L'avantage de ce moyen de défense est unique. Si l'on part du principe usuel que plus l'adversaire est imposant moins la victoire est facile, il en va de l'exact contraire avec le pistolet à impulsion électrique. Les cinquante mille volts bloquent le système nerveux central et paralysent les muscles. Ainsi, plus l'opposant est musclé, plus il est vulnérable. L'arme parfaite pour cette proie dangereuse.

Alors que Lucas Soultier se dandinait de gauche à droite afin de faire passer le fourmillement qui attaquait ses membres immobiles depuis près d'une heure, le bruit de l'ouverture des portes de l'ascenseur résonna dans le couloir du sous-sol. Devant lui glissa une ombre imposante et il lui sembla que le passage d'un grand requin blanc aurait pu faire le même effet à un plongeur. Son cœur s'accéléra. Il emboîta le pas discrètement derrière lui et déclencha les cinquante mille volts au moment du contact avec la peau, enfonçant les deux arcs métalliques dans les replis graisseux de la nuque du géant. Privé des muscles de ses jambes comme de tous les autres, celui-ci s'affaissa lourdement dans la poussière terreuse du sol. Lucas l'accompagna dans sa chute et laissa l'électricité parcourir son corps pendant les cinq secondes maximum que préconisait le mode d'emploi. Il attendit un peu et préféra jouer de sécurité. Il appliqua à nouveau les deux dards sur une des épaules et balança le courant en comptant son K-O jusqu'à cinq. Il avait maintenant quelques dizaines de secondes devant lui. Il laissa tomber une des bretelles de son sac à dos et, poursuivant le mouvement, le fit passer devant pour ouvrir une poche latérale et en sortir une bouteille en verre bleue. Par la nuque, il souleva la tête de l'inconscient qui, lâche, bascula en arrière. Il dévissa le bouchon et imbiba généreusement une large compresse qu'il appliqua sans attendre sous son nez.

Bébé n'avait jamais aussi bien porté son prénom, allongé sur le sol, la tête reposant sur les jambes croisées de Lucas, s'endormant doucement. Seul le fredonnement d'une berceuse manquait au tableau. Il retira la compresse, rendue presque sèche par l'évaporation rapide du produit. Il tapota le visage assoupi, puis s'autorisa une bonne gifle sonore, sans réussir à le réveiller. Il se releva et sortit de la cave 53 un fauteuil roulant. Il s'était exposé assez longtemps, le reste se ferait au calme, dans l'imposant corps de ferme isolé qui attendait comme un ogre son deuxième repas. À l'excitation de la vengeance s'ajoutait maintenant la folie orgueilleuse de remplacer la Justice.

Allongé nu sur le ventre et solidement attaché à la table de la pièce principale, Bébé se réveilla avec une vilaine migraine accrochée au sommet de son crâne. Il s'était tout d'abord cru dans une pièce plongée dans le noir, puis il sentit le contact du tissu sur son visage et sa propre respiration lui revenir, plus chaude sur la peau. Quand la cagoule lui fut ôtée, la lumière vive lui brûla la rétine et il cligna des yeux plusieurs fois avant de s'y habituer. Il ne vit qu'un sol de tomettes brunes dans une grande pièce en pierre et bois pourtant chaleureuse et, en levant la tête autant qu'il le put, il crut apercevoir une cheminée immense. Avec lui, Lucas n'avait aucune envie de parler et le silence qu'il imposa à toute la scène ne laissa place qu'aux questions sans réponses de sa nouvelle victime. Sans interlocuteur, elles cessèrent et furent remplacées par des flots d'insultes continus. Lucas plongea ses mains dans les chairs des cuisses entrouvertes et saisit fermement le sexe et les testicules. Il entoura la base de ficelle solide, encore et encore, serrant de plus en plus fort. Le violet qui colora l'appareil génital garrotté de Bébé prenait un aspect sombre et inquiétant. La peur paralysant sa proie démesurée, échouée sur la table, relevait plus de l'appréhension que de la réelle douleur. Son bouquet de chair terminé, Lucas enserra les deux testicules et tira le plus fort possible en arrière puis trancha d'un seul coup de ciseaux. Le sang ne coula que très peu. Bébé hurla à la mort.

Grâce aux manuels scolaires de son frère il avait pu faire la liste de ce que contenait la pharmacie de sa mère et prévoir les justes dosages. Il en était parallèlement arrivé à la conclusion que Camille n'aurait jamais dû quitter le manoir pour se défoncer alors qu'elle avait juste à fouiner dans ce qu'il y avait déjà à disposition. Pour un poids évalué à quatre-vingt-quinze kilos, il avait considéré le dosage normal de barbituriques, puis l'avait multiplié par quatre à cause de sa constitution solide et du but à atteindre.

Il lui présenta la bouteille d'eau dans laquelle les barbituriques avaient été dilués et comme deux pôles identiques aimantés se repoussent, Bébé tournait la tête à chaque fois que le goulot approchait ses lèvres. Il n'était plus impressionnant, il n'était plus intimidant.

Il n'était qu'un gamin pleurant doucement, répétant des « pourquoi » incessants et inutiles.

— Il te reste ta queue. Je peux la couper aussi.

Convaincu, il but à grandes gorgées.

Le géant ferma les yeux en moins d'un quart d'heure et Lucas entreprit la deuxième partie du diptyque. Il lui enfila le pull blanc troué trois fois et à l'aide du fauteuil roulant chargea le monstre dans le Land Rover. Il fit ensuite route vers les entrepôts désaffectés de Pantin. De ses repérages de nuit, il avait pu constater que le gardien ne décollait jamais de sa télé portable et que son chien de garde n'avait rien d'un cerbère. Toutefois, il avait prévu de quoi occuper l'animal s'il venait à se faire trop envahissant. Une gourmandise pour le tenir à l'écart. Une gourmandise qu'il venait juste de prélever sur Bébé Coulibaly.

51

Il avait suffi de deux flashs info pour que la vie de monsieur Simon prenne un tournant radical. Le premier se faisait l'écho d'un fait divers, mélangeant émasculation et réveil en pleine autopsie. Rocambolesque, l'histoire l'avait d'abord fait sourire, mais elle l'avait intrigué quand il avait reconnu, sur le journal, le visage d'une des connaissances de Camille, ce géant noir qu'il avait rangé dans les relations occasionnelles.

Trois jours après, alors que monsieur Simon tentait de raser son visage ridé en s'appliquant à se faire le moins d'entailles possible, une petite radio accrochée à la poignée de la porte de la salle de bains lui annonça les nouvelles de la matinée. Il écouta sans écouter jusqu'à ce qu'il apprenne par la voix du présentateur que « le mystère est enfin levé sur l'identité de l'homme retrouvé brûlé dans une villa de la commune du Pré-Saint-Gervais. Franck Samoy, trente et un ans »…

Le nom fut comme une décharge. Il réfléchit aussi vite que possible. Quatre décennies passées dans la même branche, payé à fouiner et à se taire avaient développé chez lui une certaine capacité à sentir le vent tourner. Pour l'avoir établi lui-même, il connaissait le lien entre Camille, enterrée dans la honte, Franck Samoy et Bébé Coulibaly. La question qu'il se posait maintenant était de savoir si ces informations n'allaient pas le mettre en danger.

Il n'était pas croyant, les préceptes du Livre n'allant pas avec ceux, moins rigoristes, de son métier, mais il se dit pourtant qu'il était temps de partir visiter, au Proche-Orient, la ville de ses origines. Ainsi disparut-il, le temps de se faire oublier.

QUATRIÈME PARTIE

« On est beaux tous les deux, les bras liés et la gueule muselée. »

Marc Farel

52

Pour plus d'efficacité il fallait le faire fondre sous la langue, mais Coste en détestait le goût et tenta de le cacher dans le sucré d'un jus d'orange. Il en avait pris un demi et s'accorda une autre moitié avant de se coucher. Il avait besoin d'une vraie nuit de sommeil et s'il n'arrivait pas seul à prendre soin de lui, le Lexomil prendrait le relais. Juste avant de sombrer il rangea mentalement les données de l'affaire en faisant défiler devant lui les informations, celles déjà classées et celles, nouvelles, encore à analyser. Il y avait les deux meurtres mis en scène et toutes ces autres morts oubliées. Il y avait son ami Mathias. Il y avait les mensonges. Il y avait la fille disparue des Soultier dont le visage se superposait trop exactement sur celui de la petite camée du squat. Il lui faudrait attendre les résultats de l'exhumation et du test ADN car c'était à ce seul prix qu'il pourrait entrer avec ses chaussures crottées dans le velours du monde feutré des Soultier.

Un squelette amusant, le crâne hérissé de seringues, se mit à danser autour de lui, et Coste ferma les yeux pour le poursuivre dans son rêve.

Le premier coup, sonore, le fit se dresser dans son lit. Dans le noir, il resta immobile, à l'écoute. Quelques murmures, à peine perceptibles. Le second coup fit exploser sa porte. Le bois s'éparpilla dans l'entrée et l'un des gonds percuta les murs dans un bruit métallique avant de retomber au sol, toupie tournante encore un court instant. Une déferlante d'uniformes noirs envahit son appartement et il fut sorti de son lit les mains dans le dos, la tête baissée de force. Derrière sa visière, l'un des policiers hurla :

— Ton flingue, il est où, ton flingue ?

Coste avait toujours voulu connaître l'impression que pouvait faire une interpellation à 6 heures du matin à coups de bélier dans la porte. Maintenant, il savait.

Assis sur le rebord du canapé de son salon, toujours menotté dans le dos, vêtu d'un simple boxer et d'un tee-shirt blanc, Coste laissa le temps à ses collègues de procéder à la visite de sécurité. Quand toutes les pièces furent « RAS », un homme sans uniforme fit son entrée dans le salon. Coste reconnut Dariush Abassian au premier coup d'œil. Il entendit aboyer dans la pièce à côté et se tourna vers le commissaire de l'IGS.

— La Canine ? Abassian, sérieusement ?

La Brigade canine du 93 couvre trois types de missions. Recherche d'explosifs, maintien de l'ordre et recherche de produits stupéfiants. Coste avait souvent recours à leurs services et pour cause : il suffisait d'un seul de leurs bergers allemands pour tenir en respect un groupe d'une dizaine d'individus menaçants.

Son animal tirant sur sa laisse jusqu'à s'étouffer, le maître-chien baissa les yeux, gêné, et salua Coste qui reconnut Dominae, la femelle croisée malinois spécialisée dans la recherche des stups. Sans pouvoir s'expliquer les raisons de ce déploiement de forces, il avait assez d'expérience pour savoir qu'il était préférable d'attendre qu'on lui parle plutôt que de chercher à comprendre, même si les contours du piège commençaient à se définir.

Depuis deux heures, Coste patientait dans une des cellules des bureaux de l'Inspection générale des services, XIIe arrondissement de Paris, rue Hénard, au numéro 30. Judas avait reçu trente deniers pour trahir le Christ, moyen mnémotechnique imparable pour se souvenir du numéro exact de la rue de la Police des polices.

Le garde-détenus lui avait porté de l'eau et quelques biscuits qu'il laissa de côté ; son ventre noué n'aurait de toute façon rien pu accepter. Dans le courant de la matinée, il fut mené dans un bureau aux murs beiges, sans décorations, à moins que la plante en train de crever dans un coin de la pièce et l'horloge électronique ne soient considérées comme telles. Dariush Abassian prit place en face de lui et demanda à ce qu'on lui ôte les menottes. Il étala sur le bureau devant Coste une série de clichés le représentant en compagnie du lieutenant Ronan Scaglia en grande discussion avec Jordan Paulin. La voix de Dariush Abassian était apaisante, profonde, et contrastait nettement avec les accusations masquées qu'elle prononçait.

— Cinq cents grammes de coke disparaissent de votre service…

Le match entre les deux hommes commençait et Coste, qui ignorait encore la profondeur de la cuve de merde dans laquelle il nageait, se mit sur la défensive.

281

— Je suis pas des stups, Abassian, vous perdez votre temps.

— Je sais. Cinq cents grammes de coke disparaissent de votre service, disais-je, et on vous retrouve quelques heures plus tard à tenir le crachoir avec monsieur Paulin dit Brahim, petit dealer en passe de prendre du grade, en plein milieu de la cité Paul-Vaillant-Couturier. À seulement deux effectifs de police. Un peu léger pour un coin pareil, non ?

— Il a un rapport direct avec une de mes enquêtes, la procédure est sur mon bureau, on peut en parler. D'où vous tenez ces photos, Abassian ?

— Nous aussi nous avons nos délateurs anonymes.

— Quand un flic se fait balancer, c'est généralement par un autre flic. On ne faisait que discuter. Écoutez, le lieutenant De Ritter a procédé à l'audition de Paulin hier, contactez-la, merde, c'est ce que vous auriez dû faire en premier avant de me péter à 6 heures du mat', non ?

— Ça risque d'être compliqué, Coste, la nuit n'a pas été douce pour tout le monde.

— Précisez ?

— J'allais y venir.

53

Domicile de Jordan Paulin. 5 heures du matin. L'heure idéale. Un peu avant c'est courir le risque de croiser les fêtards couche-tard, un peu après les usagers encore endormis des premiers transports en commun. Lucas rangea le dernier bocal rouge sombre avec les autres, dans le frigo qu'il avait préalablement vidé de toute la nourriture qu'il contenait et qu'il laissa ouvert afin que seule sa lumière intérieure éclaire la pièce. Il s'améliorait au fur et à mesure de ses mises en scène, la recherche de perfection ne se situant pas dans le crime, mais dans sa présentation. Sa propre personnalité dévorée par la vengeance dont il n'était plus qu'un simple outil, il y avait un autre homme en Lucas, un homme que lui-même n'aurait pas reconnu.

Il ôta ses gants de plastique, inspecta l'appartement une dernière fois et se dirigea vers la chaîne stéréo. Il poussa le volume à fond, indifférent aux empreintes digitales qu'il pourrait laisser, et lança le disque laser sans vérifier ni le titre, ni le nom du groupe. *Voodoo People* de Prodigy. Cela n'aurait pas changé grand-chose puisqu'il n'entendait rien à la musique électronique. À la douzième seconde du morceau, le sample de batterie arrachait les oreilles et fit vibrer en rythme les membranes de la sono dernier cri. Lucas sortit en laissant ouverte, bien large, la porte d'entrée de l'appartement. Les infrabasses de la techno se propagèrent dans tout l'immeuble, l'accompagnant jusque dans l'ascenseur et résonnant encore tandis qu'il quittait le hall d'entrée pour rejoindre sa voiture de location. Il s'était habitué depuis à l'odeur de whisky et de transpiration, et il démarra doucement à la faveur des réverbères, phares éteints, alors qu'une série de lumières commençaient à s'allumer autour de la fenêtre de l'appartement boîte de nuit.

Le premier voisin qui s'y était aventuré en était ressorti blême. Il avait remonté les marches quatre à quatre pour composer le 17 de Police secours. Un équipage se présenta six minutes plus tard et le premier flic qui pénétra chez Jordan Paulin ne fit pas meilleure figure. Appel à l'OPJ du commissariat de Bobigny puis au magistrat de permanence, pour qu'à 6 h 3 précises le commandant de police M.C. Damiani du SDPJ 93 cherche son portable, à l'aveugle, dans les replis de ses draps. Elle réveilla à son tour le capitaine Lara Jevric du Groupe crime 2 qui sonna l'alarme auprès de son équipe et de l'Identité judiciaire de nuit. La chaîne s'était rapidement organisée, mais pas plus vite que celle des journalistes qui les accueillirent sous une pluie de flashs. Au pied de l'immeuble se trouvaient autant de flics que de reporters, autant de voitures de police sérigraphiées que de cars régie aux antennes paraboliques déployées sur le toit.

Si Damiani réussissait à donner le change, Lara Jevric accusait mal le réveil en fanfare et son visage donnait l'impression d'un linge froissé taché de maquillage, proche d'un Picasso raté.

— Je comprends pas, commandant, pourquoi c'est pas Coste et son équipe qui...

— Il est occupé ailleurs.

— Attendez, de ce qu'on me dit, ça ressemble aux autres meurtres, non ?

Damiani ne cacha pas son exaspération. Elle avait été prévenue la veille de l'opération de l'IGS sur Coste et n'arrivait toujours pas à acheter le scénario dans lequel il serait mouillé dans une vulgaire affaire de stups. Elle y croyait si peu qu'elle avait préféré laisser faire, en espérant que les accusations perdraient de leur souffle aux premières heures de l'enquête. Avant de quitter son appartement elle avait eu en ligne son supérieur hiérarchique direct, le commissaire Stévenin. Irrité de voir le 93 pris en otage par un malade à l'imagination débordante, il lui avait ordonné de contacter le Quai des Orfèvres, histoire de leur refiler l'affaire.

— Lara, ma petite, tout va bien se passer. Je vais faire saisir la Crime du 36. Cette enquête prend des proportions ingérables et Coste n'a pas les épaules. Alors vous et votre équipe vous faites les constatations et vous attendez qu'on vous relève, c'est tout. Vous saurez faire ça, non ?

Jevric ne supportait pas Coste. Elle détestait son calme. Elle jalousait le respect que lui vouait son équipe et sa façon de le voir aborder sereinement n'importe quelle affaire alors qu'elle transpirait au moindre appel téléphonique. Toutefois, elle détestait par-dessus tout qu'on la prenne pour une idiote car, à regret, elle admettait que si quelqu'un avait les épaules taillées pour ce genre de merdier, c'était bien Victor Coste.

— Bonjour capitaine.

Jevric se retourna et salua à son tour Léa Marquant, elle aussi réveillée en pleine nuit pour l'occasion. Dans son manteau serré en laine noire, elle avait osé, malgré le froid, une jupe courte légère, pour être à la hauteur de ce qu'elle pensait être son premier rendez-vous en extérieur avec Victor. Jevric se demanda à nouveau comment ces femmes faisaient pour avoir l'air frais de celles qui passent des nuits complètes alors que la rosée matinale rouillait consciencieusement sa lourde carcasse. Même sa voix était nette et douce.

— Je croyais trouver Coste, poursuivit la légiste.

— Moi aussi, je vous l'avoue. D'ailleurs, j'aurais préféré.

— Une de vos voitures m'a abandonnée ici depuis un quart d'heure mais je n'ai pas encore eu accès à la scène de crime.

— Suivez-moi, je vous y emmène. Gardez les mains dans les poches, ça vous évitera de toucher à tout.

Les deux femmes se frayèrent un passage à travers les journalistes, les appareils photo et les caméras qui se braquèrent dans leur direction sous une rafale de questions pressantes aux tonalités de voix diverses.

— Confirmez-vous le meurtre ? Y a-t-il un rapport avec les précédents ? Qui est le vampire ? Confirmez-vous l'existence d'un tueur en série ?

En intervention, les flics ne prennent jamais l'ascenseur. Les gamins peuvent les bloquer intentionnellement ou ils peuvent tomber en panne sans l'aide de personne, quoi qu'il en soit il est toujours gênant de perdre du temps ou d'annuler une opération pour avoir eu la flemme de monter trois escaliers. Les flics ne prennent donc jamais l'ascenseur, sauf Jevric. Dans la cabine étroite et bruyante qui les menait au quatorzième étage, Léa Marquant voulut confirmation de ce qu'elle avait entendu.

— Le type en bas, le journaliste, il a bien prononcé le mot « vampire », non ?

— Malheureusement oui.

— Parce que ?

— Patience.

Le frigo avait été laissé ouvert et la légiste reçut l'autorisation d'y jeter un œil, de toucher même, pourvu qu'elle porte ses gants et son masque chirurgical pour ne pas asperger la scène d'ADN à chaque mot prononcé, et qu'elle remette tout à sa place. Elle se demanda si elle était la seule à trouver très artistique cette série de bocaux en verre remplis d'un liquide rouge sur fond de blanc froid. Derrière sa barbe fournie, le responsable de l'Identité judiciaire ne l'avait pas quittée des yeux et d'un hochement de tête lui accorda d'en prendre un à la main.

— Couleur, viscosité, je peux me tromper mais je penche évidemment pour du sang.

Du doigt, comme les accompagnateurs vérifient le nombre d'enfants en sortie scolaire, elle compta les bocaux. Habituée des graduations en tout genre, elle murmura pour elle-même :

— Deux bocaux de soixante-quinze centilitres, trois de cinquante et quatre de vingt-cinq. Quatre litres exactement. Le corps en contient cinq, même si je compte le peu qui pourrait rester encore dans les veines et les organes, il manque quand même un litre. Où se trouve le corps ?

Par intermittence, le couloir qui faisait suite au salon cuisine s'illuminait d'une vive lumière blanche à mesure qu'un des techniciens de la Police technique et scientifique prenait en photo la scène de crime sous tous ses angles. Accompagnée par Jevric, Léa Marquant suivit les flashs qui la menèrent jusque dans la salle de bains. À nouveau, le même mariage de couleurs la frappa agréablement. Il fallait en avoir vu, des images choquantes, pour laisser sa place à l'esthétique de ce genre de situation. Le blanc du carrelage mural et de la baignoire tranchant avec le sang qui avait dessiné des arabesques dont l'envergure s'était amenuisée avec la baisse de la pression sanguine.

— Voilà le litre de sang qui me manquait, conclut-elle.

La glace de la salle de bains avait été brisée en son centre comme d'un coup de poing rageur et le visage de Léa s'y refléta, morcelé, torturé. Elle se fit la remarque pour elle seule, se disant que l'assassin avait dû se regarder dans ce même reflet quelques heures plus tôt, et elle se sentit plus proche de lui, presque trop.

— J'ai peur de me répéter, mais où est le corps ?

L'homme à l'appareil photo lui indiqua de poursuivre le couloir jusqu'au fond et elle s'enfonça un peu plus dans l'appartement. Elle pensa à *La Divine Comédie*, aux neuf cercles des Enfers et à la plongée de Dante. « Toi qui entres ici abandonne tout espoir. »

Dans une chambre aux fenêtres recouvertes de draps, éclairée par une ampoule à nu pendant du plafond, reposait Jordan Paulin. Dévêtu, le corps livide, jambes jointes, bras écartés et, profondément enfoncé au niveau du cœur, le manche en bois brisé d'une batte de base-ball noire. Elle fut un instant déconcentrée par le téléviseur qui trônait sur un meuble bancal au pied du lit et qui en silence crachait des images psychédéliques à travers son écran brisé. Seconde surface réfléchissante détruite. Léa Marquant laissa place à la légiste.

— Pas assez de sang autour de la plaie, surtout à ce niveau. Le coup au cœur est à l'évidence post mortem.

Sur le côté de la gorge apparaissaient nettement deux petites perforations de la taille d'une dent de fourchette ou d'une canine aiguisée.

— Même si on semble vouloir nous le faire croire, il n'a pas perdu son sang par ici.

Une traînée rouge attira son regard au niveau de l'aine. De sa main gantée elle écarta légèrement la cuisse molle.

— Large incision de l'artère fémorale, voilà qui est plus probable. Il a dû se vider complètement en quatre à sept minutes. Pâleur cutanée complète, absence de cyanose.

Le chef de la Scientifique l'avait suivie jusque dans la chambre.

— Le mot que vous n'allez pas tarder à chercher est hypovolémie ou exsanguination.

Intriguée, elle se retourna vers lui et sourit candidement à son intention.

— Non, j'allais dire vampirisme comme tout le monde.

À l'extérieur de l'immeuble, encore inconnue des journalistes, Léa se fraya un chemin parmi eux pour se mettre à l'écart et, pour la deuxième fois consécutive, elle laissa un message sur le répondeur automatique du portable de Coste, injoignable depuis son arrivée.

54

— Ça risque d'être compliqué, Coste, la nuit n'a pas été douce pour tout le monde.

— Précisez.

— J'allais y venir. Ce matin à 5 h 30, un voisin de Jordan Paulin l'a découvert mort, entièrement vidé de son sang, transvasé dans des bocaux et préservé dans le frigo. Il présente une plaie à l'aine, une blessure au cœur et deux perforations au niveau de la gorge.

Trois mots dansèrent devant les yeux de Coste. Zombie, autocombustion et vampire. Une vraie série Z comme l'aurait filmée Ed Wood. Il n'avait rien à faire ici, prisonnier et inactif. Pourtant, il savait que les fous qui crient leur guérison reçoivent en général double dose de cachets abrutissants. Il ne servait à rien de prononcer le mot piège, non, c'est Abassian qui devrait le prononcer lui-même. Il pria pour que le flic de l'IGS ait les neurones connectés.

— Que pensez-vous d'un témoin qui se présente à vous avec le nom du coupable et ses motifs ?

Abassian fut surpris que Coste se décide à mener la danse et, comme s'il lui faisait une faveur, accepta de jouer à son jeu.

— Je pense que je vais m'intéresser à lui autant qu'à celui qu'il balance.

— Exact. Moi non plus je n'aime pas trop qu'on me serve les solutions sur un plateau d'argent.

La porte du bureau s'ouvrit et un policier en tenue déposa deux cafés sur le bureau. Par l'entrebâillement, Coste aperçut un groupe de flics curieux qui fit mine de regarder ailleurs sans avoir l'air d'écouter aux portes. Il n'était peut-être pas le flic du siècle mais il avait bonne presse en interne et son interpellation n'avait rien d'anodin dans le monde de la police.

— Vous auriez du sucre ?

— Non, désolé.

Il commençait à s'y habituer et but une gorgée tiède d'un café pisseux. Il poursuivit :

— En premier, le vol dans le local à scellés des stups. Cinq cents grammes de coke, un beau paquet à la revente. J'imagine ensuite un appel anonyme pour que vous puissiez vous trouver au bon moment pendant ma discussion avec Paulin. Mieux, moins fatigant pour vous, les photos ont pu vous être déposées.

Abassian ne réagit pas, l'invitant à dérouler son raisonnement.

— Vous organisez votre petite expédition de ce matin, réquisitionnez les chiens stups de la Canine et, au moment où vous pétez ma porte, Paulin se fait dessouder. Menotté dans le dos avec une dizaine de flics dans mon appartement, c'est plutôt pas mal comme alibi, non ?

— Vous auriez pu déléguer.

Coste se marra. C'était le genre d'argument qu'il aurait pu opposer s'il avait été de l'autre côté du bureau.

Bien qu'étouffée par les murs qui séparaient les deux pièces, une voix s'éleva, distincte et bruyante.

— Putain mais vire-moi ces menottes, enculé, j'suis flic comme toi !

Coste reconnut la tonalité familière et lança ironiquement :

— Je sais pas trop qui vous avez mis en face, mais si j'ai un conseil à vous donner c'est de ne pas enlever les menottes du lieutenant Scaglia.

Abassian commençait à sentir le goût amer de la manigance. Le flic en face de lui avait un dossier quasiment irréprochable excepté un blâme pour insubordination, ce qui avait plutôt tendance à le rassurer. Coste savait s'opposer et les dossiers vierges sont ceux des flics sans caractère. Si le commissaire divisionnaire ne faisait pas tout à fait confiance aux maîtres-chiens de la Canine pour enfoncer un capitaine respecté par leur service, il ne pouvait pas sérieusement accuser les chiens d'indulgence pour n'avoir trouvé ne serait-ce qu'un microgramme de cocaïne.

Mais il y avait surtout ce petit homme croisé dans l'ascenseur la veille. Lucien Malbert. Sa seule présence rendait plausibles toutes les machinations imaginables.

— Alors quoi ? Vous auriez été piégé ?

— Vous croyez ?

— Par qui ?

— C'est pas en restant le cul vissé sur cette chaise que je vais pouvoir le découvrir.

*
* *

293

Il en avait fallu tout de même beaucoup plus pour qu'Abassian accepte d'intégrer une solide notion de doute dans toute cette affaire. Les auditions s'étaient multipliées et les questions identiques sans cesse répétées. En début de soirée, la garde à vue de Coste fut levée et sa suspension lui fut notifiée. Le temps de démêler le vrai du faux d'après l'IGS et ce temps-là, il devrait le passer sans son arme de service, sans sa carte de police et avec l'interdiction de prendre contact avec les autres membres de son équipe ou de se rendre à son bureau jusqu'à nouvel ordre.

Libéré, mais contrôlé.

55

Ronan sortit une cigarette de son paquet, l'alluma
à l'aide de celle qu'il avait déjà à la bouche et la tendit
à Coste qui sortait des bureaux de l'Inspection générale des services plus de quinze minutes après lui.
Dans sa cellule, Ronan avait eu le temps de réfléchir.

— Je sais pas qui t'a baisé, Coste, mais tu t'es
chopé une belle MST.

— Je suis désolé, Ronan, tu devais pas être mêlé à
ça.

— Pas mêlé à ça ? Va te faire foutre, capitaine ! Je
suis ton second et même si ça semblait avoir plus de
sens pour toi quand c'était Mathias, c'est moi qui
assure tes arrières maintenant. Je sais que tu nous mets
à l'écart pour de bonnes raisons. Si je ne me trompe
pas, c'est en grande partie pour nous épargner des
emmerdes et, d'une manière que je m'explique pas
encore, pour sauver le cul de Mathias.

— Mathias ?

— La petite de Franck Samoy, Sam comme moi
on l'a reconnue. C'est celle du squat de la mairie des
Lilas, une affaire de Mathias. Je me fous d'enquêter
à l'aveugle, je te fais confiance. Jusque dans ces putains

de cages de l'IGS je te fais confiance, mais est-ce que tu sais seulement où tu vas ?

La question n'était pas sans fondement. Coste avait cru pouvoir gérer les secrets de Mathias, mais la mauvaise herbe avait poussé de manière exponentielle et recouvrait maintenant chaque parcelle de terrain.

Ronan n'en avait pas terminé :

— Tu sais ce que je pense ? Je crois que cette affaire peut nous péter à la gueule à tout moment et tu veux t'assurer que l'équipe soit le moins éclaboussée possible. Genre sacrifice à la con.

Coste jeta sa cigarette et attrapa le paquet qui dépassait du blouson de motard de Ronan pour en sortir une nouvelle. Il tempéra.

— De toute façon on est en vacances forcées. Abassian m'a informé que le 36 reprenait tout, du premier au dernier meurtre.

— Donc tu peux me parler ?

— Laisse-moi encore un peu de temps. Le temps de comprendre comment relier tout ça.

Une Mini-Cooper noire impeccable ralentit à leur niveau, presque invisible avec le soir tombant. Léa Marquant klaxonna un coup sec.

— Montez.

La petite voiture se gara sur les places réservées aux taxis, en face des marches de l'opéra Bastille. Un instant plus tard, Coste, Ronan et Léa retrouvaient Sam et De Ritter dans la salle privée d'un bar. Réunis à l'encontre des ordres reçus, ils donnaient l'impression d'une équipe de braqueurs en préparation d'un coup.

Le gérant du bar à l'air bourru des bougnats authentiques déposa cinq verres sur la table et une bouteille d'alcool maison sans indication de degrés ou de provenance. En l'appelant par son prénom, il demanda à Sam s'il pouvait faire autre chose, puis quitta la salle en tirant le paravent qui désormais les isolait du reste de l'établissement.

Léa Marquant s'était installée juste à côté de Coste et sortit d'un sac fourre-tout une liasse de papiers écornés.

— Copie du rapport d'autopsie de Jordan Paulin, dit-elle à l'intention de Coste. Je me suis dit que vous seriez intéressé.

Il se mit à feuilleter au hasard des pages. La légiste lui fit un résumé éclair :

— Exsanguination complète. Tout le sang a été retrouvé préservé en plusieurs bocaux dans le frigo de son appartement. Si on aime la littérature, c'est l'œuvre d'un vampire, pour la médecine légale il s'est vidé suite à la section de son artère fémorale. Le soin porté à la mise en scène correspond parfaitement aux deux autres meurtres, si vous me permettez de jouer à la flic.

De son côté De Ritter bouillait d'impatience.

— Apparemment ça ne choque personne mais vous foutiez quoi, enfermés à l'IGS ?

Coste n'aurait pas parié sur sa présence. Pour une période d'essai, ils ne l'avaient pas épargnée. Mais en prenant, comme les autres, le risque d'être là ce soir, elle revendiquait sa place dans l'équipe ainsi qu'un minimum d'explications.

— Les « bœufs » ont fait un rapprochement précipité entre le cambriolage du local scellé des stups et notre visite à Jordan Paulin, c'est tout ; d'ailleurs regarde, on est dehors, non ?

— Prends-moi pour une conne. Interdiction de nous parler, ni même d'aller dans ton bureau, on doit se retrouver dans un rade pourri, ça te semble clair, ça ?

Coste hésitait, il était touché par la présence de chacun mais se sentait coupable rien qu'à l'idée de pouvoir les entraîner avec lui.

— Je vais prendre quelques jours de vacances. Sam, si tu peux me rendre un dernier service, j'ai besoin du numéro de Farel, le journaliste qui nous a tuyautés sur le corbeau de la cabine téléphonique.

De Ritter souffla, blasée.

— Elles ont l'air bien, tes vacances.

Il laissa passer la pique.

— D'ici là, pas de contacts, pas d'appels téléphoniques, on reste dans les clous.

À l'unisson ils se saisirent tous les cinq de leurs verres et le vidèrent d'un trait dans une grimace particulière à chacun. Sous la table, sans chercher à être discrète, Léa prit la main de Coste et la serra doucement.

Il avait accepté de se faire raccompagner et fut surpris de voir Léa prendre la bonne direction, sans aucune indication.

— Vous savez où j'habite ?

— Si vous regardez votre portable vous verrez que je vous ai quelque peu harcelé ces dernières heures. J'ai également pris la liberté de chercher votre ligne fixe en fouillant dans les Pages jaunes.

— Je n'y suis plus.

Elle le contredit tout bas :

— Si. Au nom de monsieur Coste et mademoiselle Melvine.

Coste accusa le coup.

— C'est…

— Je sais qui est mademoiselle Melvine, Victor. Je sais qui elle était pour vous. Je devine aussi que vous vous sentez responsable. Assez pour vous mettre dans la tête que vous devez être là pour tous ceux que vous aimez, Mathias, votre équipe, quel que soit le risque à prendre, quitte à tout endosser. Assez pour ne plus oser vous engager. Assez pour ne pas me regarder dans les yeux.

Avec son regard un peu trop expressif, Coste était loin d'être un livre fermé pour qui voulait s'y intéresser ; mais de là à se faire cerner en quatre phrases, il en était resté muet. Sa faiblesse, c'était l'Autre, il le savait. L'entendre était différent.

Elle se gara en bas de chez lui dans un créneau approximatif. Malgré le moteur éteint, Coste ne bougea pas. Une pluie fine perla les vitres, puis les gouttes devinrent rigoles, donnant de l'intérieur de la voiture l'image d'une ville en train de fondre. Dans ce silence qui aurait pu être gênant, le cœur de Léa se mit à cogner contre sa poitrine. Elle sentit son sang taper contre ses tempes et une douce chaleur envahir son ventre. Si dans trois secondes il ne l'avait pas embrassée, elle se chargerait de le faire.

Focalisé sur tout autre chose, Coste ne lui offrit même pas ce délai. La prenant de court, il la remercia, quitta la voiture et s'effaça sous la pluie.

Goujat. Elle se jura de ne plus jamais lui laisser trois secondes et fulmina contre lui sur le trajet retour.

Une fois sorti de sa douche, l'esprit un peu plus clair, Coste ralluma son portable. Le dernier message texte provenait de Sam et lui communiquait les coordonnées de Farel.

— Dans une heure ? lui proposa Coste.

Le journaliste ne parut pas réellement surpris.

— 22 heures, d'accord. Café de la Musique, Paris 19, ça vous va ? J'ai quelques démons à exorciser là-bas.

Coste avait besoin de parler avec quelqu'un qui pourrait lui offrir un nouvel angle de vue. Le journaliste avait enquêté sur le Code 93, avait pris contact avec Mathias et n'avait pourtant rien fait de ses informations. Il espérait que Farel puisse souffler sur le brouillard qui squattait son esprit.

56

Avec vingt minutes d'avance les deux hommes se retrouvèrent à l'endroit prévu, la table du fond dissimulée par le grand piano du café de la Musique.

— Vous avez des habitudes de flic, Farel.

— Toujours se pointer avant, histoire de repérer les lieux et les gens. Vérifier les différentes sorties. Choisir la table du fond et se mettre face à l'entrée, jamais de dos.

— C'est ce qu'on nous apprend.

Le serveur enregistra les commandes et les laissa seuls. Coste n'avait pas l'intention de s'éterniser.

— Je vous dis ce que j'ai et vous essayez de compléter, ça vous convient comme marché ?

— La phrase que tout journaliste rêve d'entendre. Je ne demande pas mieux.

Coste inspira comme s'il allait devoir sortir toute l'histoire d'un même souffle.

— Il y a une semaine, j'ai reçu une lettre anonyme qui m'a dirigé vers une affaire vieille de près d'un an. Une toxico sans identité retrouvée dans un squat mairie des Lilas. Le matin de cette même journée, je récupérais le cadavre de Bébé Coulibaly dans les entrepôts désaffectés de Pantin.

— Il n'est pas resté cadavre bien longtemps, si je ne me trompe.

— Exact, mais c'est pas le plus important. Le jour d'après, nous découvrons Franck Samoy carbonisé dans une villa abandonnée du Pré-Saint-Gervais et dans le même temps je reçois une deuxième lettre anonyme. Cette fois-ci, le meurtre d'une pute roumaine retrouvée étouffée dans sa caravane, un torchon dans la gorge. Les deux courriers m'ont renvoyé sur deux affaires dont le lieutenant Aubin avait la charge.

Coste fit une pause puis se répéta :

— Le lieutenant Aubin ?

— Oui, je vois très bien. Déjà rencontré.

— Je sais. Il a été muté depuis. Je suis donc allé lui rendre visite à Annecy et c'est de sa bouche que j'ai entendu parler pour la première fois du Code 93. Une ligne statistique dans laquelle on étoufferait des meurtres de personnes dites sans importance, socialement ; des « invisibles », dans le seul but de faire baisser le chiffre de criminalité du département.

Dans la poche intérieure de sa veste, Farel vérifia que le bouton « REC » de son Dictaphone était bien enfoncé.

— Aussi facilement que ça ? Je veux dire, faire disparaître des corps...

— Tout est administratif, Farel, le lieutenant Aubin n'est pas dérangé au point d'enterrer des macchabées pour le plaisir. C'est juste un père de famille qui a été pris à la gorge.

— Et ça excuse tout ?

La remarque, trop juste, le piqua au vif.

302

— Vous jugez, ou vous écoutez ?

— Les deux sont indissociables.

Coste soupira, mais il n'avait pas d'autre choix que de poursuivre et, en fait, surtout pas d'autre interlocuteur.

— Par la suite nous avons enquêté sur Franck Samoy et localisé ses habitudes vers la cité Paul-Vaillant-Couturier à Bobigny. Le dealer local, Jordan Paulin, l'a reconnu sur photo et nous a mis sur la piste de sa petite amie qu'il a identifiée comme étant Camille Soultier. À tort selon la famille, puisque deux mois plus tôt, ni son frère ni sa mère adoptive Margaux Soultier ne l'ont reconnue à la morgue. Pour terminer la série, hier soir, vers 5 heures du matin, Paulin se faisait saigner comme une vierge des Carpates. Voilà où j'en suis.

Coste toqua trois fois sur la table en bois noir.

— Quitte à m'enregistrer, posez votre putain de Dictaphone sur la table !

Farel s'exécuta, un peu gêné, et poursuivit :

— C'est beaucoup d'indiscrétions sur une affaire en cours, capitaine. Vous me donnez l'impression d'être un flic isolé qui ne sait plus trop comment se sortir du guêpier dans lequel il s'est empêtré. Vous semblez même vous être mis en danger si on ajoute votre passage express dans les cellules de l'IGS.

— C'est arrivé jusqu'à vos oreilles ?

— Je serais un piètre chroniqueur judiciaire si je passais à côté de ce genre d'info. Des oreilles, j'en ai dans chacun de vos services, Coste.

Le niveau de leurs verres n'était pas descendu d'un centilitre et le garçon de café, déçu, fit demi-tour avant même d'arriver auprès d'eux. Farel posa les deux mains sur la table, doigts joints, et respecta sa part du marché.

— Je m'excuse pour le cliché des courriers anonymes…

— Je suis ravi de mettre un visage sur le corbeau.

Farel avait pensé surprendre le flic, mais après cette semaine il en aurait fallu un peu plus pour le secouer.

— J'aurais pu choisir un e-mail, mais les e-mails anonymes n'existent pas, ils se retracent trop aisément. Vous deviez découvrir par vous-même l'implication du lieutenant Aubin. Selon mes informations vous et lui avez arpenté le bitume du 93 pendant dix longues années ; si je m'étais pointé avec mes doutes et mes questions vous m'auriez envoyé balader sans ménagement.

— Probable, mais vous avez commencé par la fin.

— Je sais. Le mieux serait que vous acceptiez de poursuivre cette discussion chez moi, j'ai quelque chose à vous montrer.

57

Un peu avant minuit, Farel ouvrait le troisième verrou de sa porte nouvellement blindée. Comme pour se justifier de trop grandes précautions il précisa à l'intention de son invité :

— Cambriolage. Il y a quelques jours de ça.

Le journaliste alluma les lumières, balança en boule son manteau sur le canapé blanc du salon et sortit une bouteille de whisky d'un placard.

— Vous voulez boire quelque chose ?

La proposition n'arriva pas jusqu'à Coste qui resta immobile, manteau sur le dos, face au mur nord de l'appartement, entièrement recouvert de coupures de journaux punaisées, raturées, entourées, maltraitées. Des photos avaient été ajoutées, des pages de revues diverses déchirées, des Post-it griffonnés, des noms, des lieux dans un flot d'informations reliées les unes aux autres dans une toile complexe.

— Vous m'inquiétez, Farel. Ça frise l'obsession.

— C'est le prix à payer pour s'approcher de la vérité.

Farel reboucha la bouteille et lui tendit un verre. Coste but une gorgée désagréable, il n'aimait pas le whisky. Il se tourna vers Farel, c'était à son tour de passer aux aveux.

— Le lieutenant Aubin vous a-t-il expliqué les raisons de l'existence du Code 93 ? demanda le journaliste.

— Vaguement. D'après ce qu'il en sait, le but est de faire baisser fictivement la criminalité, mais ça me semble tiré par les cheveux pour une simple histoire de manipulation de résultats.

— C'est bien, vous êtes un vrai flic, Coste. Dressé à écouter votre hiérarchie sans trop chercher à comprendre, à la différence d'un journaliste qui croit entendre des mensonges à chaque parole. De bons soldats, confiants dans les institutions, police, justice, gouvernement, alors qu'elles sont les premières à vous enfumer, jouer avec vous et trafiquer vos chiffres.

— Les chiffres ne sont qu'une indication. Ils ne veulent rien dire. Demander un chiffre c'est faire l'évaluation d'un travail. La réponse changera en fonction de la personne à qui vous posez la question. Si vous le demandez à celui qui a effectué le travail, il sera poussé vers le haut. Si vous le demandez à ses détracteurs, il sera tiré vers le bas. Demander de chiffrer une activité c'est être assuré d'avoir une information déjà faussée. Les chiffres ne sont que des paillettes pour faire beau à la fin des rapports vides.

— Vous vous trompez, Coste, les chiffres sont tout, exactement pour cette raison. C'est parce qu'on peut tout leur faire dire qu'on les fait tant parler. Plus particulièrement ceux de la délinquance et de la criminalité dont les conséquences ont des répercussions à une multitude de niveaux. C'est ici qu'est nécessaire la

306

pièce du puzzle qui vous manquait, à vous comme au lieutenant Aubin. Le projet du Grand-Paris.

— Qui vient foutre quoi ici, exactement ?

— Paris étouffe depuis vingt ans. Le projet est d'agrandir la capitale en y ajoutant les départements de la petite couronne, 92 Hauts-de-Seine, 93 Seine-Saint-Denis et 94 Val-de-Marne afin de créer le Grand-Paris. La plus grosse opération immobilière depuis Haussmann, peut-être même la plus grande de toute l'histoire de France. La promesse d'investissements faramineux. Une mégapole sans égale, grenier du pays et terre vierge pour les projets les plus audacieux. Sans parler de la mise en place obligatoire d'un réseau de transports au maillage gigantesque, des nouvelles infrastructures routières nécessaires, des dizaines de milliers d'emplois à la clef et de toutes les incidences sur les marchés financiers et les places boursières. J'ai abandonné l'espoir de pouvoir évaluer avec précision un tel projet tant le montant en serait quasi inconcevable. Si l'on ne considère que la construction de nouvelles lignes de métro et de tramway, il est déjà fait mention de trente-cinq milliards d'euros. Le reste se chiffrerait en centaines de milliards. Dans ce tableau prospère, seul le 93 trouble le décor. Le taux des homicides y est trois fois supérieur à la moyenne nationale, alors si vous avez une entreprise, où choisissez-vous de l'installer ?

— Certainement pas en Seine-Saint-Denis.

— C'est là le problème. Car, situation géographique oblige, votre merveilleux département fait partie du programme du Grand-Paris et, si l'on ne résorbe pas sa criminalité, personne n'osera s'y risquer. Résultat, une rivière d'argent avec une dérivation juste au-dessus du

93 pour que vous n'en voyiez pas un centime. Un territoire isolé, déjà baigné dans la violence, qui va se transformer en une enclave de pauvreté et d'inégalité, le tout confortablement assis sur une poudrière.

Coste se l'imaginait sans difficulté.

— Il ne faudra pas attendre longtemps les premières émeutes.

— Ça et la multiplication des économies souterraines. La création d'une gigantesque zone de non-droit de la taille d'un département. L'hypothèse est impensable pour le gouvernement et encore moins pour les maires, les préfets, votre directeur de la Police judiciaire et jusqu'à votre commissaire qui jouent tous leur carrière sur ce même coup. Il va falloir en mettre sous le tapis, des cadavres, pour que les investisseurs choisissent la Seine-Saint-Denis comme nouvel eldorado, au lieu des séduisants 92 et 94.

— Et le but politique serait de faire passer le 93 pour le gendre idéal ?

— On peut toujours tenter de vendre une maison en ruine tant que la façade présente bien. Ne me dites pas que vous êtes surpris. À moins que vous ne soyez trop formaté ?

Coste suivait l'argumentaire, un peu dépassé, dans l'irritante position du candide. Le journaliste ne semblait plus pouvoir s'arrêter.

— Quand certains maires du 93 veulent assurer leur réélection, que font-ils ? Ils paient. Beaucoup, même. Ils arrosent largement les caïds de cité pour qu'ils se tiennent calmes les quelques mois qui précèdent le passage aux urnes, histoire de faire baisser de manière factice la délinquance et de faire croire qu'ils tiennent leur commune dans un gant de fer.

— C'est une rumeur.

— Que j'ai entendue, que vous avez entendue, que beaucoup d'autres connaissent. Je ne crois pas aux fumées sans feu.

Coste se résigna à terminer son verre d'un trait alors que Farel poursuivait son exposé, imperturbable.

— Allons plus loin. Imaginons l'ouverture d'un centre commercial. Avantageux pour la commune, intéressant pour ceux qui décrochent le chantier et des centaines d'emplois à la clef, sans parler des dessous-de-table pour tous ceux qui favorisent la réalisation du projet. Inconvénient majeur, un centre commercial dans le 93 c'est un pot de miel déposé au pied d'un essaim de guêpes. Les gamins et leurs grands frères s'y agglutinent par grappes de trente, agressent les petites vieilles qui font leurs courses et, au gré de leurs besoins financiers, braquent les magasins. Aucune enseigne n'acceptera d'ouvrir la moindre échoppe si on ne lui assure pas un minimum de tranquillité et de paix publique. Dans ces cas-là, rien de plus simple que de truquer la réalité. L'entrepreneur ouvre une ligne budgétaire nommée « Aide à la promotion de la culture » ou « Association pour le développement des banlieues », n'importe quoi qui puisse donner l'impression d'une implication solidaire dans la vie des quartiers et laisse les maires en charge de la gestion de ces fonds. À nouveau, les maires arrosent ceux-là même qui génèrent la délinquance et l'insécurité, à la condition d'un calme relatif le temps de l'installation du projet.

— Quel est le rapport ?

— Si on parle déjà de lignes budgétaires factices, de corruption et de graissage de pattes pour la simple ouverture d'un centre commercial ou pour une réélection, imaginez ce qui peut se passer quand on parle de relier Paris à trois des départements les plus peuplés de France. Ce chantier va générer des océans de bénéfices et votre taux de criminalité, c'est le grain de sable qui pourrait tout gripper. Si les caïds et leurs bandes, on l'a vu, peuvent s'acheter, les meurtriers c'est plus compliqué. Quand le projet du Grand-Paris a vu le jour, tout le monde savait qu'il était impensable d'assainir le 93 dans les délais impartis. Il devenait donc prévisible que d'une manière ou d'une autre vous alliez être menés à faire disparaître le plus d'homicides possible. En découle le choix des invisibles. Malheureusement, parmi eux, vous avez enterré Camille Soultier. Camille on s'en fout, c'est le mot « Soultier » qui pose problème.

— Mais la reconnaissance du corps a été négative ! En tout cas la vieille Margaux s'accroche à cette version.

— Je sais que vous-même n'y croyez pas, Coste.

— Ce n'est pas ce que je crois qui importe, c'est ce que je peux expliquer. Lucas s'est beaucoup investi dans son rôle de grand frère, assez pour étouffer Camille. D'après les confidences de sa mère, il lui vouait un amour à la limite de l'incestueux. Je ne le vois pas tourner les talons à la morgue, abandonner celle qu'il considérait comme sa sœur et la laisser pourrir depuis dans un cercueil premier prix, juste pour l'honneur de la famille.

— Pourtant, Lucas a bien contacté Simon afin qu'il poursuive son enquête en s'intéressant uniquement à cette jeune inconnue. Et c'est la procédure de cette même inconnue qui a disparu de vos fichiers. Pour ma part j'ai trouvé que cela avait un goût trop amer pour l'avaler sans poser de questions. Suivant les suspicions du vieux privé, je me suis mis à éplucher les journaux et vérifier les décès de personnes sans grand rayonnement. Vos « invisibles ».

— Votre joli mur.

— Merci. Un mort sur la Seine-Saint-Denis échoue à l'un des deux groupes Crime du SDPJ 93, le vôtre ou celui du capitaine Jevric, c'est le protocole habituel. Il m'a suffi de suivre chacune de ces procédures en mettant en alerte mes contacts pour découvrir la disparition de vos fichiers de dix-sept d'entre elles. Comme si ces morts n'avaient jamais existé. Sur mon mur, ce sont les entrefilets que j'ai le plus généreusement décorés. J'ai embarqué mes hypothèses avec moi et j'ai contacté le lieutenant Aubin. Je n'ai pas eu besoin d'appuyer beaucoup, je reconnais les âmes rongées par le remords. Quelques heures plus tard, dépassant toutes mes espérances, il me déposait un carton de vingt-trois procédures, celles qu'il avait soigneusement étouffées, avec ma promesse d'éviter au maximum de le mouiller. Lui comme son équipe, m'a-t-il précisé.

Coste tenta d'imaginer la double vie de son ami et son quotidien de mensonges et de secrets. Farel poursuivit :

— C'est à ce moment que j'ai commis une faute de débutant. J'ai appelé Soultier. Avec mes procédures en main et pour peu que je décroche son témoignage, j'avais de quoi foncer tête baissée. J'en suis pas très fier mais je l'ai appâté avec cette histoire de décès effacés et avec mon intime conviction que Camille pouvait en faire partie. Nous nous sommes donné rendez-vous et…

— Et pendant que vous attendiez un invité qui ne s'est jamais présenté vous vous êtes fait cambrioler.

— Dans les grandes lignes c'est à peu près ça, je me suis aussi fait péter le nez mais on s'en moque. Erreur de débutant, je vous avais prévenu.

— Attendez, ça voudrait dire… enfin, si votre raisonnement est le bon, que Lucas Soultier s'est retrouvé en possession du rapport d'autopsie de Camille ? Putain, mais vous l'avez lu ?

— Oui. Je ne sais pas si les termes médicaux adoucissent la réalité des faits mais en tout cas ils les détaillent avec une précision difficilement supportable. Juste après sont survenues vos morts rocambolesques. Coulibaly, Samoy et Paulin.

— Trois types qui ont, d'une manière ou d'une autre, détruit Camille…

Coste était abasourdi. Il allongea le bras et, sans demander, vida le verre de Farel qui lui asséna sa conclusion :

— En effaçant des cadavres vous avez réveillé un monstre.

— Au moins vous avez votre accroche, même si c'est celle d'un papier que vous ne pourrez jamais sortir. Vous n'avez aucune preuve réelle, aucune photo compromettante, aucun enregistrement gênant. Vous vous êtes fait cambrioler les procédures et ce qui vous reste de concret est affiché sur votre mur. Vous m'accorderez que c'est léger pour faire tomber n'importe qui et les gens que nous avons évoqués sont loin d'être n'importe qui. En somme, vous avez les poches vides.

— Et vous une affaire qui vous a été retirée au bénéfice du 36. On est beaux tous les deux, les bras

liés et la gueule muselée. Vous comptez faire quoi ?
Vous pointer au Quai des Orfèvres et demander
audience ? Raconter que le lieutenant Aubin est un
pourri, que vous le savez depuis le premier meurtre et
que, par le fait, vous pourriez vous voir considéré aussi
comme un pourri, entraînant avec vous votre petite
équipe ?

— Je crois qu'on a dépassé depuis longtemps le
stade des intérêts personnels, mais ce n'est pas ça qui
m'inquiète. Vu les ramifications de ce bordel, je me
demande si le jeune Soultier pourra seulement arriver
jusqu'au juge.

— Vous voulez dire, en vie ?

— Je sais pas, je vais peut-être trop loin.

Farel éclata d'un rire moqueur qui le fit sursauter
et lui jeter un regard d'incompréhension.

— Une fois de plus, Coste, vous êtes vraiment un
flic, confiant en vos supérieurs et façonné pour croire
que ce genre de turpitudes ne se voit que dans les
scénarios. En politique, partez du principe qu'il
n'existe aucune saloperie à laquelle vous puissiez penser qui n'ait déjà été commise. Aucune. Planquer des
cadavres pour permettre la création du Grand-Paris,
votre Code 93 n'a pas plus d'ambition qu'une vulgaire
opération immobilière. Même si elle est sans précé-
dent. Mais le pays ne s'autorisera pas ces accusations.
Si nous avions un peu plus de temps je vous parlerais
de tous ces gens qui ont eu la bonne idée de mourir
avant de l'ouvrir, alors penser que Lucas a des chances
de ne pas arriver jusqu'au juge est très loin de ne
relever que du fantasme.

Il se leva et fit face au mur sur lequel il avait projeté
le contenu de son esprit.

— Vous êtes suspendu, Coste, sans équipe et sans arme, et pourtant vous êtes le seul à pouvoir aller jusqu'au bout. Ramenez-moi Lucas Soultier, laissez-le me raconter son histoire avant qu'il ne la raconte ailleurs, c'est sûrement sa seule chance de se faire entendre. Enfin, s'il accepte de nous parler…

— Nous parler ? C'est ce qu'il fait depuis le début. Toutes ces mises en scène sont à notre intention. On essaie de dissimuler des morts et lui nous en sert de nouveaux, sensationnels, qu'il fait médiatiser en nous faisant passer pour des incapables. Parler, c'est tout ce qu'il veut !

La réception d'un message sur le portable de Farel fit vibrer les verres sur la table. Il lut attentivement, laissant Coste au fond du canapé, un peu paumé dans ses pensées.

— Je ne sais pas si cela a un rapport mais vous avez bien mentionné tout à l'heure la cité Paul-Vaillant-Couturier à Bobigny, non ?

— Oui, c'est l'épicentre de mon enquête, le point commun entre Camille, Franck, Bébé et Jordan Paulin.

Farel ne quittait pas l'écran des yeux. Coste s'inquiéta :

— Un autre meurtre ?

Le journaliste lui balança son téléphone.

— Non. Un massacre.

58

Alors que le raisonnement de Coste et de Farel les avait de plus en plus rapprochés de Lucas, celui-ci avait pris les devants et terminé la mission dont il s'était investi. Épuisé et pourtant tellement éveillé. Il ne lui restait qu'une chose à faire et il ne résistait que dans ce but. Encore un peu. Il se disait qu'il fallait qu'il tienne encore un peu.

La berline noire ronronna à travers Paris puis emprunta le boulevard périphérique. Son bristol d'invitation subissait la nervosité de ses doigts, plié dix fois dans un sens et dix fois dans l'autre, prenant désormais l'air d'un origami aplati. À côté de lui, il reconnut les deux sacs de toile. Le chauffeur débuta son laïus.

— Videz vos poches. Portable, portefeuille, pièces d'identité, moyens de paiement.

Lucas lui répondit d'une voix neutre, presque robotisée.

— Je n'ai rien d'autre sur moi que mon invitation.

Rassuré d'avoir à son bord un habitué, l'homme au volant se dit qu'il n'aurait pas à faire la conversation et le reste de la course se passa en silence. La voiture freina sur un parking sans lumières au bas de tours dont le sommet se perdait dans un brouillard épais. Le club avait récemment réalisé que les hôtels, si prestigieux soient-ils, étaient des lieux bien trop fréquentés, vidéosurveillés, et depuis plus d'un an il s'était rabattu sur des maisons particulières isolées ou des appartements à l'abri des regards.

— Si monsieur avait ses habitudes dans la Maison, qu'il sache que les règles ont été adaptées à cette nouvelle adresse.

— Ce qui signifie ?

— Bâtiment F, la porte du hall d'entrée est ouverte, dixième étage. Vu l'heure vous ne devriez croiser personne mais par sécurité vous ne mettrez votre masque qu'avant de frapper à la porte de l'appartement 106. La suite des instructions reste inchangée.

Dans l'ascenseur tagué d'insultes et de menaces, il vérifia le chargeur de son arme. Entre le huitième et le neuvième étage l'appareil accusa un ralentissement puis les lumières s'affaiblirent jusqu'à s'éteindre complètement. Au dixième, les deux portes automatiques s'ouvrirent sur un noir absolu dont Lucas sortit, masque noir sur le visage et arme au poing. Dans une minute et trente-sept secondes il aurait abattu six personnes.

De son côté, à quelques mètres de là, l'homme au masque blanc, en maître de cérémonie consciencieux, s'inquiétait du sort de celle qui hurlait depuis un bon quart d'heure dans la chambre du fond. Les maltraitances étaient tolérées, pouvant faire partie des requêtes de certains. Le matériel pouvait être à la limite dégradé, mais il était formellement interdit de le casser. C'était arrivé une fois et les conséquences avaient failli mettre à mal les bases de leur organisation. Malgré la grandeur de l'appartement, les plaintes de cette conne avaient tout de même réussi à refroidir l'ambiance et ses copines passaient plus de temps à s'interroger du regard qu'à s'occuper des trois autres membres du club. Il augmenta le volume de la musique et déposa sur la grande table basse du salon une petite boîte métallique qui contenait une dizaine de grammes de cocaïne, manière de relancer la soirée. Tout à ses préoccupations, Monsieur Loyal n'entendit pas toquer les trois coups secs, c'est donc un peu surpris qu'il vit le cerbère de la porte faire son entrée à reculons, masquant par sa carrure imposante l'homme qui lui avait enfoncé le canon d'un flingue au fond de la gueule.

Dans une détonation assourdissante, l'arrière de son crâne se souleva comme une trappe, laissant apparaître une partie de son cerveau à la vitesse d'une image subliminale, et face à lui le masque blanc fut rayé d'un trait rouge. Ce n'est qu'en s'écroulant de tout son long qu'il laissa apparaître la fine silhouette de Lucas. Son arme serrée au maximum entre ses doigts, les phalanges blanchies, celui-ci tira à nouveau et la cartouche vint se loger dans la gorge de l'organisateur, lequel tomba sur ses genoux et feula sa plainte dans un gargouillis de sang qui commençait à l'étouffer. Il toussa une gerbe carmin et s'affaissa en arrière dans une surprenante position de danseur de limbo.

Les sirènes des trois jeunes filles terrorisées sonnèrent l'alarme en même temps. Deux des hommes masqués, avachis dans le canapé, dignes, le ventre débordant de leur caleçon, réussirent, sans se concerter, à adopter la même attitude courageuse en se servant de leurs accompagnatrices comme de boucliers. Le troisième, encore debout et pas très sûr d'avoir bien compris les huit secondes qui venaient de s'écouler, tenait encore sa flûte de champagne à la main. La cartouche du Luger P08 sortit à la vitesse de 1 260 km/h du canon rayé qui lui imposa une rotation de 3 333 tours par seconde, brisa le verre dans un premier temps, tourna moins d'une fois sur elle-même dans le champagne, brisa la seconde paroi de la flûte et finit sa course dans un cœur qui palpita en decrescendo jusqu'à ses derniers battements.

Dans la chambre du fond, l'homme qui tentait ridiculement de se planquer sous une couverture après avoir constaté que la pièce, au dixième étage, ne lui offrait aucune issue de secours, avait reconnu sans équivoque les trois déflagrations du pistolet. Deux autres, à peine espacées, se firent à nouveau entendre, scellant le sort des deux derniers invités du salon. D'un puissant coup de pied, Lucas ouvrit la porte. Au fond de la chambre s'était recroquevillée une autre Camille. Apeurée, l'œil bleui, la lèvre gonflée, elle tentait de remonter une culotte tachée de sang. Un filet d'urine coula le long de ses cuisses. Quand elle comprit que l'homme ne lui tirerait pas dessus, son regard délateur se posa sur la couverture en boule qui tremblait toute seule. Lucas pointa le canon dans la direction indiquée, résolu à tirer son ultime salve. La jeune fille marmonna une plainte que sa bouche blessée rendit inintelligible, et comme un animal blessé elle s'approcha à quatre pattes de Lucas, une rigole de sang coulant de ses lèvres. Elle attrapa le bas de son pantalon et avec peine se dressa sur ses jambes chancelantes. Sa main se posa sur le bras tendu de Lucas et remonta doucement vers sa main en une caresse sur sa peau. Elle saisit l'arme. Il se laissa faire. « Elle pourrait tout aussi bien me tuer », se dit-il. Il aurait aimé cela. Elle tira au hasard des formes cachées, autant que le chargeur le lui permit et même au-delà, et finit d'actionner la détente dans un cliquetis métallique devenu inoffensif. La couverture fut secouée et se para de petits impacts cotonneux avant de s'immobiliser. Elle lui rendit le pistolet. Lucas éjecta le chargeur qui tomba au sol et en inséra un nouveau, garni au maximum. Il s'approcha et souleva la couverture d'un geste ample. Dessous, un homme nu, la main ensanglantée compressée sur sa bouche, tentant de ne pas laisser échapper sa douleur, porta sur lui le regard vitreux et épouvanté des bœufs à l'abattage. Lucas tira à bout portant dans chacun des yeux et le recouvrit. Il passa son bras sous celui de la jeune fille et, ensemble, ils traversèrent pas à pas le couloir qui menait au salon. Il la déposa sur le large sofa dans la pièce désormais vide si l'on ne tenait pas compte, bien entendu, des cinq corps jonchant le sol. Lucas fouilla la dépouille de l'homme au masque blanc et trouva dans la poche arrière le seul portable qu'il autorisait de son vivant. Puis il alla s'agenouiller devant la jeune fille et prit ses mains dans les siennes.

— Vous allez appeler la police dans une minute. Vous voulez bien faire ça pour moi ?

Elle ne répondit pas. Elle lui faisait face et posa sa tête contre son épaule. Dans la minute et les trente-sept secondes qu'avait duré l'assaut, c'est ce moment-là qui prit le plus de temps à Lucas. Ce moment où, les yeux fermés, la chaleur d'un visage défiguré contre sa gorge, il s'accorda un peu de répit avec cette autre Camille. Il fondit en larmes et de sa main elle caressa sa nuque en lui murmurant des « chut » dont il sentait le souffle jusque dans son âme perdue.

*
* *

Il ouvrit la porte avant de la berline noire et passa le haut du corps dans l'habitacle. Il désenclencha la ceinture de sécurité et, par les cheveux, attrapa le chauffeur qui tomba mollement hors de la voiture sur le bitume froid. Il prit sa place, démarra et passa la première. Au bout de quelques mètres il se fit la réflexion absurde qu'il préférait la nervosité de sa petite voiture de location. Il alluma les phares et accéléra. Dans trente minutes, il serait de retour au manoir.

59

Dans le taxi, Coste se remémorait les derniers mots échangés avec Farel. Le journaliste n'avait pas de voiture, conscient que dans sa profession il ne pouvait se permettre de rater un scoop, bloqué dans les embouteillages. Il lui avait donc proposé tout naturellement son scooter. Était-ce qu'il prenait goût à la mise en scène, mais Coste avait décliné l'offre, ne se voyant pas arriver à l'hôtel particulier des Soultier sur une Mobylette pétaradante. Casque sur la tête et vulnérable comme un lapin traversant la route, il n'aurait pas pu laisser son esprit bricoler librement avec les faits, déplacer les informations en tentant de les imbriquer entre elles. Il n'aurait certainement pas non plus remarqué la voiture qui les suivait, genre de break informe qui s'apparentait plus à une péniche qu'à une automobile.

Il avait lu, lui aussi à plusieurs reprises, le message reçu sur le portable de Farel. De quoi enflammer les rédactions et lancer en formation serrée une petite armée de journalistes sur les lieux. L'adresse mentionnée l'avait transporté quelques jours en arrière, alors qu'avec Mathias il se trouvait cité Paul-Vaillant-

Couturier, dans cet appartement témoin impeccable au dixième étage, à lui prédire un avenir qu'il aurait aimé aujourd'hui moins réel :

« *Tu vois quand même que se profile une des affaires les plus merdiques de ma carrière ?* » lui avait asséné Coste sur un ton de reproche qu'il n'imaginait pas, alors, aussi justifié. Si son ami en avait connu les conséquences, lui aurait-il parlé à ce moment-là ? Lui aurait-il avoué le secret qui lui pourrissait le ventre et l'empêchait parfois de soutenir son regard ?

Avant le départ du flic, Farel avait glané quelques informations et en avait déduit que malgré la même zone géographique, le mode opératoire était incompatible avec celui de Lucas Soultier.

— Déjà pas mal de monde sur place. Au moins autant de flics que de journalistes. Six cadavres confirmés plus un type mort sur le parking en bas de l'immeuble F de la cité Paul-Vaillant-Couturier, mais c'est encore à relier avec le reste de l'affaire. Tous abattus à l'arme de poing dont il reste à déterminer le modèle. Des hommes dans la cinquantaine et, précision intéressante, s'ils portent tous des masques de carnaval, quatre d'entre eux ont été retrouvés en caleçon.

Il avait lancé une première hypothèse de soirée gay et de meurtre homophobe qui ne convenait pas du tout à Coste.

— Non, je suis sûr qu'il y avait des filles, des accompagnatrices, elles ont juste été épargnées. On connaît l'identité des victimes ?

— Aucun document n'a été découvert sur les corps excepté quatre bristols mentionnant la date d'aujourd'hui, dans quatre vestes différentes. Certainement les invitations pour cette petite sauterie. Aucune mise en scène, juste une exécution en règle, sans fioriture ni surprise. Vous savez que ceux qui participent à ce genre de soirées sont rarement de simples fonctionnaires. Si comme vous semblez le penser c'est l'œuvre de Lucas, je vous confirme qu'il va être de moins en moins facile de l'emmener jusqu'au bureau du juge sans anicroches.

— Peut-être qu'on se plante, qu'il n'a aucune envie d'arriver jusque-là. Peut-être que nous venons d'assister à son final.

Il restait une ombre que Farel ne s'expliquait pas.

— D'un autre côté, de ce que l'on sait de Lucas, ses trois meurtres ont été commis par vengeance. Quel est le rapport avec cette soirée libertine ?

Le rapport entre une partouze et une jeune fille qui donne son corps pour de la came ? Coste le trouvait plutôt clair.

Quelques centaines de mètres avant de s'engouffrer sur le périphérique, il s'adressa au chauffeur du taxi :

— J'ai besoin que vous me rendiez un service.

Habitué aux requêtes particulières des clients de nuit, le chauffeur fut catégorique :

— Je conduis, c'est tout ce que je fais.

Coste passa les politesses d'usage.

— Je recommence. Capitaine Coste, Police judiciaire, j'ai vraiment besoin que vous me rendiez service.

— Je peux voir votre carte ?

« Avec mon arme, probablement encore dans les bureaux de l'IGS », se dit Coste. Il déposa un billet de cinquante euros sur le siège avant passager.

— OK, je suis pas flic, j'ai juste besoin de savoir si quelqu'un nous suit.

— La Twingo, derrière ?

— Non, deux voitures plus loin.

— La Volvo, alors ?

— Probablement, je n'y connais rien en voitures. Bon, écoutez, vous allez griller le prochain feu rouge, OK ? On verra sa réaction.

— Pour cinquante euros ? Vous rêvez, je tiens pas à perdre ma licence pour vos histoires de cul.

C'était bien sa veine. Tomber sur l'unique taxi réglo de la capitale. Il fouilla son portefeuille sans grand résultat.

— D'accord, d'accord, alors au rond-point de la prochaine porte du périph' vous faites mine de prendre la dernière sortie et vous faites un second tour. Si elle nous accompagne c'est soit qu'elle est paumée, soit qu'elle nous colle.

Le chauffeur se retourna, abandonnant des yeux la route.

— Vous seriez pas flic, vous ?

— C'est ce que je me tue à vous dire.

Arrivé au niveau du rond-point de la porte des Lilas, le taxi s'engagea et commença son premier tour, clignotant bloqué à droite. À la dernière sortie, il ralentit légèrement puis, alors que le break se rapprochait, accéléra et entreprit un second tour. Dans le rétroviseur, la Volvo quitta un peu brusquement le rond-point en empruntant la bretelle de sortie, abandonnant le taxi devenu un brin moqueur.

— On fait dans la parano ?

— C'est possible. Prenez le périph' jusqu'à la porte de Saint-Cloud, merci.

Un peu plus serein, Coste se laissa hypnotiser par les lumières régulières des réverbères qui, en rythme, défilaient, cyclopes bienveillants et attentifs à sa course nocturne. Il visualisa Franck Samoy, le petit copain officiel, pas trop jaloux quand il s'agit de prêter sa copine pour de la came. Jordan Paulin, un des premiers à profiter de ce marché, puis Bébé Coulibaly qui avait recruté et repris en main Camille, probablement dans la cave 55, avant de la faire monter de quelques étages pour des soirées plus organisées.

Après cela et vu le contenu du rapport d'autopsie, elle avait dû tomber sur le mauvais client. Peut-être même s'y étaient-ils mis à plusieurs. Pourtant, ce qui troublait Coste était tout autre. Dix étages seulement séparaient la cave 55 de l'appartement témoin. Dix étages entre la cave à tournantes et l'appartement à partouzes. Étant donné la discrétion nécessaire à la mise en place de ces derniers rendez-vous, deux questions se posaient alors. Comment le fils Soultier en connaissait-il la date et comment s'était-il procuré l'adresse ?

Arrivant aux grilles de la propriété, il se demanda si à l'aube de son projet Lucas avait imaginé l'étendue de la tâche à accomplir. Il y avait ceux qui avaient entraîné Camille dans le gouffre. Ceux qui, alors qu'elle était au fond, avaient abusé d'elle et ceux qui l'avaient enterrée en secret. Comme si un matin, les salauds du monde entier s'étaient entendus pour l'anéantir.

— Garez-vous ici, je ferai le reste à pied.

60

Sur la centaine de mètres que faisait le chemin soigneusement entretenu menant à l'hôtel particulier, Coste s'accorda une cigarette. La nuit l'enveloppait et il marchait à l'aveugle, se dirigeant grâce aux lumières de la bâtisse, tardivement éclairée. Arrivé dans la cour principale, il passa à côté d'une berline noire racée dont une des portes avant était ouverte. Il monta les quatre marches du perron, passa la main au niveau de sa hanche droite. Il lui faudrait plus de quelques heures pour s'habituer à ne plus avoir d'arme à la ceinture.

La porte d'entrée était entrebâillée. Vestibule et couloirs lui faisant suite, tout était allumé. Coste essaya de se souvenir de la disposition des pièces, en vain.

— Bonsoir, monsieur Coste.

Surpris, il s'agaça à nouveau de son réflexe. Un geste inutile dans la direction de son flingue toujours absent. Le visage pourtant familier ne le rassura pas.

— Bonsoir, Brice.

Il le détailla en se demandant quel niveau de confiance il pouvait accorder à l'homme à tout faire de la demeure. À quelques mètres de lui, il leva la main dans sa direction, doigts écartés dans un signe d'apaisement qu'il aurait pu faire à un forcené.

— Ne partez pas en courant, ne gueulez pas, répondez-moi seulement, calmement. Où est Lucas ?

— Si monsieur veut bien me suivre.

Une interpellation dans la haute bourgeoisie n'avait définitivement rien à voir avec ce qu'il connaissait.

Après quelques virages sur tapis épais, il fut invité à entrer dans le petit salon, dernière pièce encore chargée de décorations clinquantes et de tableaux anciens. S'il s'en était remis à son seul sens de l'orientation, il aurait pris le chemin opposé et se serait retrouvé près du jardin français.

— Bonsoir, capitaine.

De dos, il reconnut les cheveux argentés de Margaux Soultier. D'un rapide coup de poignet elle fit virevolter son fauteuil dans sa direction et lui présenta un visage souriant.

— N'est-ce pas un peu tard pour une visite de courtoisie ? s'enquit-elle.

— Gageons alors qu'elle n'a rien de courtois.

Il fit une pause, ne sachant comment annoncer les raisons de sa venue. Ignorant surtout la réaction de la vieille dame.

— Je voudrais parler à Lucas.

— Je vous en prie, asseyez-vous avec moi.

— Madame, je crains que la situation ne me permette de…

Le canon du Luger P08 déposa un baiser glacé sur sa nuque. Brice renouvela l'invitation et Coste ne trouva plus aucune raison de s'y opposer. Une fine pellicule de transpiration couvrit son dos. Il posa sur la maîtresse de maison un regard qui se voulait le plus calme possible.

— Je suis étonnée, capitaine. De votre assurance, de votre sang-froid. D'autres auraient déjà supplié.

— Que voulez-vous que je vous dise que vous ne sachiez déjà ? Que je ne suis pas seul, que j'ai prévenu mon équipe, ou faut-il vous rappeler que tuer un flic n'est jamais très constructif…

— Vous ne risquez rien, mon cher. Tout d'abord parce que je vous apprécie. Ensuite parce que je ne vous demande que de vous asseoir quelques minutes avec moi.

Elle leva les yeux vers Brice qui dans le dos de Coste lui répondit d'un hochement de tête négatif.

— Et enfin parce que vous n'êtes même pas armé. Venir arrêter un criminel les mains dans les poches, c'est la méthode de votre 93 ?

— Un criminel ? Vous savez des choses que j'ignore ?

— Vous n'ignorez rien, mon enfant, ironisa-t-elle en lui tapotant la main. Vous êtes un policier et vous avez, comment dit-on, le flair. Pour ma part, je suis une mère, quoi qu'en disent mes enfants, et mon flair vaut le vôtre.

— Précisez ?

— J'ai perdu Lucas il y a bien longtemps. Une première fois avec le départ de son frère et une nouvelle fois avec la disparition de Camille. J'avais déjà tant perdu auparavant que mon cœur n'a plus eu la force de souffrir.

Les souvenirs l'envahirent et le ton de sa voix se fit narrateur.

— Du cœur, j'en avais pourtant, c'est certain. J'ai aimé mon mari, sans doute, sans retenue, si profondément que je n'ai pu supporter de voir le cancer le ronger. L'entendre souffrir et gémir des nuits durant comme s'il hantait le manoir, déjà de son vivant. Alors je me suis résignée à l'aider. Par amour, Coste, je l'ai aidé à partir. J'ai cru que Gaël, mon fils aîné, pourrait comprendre mon geste, le soutenir même et affronter le deuil en ma compagnie, mais je me trompais. À ses yeux, j'étais devenue la seule responsable, effaçant jusqu'à l'existence même du cancer. Gaël n'a plus supporté de vivre ici et il s'est enfui sur deux promesses. Celle de m'oublier à jamais et celle de ne rien dire à son petit frère. Cette faveur n'étant évidemment pas pour moi mais bien pour Lucas. Je suis alors devenue cette vieille dame que vous regardez maintenant, rabougrie sur ses roulettes, incapable d'autonomie dans une maison faite d'escaliers et de jardins. Mais pour autant je n'en suis pas devenue aveugle.

D'un geste mal assuré elle tendit la main à travers la table, empoignant avec difficulté l'anse de la théière de porcelaine dont un peu de vapeur s'échappait du couvercle. Coste aperçut tout autour un pilulier, quelques boîtes de médicaments éventrées et deux plaquettes vidées de leurs cachets.

— Un peu de thé, capitaine ? proposa-t-elle en remplissant sa tasse.

Malgré la pression de l'arme dans sa nuque il osa refuser.

— Je suis davantage café, avec du sucre plutôt que des somnifères.

Margaux éclata de rire et lui en fut reconnaissante. C'était imprévu.

— Ne craignez rien, buvez.

Il porta la tasse à ses lèvres et but une gorgée brûlante.

— Vous voyez, vous n'êtes pas foudroyé de sommeil. Où en étais-je ?

Il se força à avaler pour pouvoir lui répondre.

— Vous me disiez que certaines choses ne vous avaient pas échappé.

— C'est vrai. Oh, je pense qu'il n'a jamais cherché à être discret cependant. Bien que ma pharmacie personnelle n'ait rien à envier à celle d'un hôpital psychiatrique, je me suis facilement rendu compte de ses visites régulières. Il y a aussi eu la disparition d'une arme de collection, une arme allemande dont j'oublie sans cesse le nom.

— Celle collée à ma tête ?

— Exact. Vous êtes décidément un homme d'esprit. Brice, vous voulez bien ?

D'abord désarçonné par cet ordre courtois, l'homme à tout faire devenu homme de main obéit et présenta l'arme à Coste.

— Luger P08, conclut le policier avant que le canon ne se repose à sa place initiale.

— Effectivement ce nom me dit quelque chose, vous êtes aussi un vrai professionnel, mon cher ami. Quel dommage que tout cela…

Elle l'invita à nouveau à boire une gorgée de thé chaud avant de poursuivre.

— Je me suis donc inquiétée de ces événements, épars mais troublants. J'ai appris ensuite par des amis de feu mon mari, encore en place dans divers ministères, l'absence prolongée et remarquée de Lucas à son bureau. Imaginez qu'il ne se rend plus aux Finances depuis plus d'un mois. Quand il s'est mis à utiliser le vieux Land Rover remisé au garage et que les clefs de notre maison de campagne ont disparu, il m'a semblé très clair que Lucas avait quelque chose en tête. Le reste m'a été soufflé par les journaux.

— Et vous n'avez rien fait ?

— Simon Beckriche, notre enquêteur privé, avait disparu. Qu'étais-je censée faire ? M'opposer à mon fils sur mes jambes de verre ? Demander à Brice de l'enfermer au grenier ? Appeler la police ? Au nom de la famille j'ai laissé ma fille adoptive dans un trou sans… sans nom, justement. Pensiez-vous que j'allais risquer quoi que ce soit pour la mort de quelques racailles ?

Coste désigna du menton les boîtes et les plaquettes de médicaments vides jonchant la table.

— Alors vous l'avez laissé aller jusqu'au bout, puis lui aussi, vous l'avez aidé à partir ?

— Ce n'est peut-être pas un cancer, capitaine, mais Lucas reste toutefois malade. Pour ma défense et bien qu'elle m'importe peu, il n'a eu besoin de personne.

Avec un demi-sourire accroché aux lèvres, elle adressa pour la seconde fois un regard à Brice.

— Voulez-vous bien cesser de menacer notre invité et poser cette arme sur la table ?

L'employé s'exécuta. Coste saisit l'arme sans pré-cipitation, éjecta le chargeur qu'il rangea dans sa poche, vérifia qu'une cartouche n'était pas engagée et reposa l'arme à la même place.

— Je peux aller le voir ?

Margaux Soultier regarda sa montre.

— Bien sûr, Brice va vous accompagner.

Ils montèrent sans bruit le grand escalier central. La porte était entrouverte. Sur un lit aux couvertures impeccablement tirées gisait un jeune homme, jambes jointes, bras le long du corps, la tête posée sur un oreiller taché de vomissures.

Il rencontrait Lucas pour la première fois.

Sa main gauche avait dû tenir le bristol puis le lâcher involontairement et il restait là désormais, reposant contre sa cuisse. Coste s'agenouilla près du lit et, à l'aide d'un coin de drap, l'attrapa délicatement. Une inscription gravée mentionnait la date du jour. Lucas n'était pas seulement bien renseigné. Il était invité.

Comme souvent, la noirceur des actes des hommes ne se lisait pas sur le visage et le sien, encore enfantin, paraissait maintenant reposé, inoffensif. Il était parti, emportant avec lui une partie de l'histoire que Coste ne pouvait qu'essayer de deviner. Se pouvait-il qu'il eût croisé Camille au cours d'une de ces soirées ? Se pouvait-il qu'à la faveur des masques l'irréparable ait été commis ? Une culpabilité insupportable que seul un suicide pouvait faire taire, dans cette demeure où il avait tout sous la main pour mettre fin à ses jours.

Lucas était parti sans oser s'affronter lui-même, sans répondre aux questions qui le torturaient. Avait-il aimé Camille plus qu'un frère ne le devrait ? Une ultime question l'avait sans doute accompagné dans ses dernières pensées, et si par chance Dieu existait, il pourrait directement la poser à Camille, une fois de l'autre côté : « Ce soir-là, savais-tu qui était derrière le masque ? »

Coste chercha son pouls. Trois doigts posés sur le côté de sa gorge. Il ne sentit que sa peau qui refroidissait. Il éteignit la lumière et descendit l'escalier, se laissant diriger par son guide.

De retour dans le petit salon, Margaux Soultier terminait son thé, les yeux perdus dans le vide d'une vie qui se terminait bien mal. Elle se ressaisit à sa vue.

— Dois-je m'attendre à un débarquement bruyant des forces de police ?

— Ils viendront quand vous les appellerez. Pour ma part, je ne suis pas de service ce soir.

Sur ces mots, il laissa seule avec ses démons une vieille dame fatiguée en fauteuil roulant, dans une demeure trop grande et trop vide.

Devant la grille entrouverte, le froid de l'aube balaya sur son visage la timide tiédeur du soleil levant. Le manoir, comme ils l'appelaient ici, se perdit peu à peu dans la brume matinale. Il quittait sous cette chape grise un homme qu'il n'arrivait toujours pas à considérer comme un monstre, un homme qui s'était puni de n'avoir su protéger celle qu'il aimait. Coste avait beau se dire le contraire, il partageait au fond de lui une partie de sa noirceur.

Un vieux break freina à son côté. D'une poussée de la main, Ronan ouvrit la porte passager.

— T'as fini tes conneries, Victor ? On peut rentrer ?

— Ouais. C'est terminé. Elle est à qui, cette ruine ?

— Je l'ai empruntée à Karl, le mari de Johanna. Le goût des gens, des fois… Tu le crois, ça, un break Volvo ? J'ai jamais conduit quelque chose d'aussi poussif mais si j'avais pris une des bagnoles de service tu m'aurais reconnu et tu m'aurais tiré dans les pneus.

— J'ai plus de flingue.

— C'était histoire de dire. Monte, on se les gèle.

Ronan ralluma le chauffage qui cracha une brise froide, tapa sur le tableau de bord deux fois, et, comme elle semblait fonctionner de cette manière, la voiture délivra un peu d'air chaud.

— Où est Sam ?

— Derrière son ordinateur à géolocaliser ton portable vu que tu te mets en danger sans nous laisser jouer avec toi.

— Depuis quand ?

— Depuis quand on te surveille ? Depuis que tu t'es décidé à faire une escapade à Annecy en plein milieu d'une affaire de meurtre.

— C'est compréhensible.

— Sinon, tu comptes m'expliquer un peu ?

— Trouve-nous un bistrot ouvert à 5 heures et demie et je te raconte. Où est Johanna ?

— Je l'aime bien, elle. D'ailleurs elle voulait venir. Je l'ai laissée coucher ses gosses en prétextant d'aller faire le plein de sa bagnole. Je suis jamais repassé. Elle a deux gamins, un mari et un boulot depuis une semaine. Trop de choses à perdre pour des tocards comme nous, non ?

Coste fit la moue.

— Elle va être furieuse.

Ronan laissa échapper un rire sonore.

— Oh putain, je te dis pas comment !

61

À l'armurerie PJ, au premier étage du 36, quai des Orfèvres, Coste récupéra son arme, ses menottes et sa carte de police avec la sensation d'être à nouveau habillé. Sa mise à pied s'était révélée plus courte que prévu et il le devait à une avantageuse simplification des faits que d'autres auraient pu appeler un enfumage en règle.

Le présentateur des infos en boucle du matin, le visage défraîchi trônant au milieu d'un plateau trop éclairé, avait qualifié Lucas Soultier « d'individu émotionnellement affaibli par la disparition, toujours effective, de sa sœur adoptive, et qui s'en serait pris, au hasard des rencontres, à quelques marginaux qu'il considérait comme responsables ».

Mais l'autre information, celle qui tenait toutes les rédactions en haleine, était bien plus spectaculaire. Au dixième étage d'un immeuble de banlieue, les décès honteux et en caleçon d'un avocat d'affaires, d'un commissaire de police, du dirigeant d'un groupe de BTP et d'un conseiller d'État avaient monopolisé l'ensemble de l'attention.

Les accompagnatrices de cette soirée privée, comme les nommait le journaliste, étaient activement recherchées pour leur témoignage et le silence que s'était imposé Lucas devait être une bénédiction pour beaucoup. Mais, mort ou vivant, cela aurait-il changé grand-chose ? Certaines strates sont trop élevées pour que la Justice vienne y jouer les alpinistes.

*
* *

Ce même matin, à Bobigny, un gamin de dix-neuf ans avait exprimé son mécontentement suite au renvoi définitif de son petit frère du collège Jean-Pierre-Timbaud. Bouteille d'acide chlorhydrique en main, parfois utilisé pour dissoudre la roche ou décaper l'acier, il avait douché la maîtresse à l'origine de cette décision. Elle avait littéralement fondu devant l'établissement scolaire, sans que personne ne bouge. Les vidéos étaient déjà en ligne et accusaient plus de dix mille vues. Une affaire sordide et parfaite pour un retour du groupe Coste sur le terrain. Les choses revenaient enfin à la normale.

— Sam, tu t'occupes de chercher les vidéosurveillances et de remonter les adresses IP de tous les blogueurs qui ont mis en ligne l'agression. Ronan et Johanna, vous vous tapez l'enquête de voisinage, rue et collège, à la recherche de témoins éventuels. Je vais faire un tour à l'hôpital Jean-Verdier.

Sam s'inquiéta :

— Au chevet de la victime ? Non ! Tu vas charger ton empathie comme une pile et quand tu seras bien remonté tu vas nous faire bosser H24.

De Ritter prit part à la conversation :

— Mieux vaut ça que de le voir bosser tout seul dans son coin, non ?

Coste se tourna vers l'ancien bureau de son ami Mathias. Ou était-ce le bureau de son *ancien* ami ? Il faudrait sans doute un peu de temps pour clarifier cette situation. Vingt-trois restait un nombre toujours inacceptable. Toutefois, Coste en profita pour officialiser une évidence :

— T'as raison de l'ouvrir, toi. J'ai une place vide en face de moi, il serait temps que tu y poses tes affaires. Enfin, si tu veux toujours bosser avec nous, et si tu mets pas des photos de tes gosses partout.

Johanna passa d'un visage à l'autre, ils étaient tout sourire.

— Pour de vrai ?

Les trois mots avaient juste réussi à sortir audibles. Faire partie de quelque chose. Appartenir à un groupe. Eux pour elle et elle pour eux. Sam s'adressa à Ronan :

— Tu crois qu'elle va chialer ?

— Probable. Ça fait souvent ça, les filles.

Elle se reprit.

— Parce que je suis une fille, maintenant ?

— Je vois même pas de quoi tu parles.

Puis il y eut trois accolades et trois « bienvenue ».

Coste retrouvait une équipe.

Une fois seul, il se rendit à la machine à café. Il appuya plusieurs fois sur le signe « Sucre + » par vengeance pour toutes les fois où il en avait été privé et se retrouva avec une confiserie colombienne imbuvable. Il ne servait de toute façon à rien de se mentir. Il avait juste envie de passer dire bonjour à Camille, visage perdu parmi les autres disparus de l'affiche « Missing ». Derrière lui le commandant de police M.C. Damiani le détourna de ses songes.

— Ça va, vous ?

— Je ne suis pas parti très longtemps.

— Votre affaire ?

— La jeune enseignante décapée ? Les premières déclarations nous dirigent vers le frère d'un gamin viré du collège. On bétonne les témoignages et les vidéos avant d'aller le serrer dans l'après-midi.

— Et De Ritter ? Vous avez pris une décision ?

— C'est un bon élément. Au début elle pique un peu, mais les garçons l'ont adoptée. Et puis j'ai l'impression qu'elle les rend moins cons. Et moi aussi, certainement.

— Vous avez une bonne équipe, Coste, et votre retour sur le terrain est un peu précipité. Profitez-en pour prendre votre journée. Laissez Ronan se faire les dents sur cette affaire, j'ai dans l'idée de le faire passer rapidement au grade de capitaine, il serait temps qu'il apprenne à diriger un groupe.

— Vous me prenez le lieutenant Scaglia ?

— Pas tout de suite, Victor, pas tout de suite. Vous savez qu'une carrière dans la police, c'est intégrer une meute puis la quitter pour en intégrer une autre. À ce propos, le contrat de Malbert n'a pas été reconduit.

Le contraire aurait été surprenant, pensa Coste. Le Code 93 avait failli être révélé au grand jour et ceux qu'il impliquait devaient avoir accusé un vilain coup de chaud. Cependant, il ne se faisait aucun souci. Rater l'entrée de la Seine-Saint-Denis dans le Grand-Paris était tout simplement inenvisageable et ils avaient déjà prouvé leur détermination. Cela leur prendrait peut-être un peu de temps, mais ils trouveraient un moyen.

Coste, pensif, se tourna vers la photo de Camille.

— Je n'ai jamais réussi à savoir si vous avez fait partie de tout ça, Marie-Charlotte.

— De quoi pensez-vous parler ?

— Je vais me faire moins subtil. Code 93, ça vous dit quelque chose ?

Il était bien trop tard pour elle. Trop tard pour se faire défenseur de la morale, trop tard pour risquer son avancement et sa retraite qu'en équilibriste, elle avait épargnée jusque-là.

— Non, rien, et à vous non plus, Coste.

Elle quitta la salle de repos et, sans se retourner, lui rappela ses instructions.

— Prenez votre journée, Victor.

*
* *

Moins d'une heure plus tard, Coste vérifiait son apparence dans le reflet d'une des vitres du café. Il réajusta sa veste et essaya d'aplatir un épi poivre et sel qui rebiquait, insolent, sur le côté. Il aurait voulu faire bonne impression bien que l'exercice lui fût étranger depuis longtemps.

— Vous ne comptez plus vous enfuir ?

Du pied, Coste poussa sur la chaise qui lui faisait face, invitant Léa à s'asseoir.

— Je n'ai rien d'autre de prévu.

Elle prit place et, sans rien ajouter, lui saisit la main. Il ressentit une pression un peu plus forte que la dernière fois où elle avait osé ce même geste. Elle ne le laisserait plus s'échapper et cela lui convenait.

ÉPILOGUE

L'employé aux espaces verts du cimetière de Thiais s'accorda une pause. Il fixa son râteau à l'arrière de sa poubelle roulante et s'installa sur un banc. Il coinça une feuille à rouler entre ses deux doigts et y déposa un fond de tabac. Il se sentait un peu coupable, car il avait déjà pris une pause il y a moins d'une heure, mais le spectacle à la fois intrigant et émouvant auquel il assistait l'avait incité à courir le risque d'une remontrance.

Dans le calme absolu de ce lieu, une procession de douze camionnettes, toutes de la même couleur sombre et porteuses de la même enseigne dorée, avançait silencieusement. Alors que le dernier véhicule passait à peine les portes d'entrée du cimetière, le premier, lui, déchargeait déjà son premier bouquet de fleurs. Des lys blancs.

En quelques heures les quatre mille tombes furent recouvertes de quatre mille bouquets et, pour la première fois, le carré des indigents, des sans-nom et des oubliés fut le théâtre d'une floraison inhabituelle.

Parmi tous ces bouquets de lys, Lucas s'était dit qu'un seul d'entre eux serait exactement à la place qu'il souhaitait.

Découvrez dès maintenant
le teaser de

Territoires
le nouveau roman de
OLIVIER NOREK

OLIVIER NOREK

TERRITOIRES

Au fond du couloir, au neuvième étage de l'immeuble, Sam se contentait de rester sur le palier, derrière le ruban jaune du périmètre de sécurité.

— Tu sais que le ruban c'est pas pour toi. Tu peux passer dessous, lança Johanna.

— C'est dégueu ?

— Non, c'est supportable, tu peux entrer.

Les policiers en tenue s'écartèrent et il passa la tête dans l'appartement. Coste était accroupi devant le cadavre d'une vieille dame, allongée sur le sol, les yeux encore grands ouverts, un rictus de douleur sur le visage. En fond sonore, les radios police crachaient à volume réduit l'activité du département.

— Sam, trouve-moi un témoin parmi les voisins. Johanna, appelle l'identité judiciaire et, jusque-là, on garde les mains dans les poches.

Ronan apparut à son tour dans l'encadrement de la porte.

— J'ai vu le médecin des pompiers. Mort naturelle, probablement une crise cardiaque. Elle s'appelle Rose. Rose Carpentier, née en 1945. Les morts naturelles, c'est pour le commissariat, non ?

— Oui, normalement. Si ce n'était ce détail, répondit Coste.

Ronan observa mieux la scène.

— Ouais, effectivement c'est pas commun.

Sur le corps de Rose Carpentier et tout autour d'elle, étaient éparpillés par dizaines des billets de vingt euros froissés. Une somme que, plus tard, les flics évalueraient à cinq cents euros exactement. De son côté, Sam avait récupéré les informations demandées et il s'adressa à ses deux collègues en prenant soin de ne pas regarder au sol.

— Elle a été découverte en l'état par son voisin pakistanais. Vu le stress du témoin, je parie pour un sans-papiers, on n'en tirera pas grand-chose. Il a appelé police secours à 21 heures.

Coste tiqua, comme le reste de son équipe.

— Il l'a découverte en l'état... Tu veux dire que la porte d'entrée était ouverte ? Et l'argent est toujours là...

Ce détail venait mettre un grain de sable dans le rouage de leurs déductions. Ils furent interrompus par un des policiers en tenue.

— Mon collègue m'avertit qu'un magistrat vient de prendre l'ascenseur. Fleur Saint-Croix, vous connaissez ?

Ronan souffla, déjà exaspéré :

— Merde, la chieuse de ce matin. Elle a pas d'amis ou quoi ?

Lorsque les portes automatiques s'ouvrirent, une jeune femme blonde, coupe au carré et sacoche en cuir sous le bras, fit une entrée remarquée. D'abord parce qu'elle était franchement jolie, mais aussi parce que ses petites ballerines, sa jupe un poil trop courte et sa chemise cintrée juraient avec le décor. Sam fit tout haut la remarque que personne n'osait formuler :

— Elle fait pas un peu pute la magistrate ?

En expert, Ronan précisa :

— Je dirais plutôt super sexy, mais t'as raison, elle est pas vraiment sapée pour l'occase.

Et comme elle s'approchait d'eux, sa phrase se termina en chuchotement. Elle les regarda les uns après les autres et s'adressa d'instinct à celui qui, pourtant, restait en retrait. Épaules larges, barbe de trois jours et regard profond. Il n'était pas spécialement grand, pas spécialement costaud, mais sans qu'elle se l'explique, il paraissait évident qu'il dirigeait le groupe.

— Capitaine Coste ? Fleur Saint-Croix. Vous avez fait vite.

— Bonsoir madame. Je vous renvoie le compliment.

— Une personne âgée découverte morte sur un matelas d'argent, j'ai trouvé ça assez intéressant pour me déplacer. Vos premières hypothèses ?

Coste se lança :

— Ça ressemble à une crise cardiaque. Ce qui est surprenant c'est que le voisin l'a découverte porte grande ouverte. Tout cet argent à disposition de n'importe qui et pourtant, il est toujours là, comme s'il était empoisonné. À croire qu'il était déconseillé d'ennuyer Rose Carpentier et que tout le monde le savait.

Ronan souleva le ruban police et Saint-Croix entra dans l'appartement. Son regard passa sans émotion particulière sur le cadavre puis elle fit quelques pas de côté pour laisser travailler les policiers. Coste poursuivit le cheminement de sa pensée.

— On est en train de se laisser déconcentrer. Oublions que c'est une retraitée apparemment sans

349

histoires. Quand on interpelle un type avec cinq cents euros en billets froissés dont aucun ne dépasse vingt, quelle est notre première supposition ?

— On pense à un petit dealer de rue, répondit Ronan. Mais je doute sérieusement que Rose, à son âge...

Il s'arrêta dans son raisonnement, car à son tour, il venait de comprendre.

— Merde, c'est pas ses économies, c'est sa paye ! Et le dealer, c'est son employeur. Rose est une nourrice.

— Et sans sa crise cardiaque, on n'aurait jamais mis le doigt dessus. Le coup de chance. Enfin, je veux dire, pour nous surtout, ajouta Johanna.

Sam, dont toute l'équipe connaissait l'inavouable travers, se permit toutefois de faire partager son expérience.

— Une nourrice ? D'accord pour de la coke ou de l'héro, mais s'il y avait une grosse quantité de cannabis, je l'aurais... enfin, ça se sentirait un minimum.

— Pas obligatoirement.

— Alors, il ne nous reste qu'une solution.

— La Canine.

*
* *

Emy arriva, passablement surexcitée. Elle tirait si fort sur sa laisse que sa respiration en devenait rauque. À l'autre bout, son maître tentait de la canaliser.

— Vous allez me la faire crever ! Dans le hall déjà, elle en pouvait plus. Il est construit en shit, votre immeuble ?

La berger belge malinois spécialisée dans la recherche des produits stupéfiants fit irruption dans l'appartement, jappant sa frustration, laisse tendue à rompre, dérapant sur le lino et collant sa truffe partout. Elle fouilla la cuisine puis se mit à gratter franchement un endroit précis : dans le double fond du meuble sous l'évier, Sam retira six pains de plastiques remplis de poudre blanche. Emy fut félicitée par des caresses et relancée vers les autres pièces. Dans la chambre, un des côtés du matelas avait été ouvert au couteau, permettant d'y insérer la main. Sam en sortit une série de huit pains de plaquettes marron et huileuses. Nouvelles félicitations. Dans la salle de bains, le cache en bois latéral de la baignoire ôté révéla quatre autres pains contenant les mêmes plaquettes. Au même endroit, un peu plus au fond, une sacoche en tissu contenant une liasse compacte de billets de banque fut découverte. Cette fois-ci, uniquement des grosses figures.

Fleur Saint-Croix, Coste et son équipe étaient maintenant contemplatifs, autour de la table du salon où avaient été empilés les dix-huit pains. Bien que Johanna se doutât de la réponse, elle essaya tout de même :

— C'est clairement une autre affaire de stups. Tu veux la shooter à Sylvan et Jevric ?

— Certainement pas. Ils auront toute la came, mais Rose elle est à nous.

De son côté, Sam semblait perplexe et n'arrivait toujours pas à comprendre comment une telle quantité de cannabis n'avait pu réveiller son odorat, ni celui de personne.

— Y a au moins douze kilos de shit frais pas encore coupé. On devrait les sentir depuis le couloir ! s'exclama-t-il.

Le maître chien saisit un des sacs et lui expliqua :

— Ce sont des SPB. Des smellproof bags, des sacs anti-odeur. Double fermeture à zip, plastique renforcé, même l'eau ne pourrait pas passer. Aucune chance de les détecter, à moins d'avoir une truffe.

Saint-Croix se rapprocha de Ronan en faisant un pas de côté pour éviter le chien encore très excité.

— D'après vous, cela représente combien d'argent ?

— Si ceux-là sont des deux cent cinquante grammes et ceux-là des un kilo, je dirais, à vue de nez... deux cent mille euros à la revente. Plus la liasse de billets.

— C'est beaucoup.

C'est beaucoup trop, pensa Coste.

Il jeta un coup d'œil par la fenêtre de la chambre. Leur voiture banalisée. Les deux véhicules aux portières siglées police dont une semblait provoquer la cité avec son gyrophare bleu tournant. S'y ajoutait le fourgon de la Canine et le camion des sapeurs-pompiers en attente du passage de l'Identité judiciaire pour pouvoir lever le corps. Venu pour un homicide, Victor n'avait pas prévu d'être particulièrement discret et maintenant il le regrettait. L'information de leur présence avait déjà dû circuler et quand elle vaut deux cent mille euros, ce genre d'information va très vite. À la faveur des quelques réverbères laissés intacts, il remarqua, neuf étages plus bas, des groupes de silhouettes se former, encore à bonne distance. Ça va déraper, se dit-il. Il chercha Ronan du regard. Lui aussi s'était posté devant la fenêtre et en était arrivé à la même conclusion. Ils échangèrent à voix basse :

— Ça va déraper, Victor. Ils nous laisseront jamais sortir d'ici. Pas avec le matos.

— Je sais. Cet immeuble est devenu un cercueil. Je demande des renforts à la SIC. Commence à briefer la magistrate.

Suivant les ordres, Ronan invita la jeune femme à le suivre dans la chambre et à s'asseoir sur le lit. Il s'accroupit devant elle mais, déjà inquiète, les genoux serrés et les mains posées dessus, elle ne lui laissa pas le temps de commencer.

— Vous ne vous attendiez pas à en trouver autant, c'est ça ?

— Oui madame. Ce n'est pas vraiment une bonne nouvelle. Si on avait su, on aurait adapté les effectifs en conséquence, mais on va s'en tirer, comme on s'en tire toujours, d'accord ? Le capitaine est au fil avec la salle de commandement. Dans très peu de temps on va voir arriver une compagnie d'intervention en renfort. Vous les connaissez, les C.I., ce sont les colosses en armure qu'on voit dans les reportages. Il paraît qu'ils sont incassables. Tout va bien se passer et demain vous aurez une chouette histoire à raconter.

Dans le salon, Coste termina son appel, réunit tout le monde et essaya de les rassurer.

— Je viens d'avoir le commandant Auclair. J'ai fait annuler l'Identité judiciaire par sécurité. On attend deux C.I. dans moins de trois minutes pour notre évacuation. Sam, tu prends en photo tout l'appartement et la scène de crime, qu'on garde au moins une idée de la disposition des choses. Ensuite tu me trouves une valise pour y fourrer tous les pains. Johanna, quand il sera temps, tu t'occuperas de sa protection jusqu'à la voiture. Ronan, tu ne lâches pas la magistrate d'une semelle. La Canine, vous restez sous l'aile des collègues en tenue.

— Et Rose ? Demanda Sam. On va pas la laisser là ?

Coste se tourna vers le corps allongé sur le sol.

— Rose, je m'en occupe.

Alors qu'il prononçait ces mots, une ombre noire passa furtivement devant la fenêtre du salon. Une plaque d'égout de soixante kilos jetée du dernier étage fendit les airs en silence et vint s'écraser sur l'un des véhicules de police. Celui avec le gyrophare tournant qu'elle explosa avant de traverser le toit et de presque couper en deux le bas de caisse. Le bruit de métal froissé s'entendit jusque dans l'appartement.

À cent mètres de là, toutes sirènes hurlantes, les deux fourgons noirs de la compagnie d'intervention firent irruption dans la cité. L'un d'eux emprunta l'allée et le second passa directement sur ce qu'il restait de l'aire de jeux pour enfants. Le conducteur du premier fourgon opéra un virage au frein à main et le véhicule pila au bas de l'immeuble. L'autre s'arrêta quelques mètres avant. Les portes latérales s'ouvrirent. La première équipe de cinq hommes casqués, bouclier à la main et protection exosquelette[1] pénétra dans le hall et se posta en attente. La seconde équipe forma un arc de cercle autour des autres véhicules et se prépara à l'assaut. Face à eux se tenait une masse informe

1. Armure en plastique renforcé utilisée en mission de maintien de l'ordre, assurant la protection des chevilles, tibias, genoux, parties génitales, bras, coudes, épaules. Poids : 7 kilos.

de silhouettes encore dissimulées. Sifflements, insultes, jets de cailloux et ce fut bientôt une boule de pétanque qui arriva de plein fouet sur l'un des boucliers, suivie d'une vingtaine d'autres projectiles de toutes tailles. Deux policiers sortirent leur flash-ball, les trois autres des extincteurs lacrymogènes.

— Ça commence... souffla Coste.

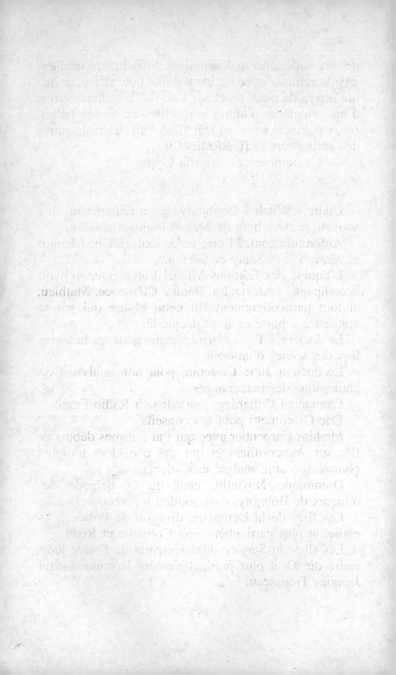

JE REMERCIE...

Claire « Witch » Germouty, qui a cru en moi, m'a souvent porté à bout de bras et toujours rassuré.

Auféminin.com, à l'origine de tout, Hélène Mengus et Marie-Laure Sauty de Chalon.

L'équipe des Éditions Michel Lafon pour m'avoir accompagné : Alexandra, Bénita, Clémence, Mathieu, et tout particulièrement Huguette Maure qui par sa confiance a porté ce livre jusque-là.

Le docteur « T », éminent légiste, pour ses lumières lors des scènes d'autopsie.

Le docteur Julie Casteran, pour son analyse psychologique des personnages.

Emmanuel Collardey, journaliste à Radio France.

Éric Giacometti pour ses conseils.

Mathias Carpentier avec qui j'ai fait mes débuts de flic sur Aubervilliers et qui me considère toujours comme son ami, malgré mes silences.

Dominique Noviello, chef de la Brigade des mineurs de Bobigny, mon soutien indéfectible.

Les flics de la Deuxième division de Police judiciaire, et plus particulièrement Colinette et Rémi.

Les flics du Service départemental de Police judiciaire du 93 et plus particulièrement le commandant Jacques Trousseau.

Le tolérant capitaine Yann Bekrich.

Le capitaine Marc Bascoulergue, dandy, singer, excellent flic.

Renard, le goupil.

Le capitaine Véronique Bouvard, pour son écoute.

François Maldonado, vaillant soldat, vraie bonne personne.

Nicolas « chevelu » Espin pour m'avoir parrainé à mon arrivée en PJ 93.

Mat « Mose » Ducas, flic de Marseille.

Julien Degrève, ex de l'Identité judiciaire de Bobigny.

Sébastien Lauby, du Service départemental de l'Identité judiciaire du 93.

Marianne, ma toute petite, petite filleule. Tu auras toujours un flic pour te protéger.

Joël Dupuch, dans sa cabane au bord de la mer.

Celui qui a dit « Je ne comprends pas cette époque de merde »…

Enfin, mes amis, ma famille, Manu, Marie-Charlotte, Benjamin, Sébastien, Anelza, Marie L., Vincent L., Loulou, Gwendolyne, Mouton, Émilie C., Bastien et Johanna.

TABLE DES MATIÈRES

Cet ouvrage a été composé et mis en page
par PCA

Imprimé en France par CPI
en janvier 2020
N° d'impression : 3036691

Dépôt légal : novembre 2014
Suite du premier tirage : janvier 2020
S24915/16